KB138921

방패용사 성공담 1
아네코 유사기
Aneko Yusagi

카와스미 이츠키
아마키 렌
키타무라 모토야

마인
이와타니 나오후미
라프타리아
인물소개
방패 용사 성공담

「자.」
나는 받아 든 공을
라프탈리아에게 던져 주었다.
라프탈리아는
휘둥그레진 눈으로,
공과 내 얼굴을
수도 없이 번갈아 쳐다본다.
「뭐야? 필요 없어?」
「아, 아니.」

목차

1화 정석적 소환

"응?"

나는 독서를 하러 동네 도서관에 와 있었다.

나, 이와타니 나오후미는 대학교 2학년이다. 남들보다 다소 오타쿠라고 자각하고 있다.

각종 게임에 애니메이션, 오타쿠 문화를 접한 후로는, 공부보다도 더 진지하게 거기에 몰두하며 살아가고 있다.

부모님도 그런 나는 냉큼 포기하고 동생을 유명한 학원에 보내서 장래의 발판을 다지고 있었다.

그렇게 눈에 넣어도 아프지 않을 만큼 애지중지했던 동생은 수험의 피로 때문에 양아치로 변모, 머리를 금발로 물들이고 집에서 욕지거리를 퍼부어 대기까지 했다. 덕분에 한때 우리 집안 분위기는 암울 그 자체였다.

그때 나타난 구세주가 바로 나!

항상 쯧쯧거리며 죽상을 짓고 있는 동생에게 친근하게 말을 걸어서 유명한 미소녀 연애 게임을 소개했다.

"뭐야? 개소리 집어치워!"

"그러지 말고, 속는 셈 치고 한번 해 보기나 해."

나는 알고 있다. 동생이 양아치가 된 이유를.

나는 내가 좋아하는 거라면 부모님이 뭐든지 다 사 주셨지만, 동생은 그렇지 않았다. 동생은 나처럼 놀고 싶었던 것이다. 그런 놀이의 스페셜리스트인 내가 권하는 게임이라는 점 때문에 자신도 흥미를 갖게 됐노라고, 동생은 훗날 술회했다.

결과적으로 말하면, 세상에 오타쿠가 한 명 더 늘어났다.

이제 동생의 방은 내가 권해 준 미소녀 연애 게임 관련 상품이 점유하고 있다.

게다가 분통 터지게도 입시의 피로로부터 정신적으로 해방된 동생은 명문 진학교에 합격, 정상으로 향하는 가도를 한창 질주하고 있는 모양이다.

이러한 나의 커다란 활약 덕분에 부모님은 더더욱 나를 응석받이로 키웠고, 나는 자유로운 대학생활을 만끽하고 있다.

아차, 이야기가 곁길로 샜지만, 이날, 나는 독서를 하러 동네 도서관에 와 있었다.

부모님이 주는 군자금은 매달 10000엔. 친구들끼리 야겜이며 야한 책, 라이트노벨이며 만화를 돌려 보다 보면 눈 깜짝할 사이에 사라져 버리는 금액이다. 아르바이트를 해서 5만 엔 정도를 더 군자금으로 삼고 있지만, 여름과 겨울, 그리고 그 외에 지방에서 열리는 제전에 참가하다 보면 그것도 순식간에 바닥을 드러낸다.

이벤트까지는 참가하지 않는 동생을 대신해 잘 다녀오라는 뜻에서, 이벤트 개최 기간 중에는 부모님이 제전 개최지 근처에 숙박할 장소를 제공해 주고 있기는 하지만…….

뭐, 살림살이도 있으니 그렇게까지 많은 투자를 해 주지 않는 건 당연한 일이다. 학비와 의식주를 제공해 주는 것만으로도 충분하다.

그래서 절약을 위해, 지갑 사정이 여의치 않을 때는 헌책방에서 선 채로 책을 읽거나, 도서관에서 독서를 하거나 하고 있다.

한가할 때는 온라인 게임이라도 하면 되겠지만, 파고들다 보면 시간을 무한대로 소비하고 말기 때문이다.

애당초 나는 얕고 넓은 지식으로 노는 타입인 것이다.

만렙이 되기 위해 노력하는 것보다는 게임 내에서 어떻게 하면 금전을 벌 수 있을까 하는 것에 몰두한다. 이렇게 말하는 지금 이 순간에도, 온라인 게임 안에서 내가 만든 캐릭터는 노점에서 레어 아이템 판매에 한창이다.

그 덕분에 현실의 나는 한가함을 주체하지 못하는 신세가 되었다.

그런데 말이다.

사건은 이 이후에 일어났다.

나는 오래된 판타지물을 다루는 코너를 훑어보고 있었다.

여하튼, 판타지의 역사는 인류의 역사에 필적할 만큼 오래

되었으니까. 성서도 근본적으로 따지자면 판타지 소설이다.

“사성무기서(四聖武器書)?”

뭔가 오래되어 보이는 책이 책장에서 떨어졌다. 제목은 그럭저럭 읽을 수 있었다. 보나 마나 전에 읽었던 녀석이 제대로 책장에 꽂아 두지도 않고 가 버린 것이리라.

뭐, 이것도 일종의 인연이다. 나는 의자에 앉아서 사성무기서를 펼쳐 읽었다.

팔락…… 팔락…….

세계관 설명부터 시작되는 이야기다.

요약하자면, 어떤 이세계에 종말의 예언이 내려졌다.

그 예언인즉슨, 수없이 겹쳐진 재앙의 파도가 언젠가 세계를 멸망시킬 거라는 것.

재앙을 피하기 위해, 사람들은 이세계로부터 용사를 불러서 도움을 청하기로 했다나 뭐라나.

……으음. 식상한 소재이긴 하지만, 이렇게 오래된 책인 걸 보면 당시로써는 신선한 설정이었을지도 모르겠다.

그리고 소환된 네 명의 용사는 저마다 무기를 소지하고 있었다.

검, 창, 활, 그리고 방패.

아니, 애당초 방패는 무기가 아니라 방어구잖아~라고 쓴웃음을 지으며 이야기의 흐름을 쫓아간다.

용사들은 힘을 키우기 위해 여행을 떠나고, 스스로를 갈고닦으며, 재앙의 파도에 대비했다.

"후와아."

이런, 졸음이 몰려온다. 너무 정석적이라 하품이 나온다. 너무 옛날에 나온 책이라 그런지, 귀여운 히로인이 전혀 안 나오지 뭔가. 기껏해야 왕녀 정도가 있지만, 용사가 네 명이나 되니 어째 음탕한 암캐 같은 느낌이 들어서 짜증이 난다.

왕녀도 그렇게 네 명 전부에게 추파를 던지지 말고 아무나 한 명만 고르란 말이다.

대활약한 검의 용사라던가, 동료를 아끼는 창의 용사라던가, 그릇된 일을 용납 못 하는 활의 용사라던가 말이야.

모든 용사들이 제각각 장점이 있고 멋지기는 하다. 요즘 작품들 중에서는 보기 드문 형식이지만, 전원이 주인공이나 다름없는 이야기이리라.

오? 방패 용사 쪽으로 이야기가 옮겨가서――

"어라?"

책장을 넘긴 내 입에서 모르게 얼빠진 소리가 흘러나왔다.

방패 용사에 대한 얘기가 실린 페이지부터 그 이후가 전부 백지였기 때문이다.

몇 번을 다시 봐도 새하얗기만 하고 다음 내용은 없다.

"뭐야, 이거?"

어리둥절하게 생각하고 있으려니 이번에는 몸이 휘청거리기 시작했다.

"어, 어라?"

그렇게 중얼거린 것을 끝으로 내 의식은 스르륵 멀어져 갔다…….

설마 이렇게 이세계로 가게 될 줄은, 꿈에도 생각지 못했었다.

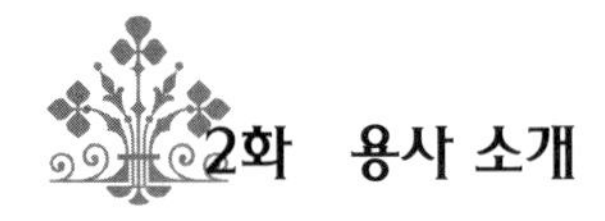

2화 용사 소개

"오오……."

감탄 어린 목소리에, 나는 퍼뜩 정신을 차린다.

흐리멍덩한 시점을 앞쪽으로 옮기니, 로브를 입은 남자들이 이쪽을 보고 뭔가 아연실색하고 있었다.

"뭐지?"

목소리가 난 쪽으로 시선을 돌리니, 나와 마찬가지로 상황 파악이 안 되고 있는 것 같은 남자들이 세 명.

이게 대체 무슨 일인가 싶어서 고개를 갸웃거렸다.

나, 아까까지 도서관에 있었잖아. 어째서……? 아니, 애당초 여긴 어디지?

두리번두리번 주위를 둘러보니, 석조 벽이 눈에 들어온다.

벽돌제 건물인가? 어쨌거나 한 번도 본 적 없는 건물이다. 적어도 도서관은 절대 아니다.

밑을 보니 형광 도료를 칠해서 만든 것 같은 기하학적 문양의 바닥과 제단이 있었다.

어쩐지 판타지물에 나오는 마법진과 비슷한 것도 있다.

우리는 그 제단에 서 있었다.

그런데…… 나는 왜 방패를 들고 있는 거지?

묘하게 가볍고, 손에 착 달라붙는 방패가 내 손에 들려 있었다. 왜 갖고 있는 건지 이해가 되지 않아서 바닥에 내려놓으려 했으나, 손에서 떨어지지 않는다.

"여기가 어디죠?"

어쨌거나 뭐가 어떻게 된 건지 궁금해 하던 시점에, 앞에 있는 검을 들고 있는 녀석이 로브를 입은 남자에게 물었다.

"오오, 용사님들! 부디 이 세계를 구해 주십시오!"

"""네?"""

우리는 이구동성으로 소리쳤다.

"그게 무슨 뜻이에요?"

뭐지, 이 전개는. 인터넷 소설 같은 데서 읽은 적이 있었던 것 같다.

"이런저런 복잡한 사정이 있습니다만, 용사님들께서 이해하실 수 있는 표현을 빌리자면 고대의 의식으로 용사님들을 소환한 것입니다."

"소환……."

응, 그거다. 뭔가 몰래 카메라일 가능성이 한없이 높지만, 일단은 이야기를 종합적으로 들어 둬서 손해 볼 건 없다. 만약에 몰래 카메라라고 해도, 이건 오히려 속아 넘어가는 쪽이 재미를 보는 기획일 것 같다.

난 좋아한다고. 이런 근성 있는 기획.

"이 세계는 지금, 멸망의 위기에 처했습니다. 용사 여러분, 모쪼록 힘을 빌려주십시오."

로브를 입은 남자들이 우리를 향해 깊숙이 고개를 숙인다.

"뭐…… 얘기를 들어보는 것 정도는……."

"싫어."

"맞아요."

"원래 세계로 돌아갈 수는 있는 거지? 그것부터 보장해줘야겠어."

내가 얘기를 들어 보겠다는 말을 꺼내는 도중에, 그 말을 가로막듯 다른 세 명이 끼어들었다.

엉?

필사적으로 고개를 숙이고 있는 녀석들에게 대답하는 태도가 왜 이 따위야, 이 자식들은.

얘기라도 듣고 나서 결론을 내려도 될 걸 가지고.

내가 말없이 노려보자, 세 사람은 내 쪽으로 시선을 보낸다.

……왜 반쯤 웃고 있는 건데, 이놈들. 묘하게 들떠 있는

게 훤히 다 보인다고.

실은 좋아하고 있는 거지, 너희? 뭐, 이게 현실이라면 이세계로 도약하고 싶다는 꿈이 이루어진 것이긴 하겠지만……. 그리고 너희 대사도 너무 상투적이야. 그치만 말이야, 그럴수록 더더욱 얘기를 들어 줘야 되는 거 아니겠냐고.

"당신들, 허락도 없이 사람을 다짜고짜 불러온 것에 대한 죄책감을 갖고는 있는 거야?"

검을 든 남자, 얼핏 보기에 고등학생 정도로 보이는 녀석이 로브를 입은 남자에게 검 끝을 들이댄다.

"만약에 세계가 평화를 되찾는다고 해도, 그 뒤에 그냥 원래 세계로 돌려보내진다면 그건 그냥 공짜로 일하는 거니까요."

활을 든 녀석도 동의하면서 로브를 입은 남자들을 쏘아본다.

"우리 쪽 의사는 어느 정도 받아들여 줄 거지? 얘기 여하에 따라서는 우리가 세계의 적이 돼 버릴 수도 있다는 걸 각오해 두라고."

이건 그거다. 자기들의 입장에 대한 확인과 차후의 보상에 대한 권리 주장이다.

뭐 이렇게 듬직한 녀석들이 다 있담. 뭔가 패배한 것 같은 기분이다.

"우, 우선은 임금님을 알현해 주십시오. 보상금에 대한 논의는 그 자리에서 부탁드립니다."

로브를 입은 남자들의 대표가 묵직한 문을 열도록 지시하고 길을 가리킨다.

"……할 수 없군."

"그러게요."

"뭐, 어떤 녀석이랑 얘기를 하든, 어차피 이해는 안 되겠지만 말이야."

믿음직한 녀석들은 그렇게 말하면서 따라간다. 나도 혼자 뒤처지지 않도록 그 뒤를 쫓아갔다.

우리는 어두운 방을 지나서 석조 계단을 오른다.

……뭐지. 공기가 맛있다는 표현밖에 떠오르지 않는 건 내 어휘력이 빈약하기 때문일까.

창밖으로 보이는 광경에 우리는 숨을 죽인다.

한없이 드높은 하늘과 관광 팸플릿에 실리는 유럽의 풍경 같은 도시가 거기에 있었다. 하지만 그런 도시를 오래 쳐다보고 있을 시간은 없었고, 안내를 받아 복도를 따라 나아가니 머지않아 알현실에 이르렀다.

"호오, 이 녀석들이 고대의 사성(四聖) 용사들인가."

알현실 옥좌에 앉은 거만한 노인이 우리를 품평하며 중얼거렸다.

뭐랄까, 첫인상이 별로 안 좋은데….

사람을 깔보듯 쳐다보는 녀석을 나는 도저히 좋아할 수가 없다.

“내가 이 나라의 왕, 올트크레이 메르로마르크 32세다. 용사들이여, 고개를 들라.”

애당초 고개 숙이지도 않았어!라고 태클을 걸고 싶은 충동에 휩싸였으나 꾹 참는다.

일단은 손윗사람이고 왕인 것 같으니까.

“그럼, 우선은 사정 설명부터 하기로 하지. 이 나라, 나아가 이 세계는 멸망을 향해 흘러가고 있다.”

역시라고나 할까, 이번에도 정석적인 전개다.

“뭐, 이세계에서 용사들을 소환할 정도니까, 그만한 이유는 있겠지.”

“그렇겠죠.”

임금님의 얘기를 정리하자면 이렇다.

현재, 이 세계에는 종말의 예언이라는 것이 존재한다. 언젠가 세계를 파멸로 이끌 수없이 많은 파도가 몰려올 것이고, 그 파도가 흩뿌리는 재앙을 물리치지 않으면 세계는 멸망한다는 예언이다.

그 예언의 해가 바로 올해이고, 예언대로 예로부터 존재했던 용각(龍刻)의 모래시계라는 도구의 모래가 떨어지기 시작했다는 모양이다.

이 용각의 모래시계는 파도를 예측해서 한 달 전부터 경고한다. 전승에 따르면 하나의 파도가 지나갈 때마다 한 달의 유예기간이 생겨난다고 한다.

당초, 이 나라의 주민들은 예언을 우습게 여겼었다. 하지만 예언대로 용각의 모래시계의 모래가 한 번 다 떨어지자 재앙이 강림했다.

차원의 균열이 이 나라, 메르로마르크에 발생해서, 흉악한 마물들이 균열을 통해서 대량으로 기어 나왔다.

그때는 나라의 기사와 모험가들을 동원해서 가까스로 퇴치해 냈지만, 다음에 올 파도는 더 강력한 것일 터였다.

이대로 가다가는 재앙을 저지하는 게 불가능하다. 그래서 나라의 중진들은 전설에 따라서 용사 소환을 실행했다. 이것이 대략적인 얼개였다.

참고로 우리가 말을 알아들을 수 있는 건, 우리가 갖고 있는 전설의 무기에 그런 기능이 있기 때문이라는 모양이다.

"무슨 얘긴지는 알겠어. 그래서 소환된 우리 보고 공짜로 일하라고?"

"참 편리한 발상이네요."

"……맞아. 이기적이라는 말밖에 안 나오는군. 멸망하려거든 멋대로 멸망하라고 해. 우리와는 아무 상관없는 일이니까."

아까 그 웃는 표정을 보니까 마음속으로는 아주 좋아서 어쩔 줄 모르는 것 같더니만, 뻔뻔하게 이제 와서 무슨 소리를 하는 건지.

뭐, 나도 편승해 볼까.

"확실히 도와줄 의리도 없긴 하지. 공짜로 일해 줬더니 나중에 평화를 되찾고 나서 '잘 가슈.' 라는 식으로 취급 받으면 견딜 수가 없을 것 같으니까. 아니, 애당초 돌아갈 수단이 있는지부터 묻고 싶어. 있기는 한 거야?"

"으음……."

임금님은 신하에게 시선을 보낸다.

"물론, 용자님들께는 충분한 보상을 드릴 예정입니다."

나를 비롯해서, 용사들의 주먹에 꾸욱 힘이 들어갔다.

좋았어! 대화의 첫걸음을 내디뎠다.

"그 외의 원조금도 마련해 두었습니다. 모쪼록 용사님들께서 세계를 지켜 주실 수 있도록 그를 위한 자리를 마련해 두었습니다."

"호오……. 뭐, 약속해 준다면 다행이고."

"우리를 길들일 수 있을 거라고 생각하지 마. 일단 적이 되지 않을 때까지는 협조해 주지."

"……그러지."

"그래요."

이 녀석들은 왜 이렇게 사사건건 거만한 거야. 지금, 왕국과 척을 지면 가장 곤란한 것은 우리인데.

뭐, 여기서 확실히 담판을 지어 두지 않으면 얻는 것도 없이 죽도록 고생만 하는 꼴이 될지도 모르니 어쩔 수 없긴 하지.

"그럼 용사들이여. 각자 이름을 대 보거라."

여기서 나는 깨달았다. 이거, 아까까지 읽고 있었던 책, 사성무기서와 비슷한 거 아냐?

검과 창과 활, 그리고 방패.

용사라는 공통점도 있고 한 걸 보면 우리는 책의 세계에 빨려 들어온 건지도 모른다. 그렇게 생각하고 있으려니 검을 든 소년…… 검의 용사가 앞으로 나서서 자기소개를 시작했다.

"내 이름은 아마키 렌이야. 나이는 열여섯 살, 고등학생이야."

검의 용사, 아마키 렌. 외모는 미소년이라고 표현하는 것이 가장 잘 들어맞으리라.

얼굴 생김새는 단정하고, 체격은 아담해서 160센티미터쯤 될까. 여장을 하면 여자애로 착각하는 녀석도 있을 법할 정도로 이목구비가 말끔하다. 머리카락은 검은 숏헤어다.

치켜 올라간 눈과 뽀얀 살결, 뭐랄까, 척 보기에도 쿨한 인상을 받는다.

호리호리한 검사 같은 느낌이다.

"그럼, 다음은 내 차례군. 내 이름은 키타무라 모토야스. 나이는 스물한 살, 대학생이야."

창의 용사, 키타무라 모토야스. 외모는 뭐랄까, 가벼운 느낌의 형 같은 인상을 가진 남자다.

렌에 못지않게 가지런한 이목구비다. 여자친구 한둘은 있지 않을까 싶을 정도로 인간관계를 많이 경험해 본 것 같은 분위기가 있다. 신장은 175센티미터쯤 될까.

헤어스타일은 뒤로 묶은 포니테일. 남자가 하고 있는데도 묘하게 잘 어울리는걸.

사람들 잘 챙기는 형쯤 되려나.

"다음은 저네요. 제 이름은 카와스미 이츠키. 나이는 열일곱 살, 고등학생이에요."

활의 용사, 카와스미 이츠키. 외모는, 피아노라도 쳤을 것 같은 얌전해 보이는 소년이다.

뭐라고나 할까, 뭔가 허전한, 그러면서도 굳센 힘을 지닌, 애매모호한 존재감이 있다. 신장은 이 중에서 가장 작은 155센티미터 정도일까.

헤어스타일은 살짝 파마를 한 웨이브 헤어. 어른스러운 동생 같은 느낌이다.

모두 일본인인 것 같다. 이런 사람들이 외국인이라면 오히려 더 놀라울 테지만.

이런, 이번엔 내 차례인가.

"마지막은 나군. 내 이름은 이와타니 나오후미. 나이는 스무 살, 대학생이야."

임금님이 나를 깔보듯이 쳐다보았다. 뭔가 등이 근질근질한데.

"흠. 렌과 모토야스와 이츠키라."

"임금님, 날 빼먹었어."

"오오, 미안하군, 나오후미 공."

정말이지, 얼빠진 영감님이다. 그야 뭐…… 어쩐지 이 중에서 나만 좀 붕 떠 있는 느낌도 들긴 하지만, 그래도 좀 잊지 말아 줬으면 좋겠다.

"그럼 모두, 자신의 스테이터스를 확인하고 스스로의 실력을 객관적으로 인지하도록."

"응?"

스테이터스라는 건 또 뭐야?!

"저기, 그건 어떻게 확인해야 되는 거죠?"

이츠키가 머뭇머뭇 임금님에게 물었다.

"뭐야, 너희. 이 세계에 오자마자 눈치 못 챘던 거야?"

렌이 그렇게 정보에 둔하다니 한심하다는 듯 말한다.

알 게 뭐야! 그리고 자기가 무슨 대단한 정보통이라도 되는 듯한 그 얼굴은 또 뭐야.

"시야 구석에 아이콘 같은 거 안 보여?"

"엉?"

렌의 말대로 딱히 시선을 집중하지 않고 멍하니 있으려니 시야 구석에 뭔가 묘하게 자기주장을 하는 마크가 보였다.

"거기에 최대한 의식을 집중해 봐."

딩동 하는 가벼운 소리와 함께 마치 컴퓨터의 브라우저처럼 시야에 커다란 아이콘이 표시되었다.

이와타니 나오후미
직업 / 방패 용사 레벨 1
장비 / 스몰 실드(전설 무기), 이세계의 옷
스킬 / 없음
마법 / 없음

얼핏 보기에도 그 외에 이런저런 항목들이 더 많이 있지만 생략하기로 하자. 스테이터스라는 건 이걸 두고 말하는 거였군.

아니, 이건 또 뭐지?! 묘하게 게임 같은걸.

"레벨 1이라…… 이건 좀 불안하군요."

"그러게 말이야. 이 상태로 제대로 싸울 수 있을지 알 수가 없으니까."

"그나저나 이건 대체 뭐야?"

"용사님의 세계에는 존재하지 않습니까? 이것은 스테이터스 마법이라는, 이 세계 사람이라면 누구나 사용할 수 있는 기술이죠."

"그래?"

현실의 육체를 수치화해서 보는 것이 가능하단 말인가. 이거 놀라운 일이군.

"그래서, 우리는 뭘 어떻게 해야 하는 거지? 확실히 이 수치로는 불안한데."

"흠. 용사님들께서는 앞으로 모험의 여정을 떠나셔서, 스스로를 갈고닦아 전설의 무기를 강화해 주셨으면 합니다."

"강화? 우리가 갖고 있는 이 무기들은 처음부터 강한 거 아니었어?"

"아뇨. 소환된 용사님께서 스스로가 가진 무기를 키워서, 강하게 만들어 가는 거라고 합니다."

"이 무기가 무기로서 제 몫을 할 때까지 다른 무기 같은 걸 쓰면 되는 거 아냐?"

모토야스가 창을 빙빙 돌리며 의견을 제시한다.

일리 있는 얘기다. 애당초 나는 무기도 아닌 방패를 들고 있는 형편이니, 무기가 꼭 필요하다.

"그 점은 차차 정리해 나가면 되겠지. 어쨌거나 부탁을 받은 이상 우리는 스스로를 갈고닦아야 해."

렌이 그렇게 말하고 대화를 매듭지었다.

용사로서 이세계에 소환됐다는 불타오르는 시추에이션.

약간 만화스럽긴 하지만 오타쿠로서 한 번쯤은 꼭 경험해 보고 싶다는 마음이 부글부글 끓어오른다.

뭐랄까, 가슴이 벅찬 상태라 좀처럼 흥분이 가라앉을 것 같지가 않다. 다른 녀석들도 마찬가지로 하나같이 집념을 불태우고 있다.

"우리 넷이서 파티를 결성하는 거야?"

"기다려 주십시오, 용자님들."

"응?"

모험의 여정을 떠나려 할 때, 대신이 진언한다.

"용자님들께선 제각각 동료들을 모아 모험을 떠나시게 됩니다."

"그건 왜죠?"

"네. 전승에 따르면, 전설의 무기는 서로 간에 반발하는 성질을 갖고 있어서, 용자님들끼리만 행동하시면 성장을 저해하게 될 거라고 기재되어 있습니다."

"진짜인지 어떤지는 모르지만, 우리가 같이 행동하면 성장하지 않는다는 거야?"

응? 뭔가 무기 쪽에 전설의 무기 사용법이나 도움말 같은 게 달려 있다.

다들 그것을 발견한 듯 시선을 움직인다.

『주의. 전설의 무기를 소지한 용사들끼리 공동으로 싸울 경우, 반작용이 발생합니다. 되도록 따로따로 행동합시다.』

"진짜인 것 같네……."

그건 그렇고, 이 게임스러운 설정은 또 뭐야. 꼭 게임의 세계에 들어온 것 같다.

뭐, 세상에 이렇게 리얼리티가 있는 게임이 있을 리 없고 사람들이 이렇게 생생하게 살아있는 걸 보면 현실이긴 하겠지만, 시스템적으로 보아 그런 감상을 느꼈다.

이 무기의 사용법에 대한 친절하고 자세한 설명이 줄줄이 적혀 있지만, 당장은 전부 읽고 있을 여유가 없을 것 같다.

“그렇다면 동료들을 모집해야 하는 건가?”

“내가 동료들을 마련해 두기로 하지. 여하튼, 오늘은 해도 기울었고 하니까. 용사들이여, 오늘은 푹 쉬고 내일 여행을 떠나도록 하라. 우리 쪽에서는 동료가 될 수 있을 법한 재능 있는 자들을 모아 둘 테니.”

“감사합니다.”

“땡큐.”

저마다의 표현으로 감사를 표하고, 그날은 우리 모두 임금님이 마련해 준 내빈실에서 쉬게 되었다.

3화 용사 의논

호화로운 내빈용 침대에 앉아서, 다들 저마다의 무기를 찬찬히 살펴보며 시야에 떠 있는 스테이터스 화면으로 시선을 향하고 있다.

창문 쪽을 보니 어느새 날이 완전히 저물어 있었다.

그만큼 집중해서 설명을 읽고 있었다는 얘기다.

어디 보자, 전설의 무기는 정비가 불필요한 만능 무기이다.
소유자의 레벨과 무기에 융합시킨 소재, 물리친 몬스터에 따라서 웨폰 북이 채워져 나간다.
웨폰 북이란 변화 가능한 무기의 종류가 기재되어 있는 일람표인 모양이다.
나는 무기의 아이콘에 있는 웨폰 북을 펼친다.
좌라락————————————!
무기 아이콘들이 테두리를 넘어서까지 길게 기재되어 있었다. 하나같이 아직 변화 불가능하다고 표시되어 있다.
흠, 흠, 특정 무기로 변화되도록 무기를 성장시키거나 하는 것도 가능한 모양이군.
그거다. 온라인 게임의 스킬트리 같은 느낌이다.
스킬을 습득하려면 변화 가능한 무기에 간직되어 있는 힘을 해방할 필요가 있다, 라…….
진짜 게임 같은데.
"있잖아, 이거 꼭 게임 같지 않아?"
나 말고 다른 녀석들도 도움말을 보고 있는 것이리라. 내 물음에 대답해 왔다.
"그냥 완전히 게임 아냐? 내가 아는 게임 중에도 이런 거랑 비슷한 게 있었다고."
모토야스는 득의양양하게 내뱉었다.
"뭐?"

"아니, 완전 유명한 온라인 게임이잖아. 몰랐냐?"

"나도 꽤 오타쿠지만 모르는데?"

"나오후미, 너 몰라? 이건 에메랄드 온라인이라는 게임이야."

"뭐야, 그 게임은. 난 처음 듣는데."

"나오후미, 진짜 온라인 게임 해 보긴 한 거야? 이게 얼마나 유명한 게임인데."

"내가 알고 있는 건 오딘 온라인이나 판타지 문 온라인 같은 거라고. 그 정도면 유명한 거 아냐?!"

"뭐야, 그 게임은. 처음 들어 보는데."

"응?"

"어?"

"다들 무슨 말씀들을 하시는 거예요? 이 세계는 온라인 게임이 아니라 컨슈머 게임의 세계잖아요."

"모토야스, 이츠키, 다 틀렸어. 이건 VRMMO잖아?"

"엉? 온라인 게임 속에 들어와 있는 거라고 쳐도, 어차피 클릭이나 컨트롤러로 조작하는 게임 아냐?"

모토야스의 물음에 렌이 고개를 갸웃거리며 대화에 끼어든다.

"클릭? 컨트롤러? 너희, 무슨 그런 골동품 같은 게임 얘기를 하고 있는 거야? 요즘은 온라인 게임 하면 VRMMO잖아?"

"VRMMO? 버츄얼 리얼리티 MMO 말이야? 그건 SF 세계에나 나오는 거고, 현대 과학으로는 그런 거 못 만든다니까. 잠꼬대라도 하고 있는 거 아냐?"

"하아?!"

렌이 목청을 높여 이의를 제기한다.

그러고 보니 이 녀석은 제일 먼저 스테이터스 마법이라는 걸 눈치챘었지. 뭔가 이 세계에 익숙한 것 같은 인상을 받는다. 어쩌면 뭔가 알고 있는 건지도 모른다.

"저기…… 여러분, 다들 이 세계가 어떤 제목의 게임 속이라고 생각하세요?"

이츠키가 가볍게 손을 들고 묻는다.

"브레이브스타 온라인."

"에메랄드 온라인."

"몰라. 애초에 여기 진짜 게임 속인 게 맞기는 해?"

게임 같다고 생각은 했지만, 나는 전혀 알지도 못하는 게임의 세계에 들어와 버린 건가?

"아, 참고로 저는 디멘션 웨이브라는 컨슈머 게임의 세계라고 생각해요."

다들 나로서는 들어 본 적도 없는 게임의 제목을 댄다.

"잠깐, 잠깐, 정보를 정리해 보자고."

모토야스가 턱에 손을 짚고 우리를 다독인다.

"렌, 네가 얘기하는 VRMMO라는 건 말 그대로의 의미라고 생각해도 되는 거겠지?"

"그래."

"이츠키, 나오후미, 너희도 무슨 뜻인지는 알지?"

"SF 게임 소설 같은 곳에서 봤던 것 같아요."

"라이트노벨 같은 데서 읽은 적이 있어."

"그래. 나도 대충 그 정도야. 그럼 렌, 브레이브스타 온라인이라고 그랬던가? 네가 얘기했던 그 게임은 VRMMO냐?"

"그래, 내가 빠져 있었던 VRMMO는 브레이브스타 온라인이었어. 이 세계는 그 시스템이랑 아주 쏙 빼닮은 세계야."

렌의 얘기를 참고해 보자면, VRMMO라는 것은 렌에게 있어서는 지극히 당연하게 여겨지는 기술로, 뇌파를 인식해서 사람들이 컴퓨터가 만들어낸 세계 속으로 뛰어들 수 있게 만들어주는 시스템이라고 한다.

"그게 사실이라면, 렌, 네가 있는 세계에, 우리가 얘기했던 것 같은 낡은 온라인 게임은 있었나?"

렌은 고개를 가로젓는다.

"이래 봬도 게임의 역사에 대해서는 나름 박식하다고 생각하는 편이지만, 너희가 얘기한 게임은 들어 본 적도 없어. 너희의 인식 속에서는 유명한 게임인 거지?"

나와 모토야스가 고개를 끄덕인다.

온라인 게임에 대해 박식하다면 들어 본 적이 없을 리가 없다.

그야 우리의 시야가 너무 비좁았을 가능성도 있을지도 모르지만 유명한 제목 정도라면 알고 있어야 정상이다.

"그럼, 이번엔 일반 상식 문제야. 현재 수상의 이름 정도는 말할 수 있겠지?"

"그래."

"동시에 말하는 거다."

꿀꺽….

"유다 마사토."

"야와라 고타로."

"오다카 엔이치."

"이치후지 시게노."

""""…….""""

난생 처음 들어 보는 수상 이름이다. 역사 수업에서도 그런 이름은 들어 본 적이 없었다.

그 후로 우리는 자기 세계에서 유명한 인터넷 용어나 홈페이지, 유명 게임들을 물어보았다. 그리고 다른 사람들은 그중 어느 하나도 모르고 있다는 결론에 다다랐다.

"보아하니, 우리는 서로 다른 일본에서 온 것 같네요."

"그런 것 같군. 같은 일본에서 온 건 절대 아냐."

"그렇다면 이세계의 일본도 존재한다는 건가?"

"시대가 저마다 다를 가능성도 있지만, 아무리 그래도 서로가 갖고 있는 지식이 이 정도로 다른 걸 보면, 그렇다고 봐야겠지."

참으로 기묘한 네 사람이 모인 셈이다.

그렇다고 해도, 모두가 오타쿠라는 건 공통점일 것이다. 그렇다면 굳이 눈치 볼 필요도 없겠군.

"이 패턴으로 보아, 다들 서로 다른 이유로 여기로 왔을 것 같은 기분이 드는데."

"쓸데없는 잡담은 별로 좋아하지 않지만, 정보 공유는 필요하지."

렌이 어쩐지 득의양양한 목소리로, 난 쿨한 놈이야 하고 주장하듯이 얘기를 꺼낸다.

"나는 학교에서 하교하던 중에 항구를 뒤흔든 살인사건에 우연히 조우해서 말이지."

"흠, 흠."

"같이 있던 소꿉친구를 구하고, 범인을 제압한 것까지는 기억하고 있는데."

……렌은 옆구리를 문지르면서 사정을 설명한다.

소꿉친구를 구해 내다니 무슨 영웅담을 늘어놓는 거야, 하고 태클을 걸고 싶었지만, 뭐, 일단 넘어가기로 한다. 아마 범인을 제압한 것까지는 좋았지만 실랑이 과정에서 옆구리를 찔렸다고 얘기하고 싶은 모양이다.

허세와 거짓말을 당당하게 늘어놓는 걸로 봐서 별로 신용이 가지 않는 녀석이라는 카테고리에 집어넣고 싶지만 그래도 같은 용사 동료다. 그냥 흘려듣기로 하자.

"그러다가 정신을 차렸더니 이 세계에 있더군."

"그래, 소꿉친구를 구해 주다니 멋있는 시추에이션인데."

마음에 없는 내 칭찬에 쿨한 척 웃고 있다. 그것 좀 그만하라고.

"그럼 다음은 내 차례네."

모토야스가 가벼운 느낌으로 스스로를 가리키며 얘기를 꺼낸다.

"난 말이야, 여자친구가 많았거든."

"아아, 어련하시겠어."

뭔가 사근사근한 오빠 같아서 여자애들이 좋아할 것 같은 이미지다.

"그래서 좀 말이지."

"양다리 세 다리라도 걸쳤다가 칼에라도 찔렸나?"

렌이 업신여기듯 묻는다. 그러자 모토야스는 눈을 깜박거리며 고개를 끄덕였다.

"정말이지…… 여자애들은 무섭다니까."

"갓 뎀!"

나는 분노를 표출하며 중지를 추켜세운다.

죽어라, 이 자식. 아니, 죽었으니까 이 세계에 소환된 건가?

아, 이츠키가 가슴에 손을 얹고 얘기를 시작한다.

"다음은 제 차례네요. 저는 학원에서 집에 오는 도중에 횡단보도를 건너다가…… 갑자기 덤프트럭이 전속력으로 커브를 돌아 왔고, 그 뒤는……."

"""……."""

십중팔구 치었겠지……. 정말이지 가엾은 최후다.

응? 어째 나만 좀 붕 떠 있는 거 같은데?

"아……. 이 세계에 왔을 때의 에피소드는 꼭 얘기해야 되는 거야?"

"그야, 다들 얘기했잖아."

"그랬지. 응, 다들 미안해. 나는 도서관에서 처음 본 책을 읽고 있다가 정신을 차리고 보니 여기 있었다, 뭐 그런 식이었어."

"""……"""

모두의 시선이 싸늘하다.

뭐지? 불행한 신세로 여기 오지 않으면 동료로 안 끼워주는 건가?

셋이서 나한테만 안 들리게 수군수군 속닥거린다.

"그치만 어차피…… 저 사람은…… 방패고……."

"역시…… 모토야스 생각도?"

"그래……."

뭔가 무시당하고 있는 것 같은 기분이 든다. 화제를 전환하자.

"그럼 모두, 이 세계의 규칙이랄까, 시스템은 비교적 잘 숙지하고 있는 거야?"

"그래."

"내가 그 게임을 얼마나 열심히 했는데."

"그럭저럭요."

그렇군……. 그렇다면 나만 아무것도 모르고 있다는 얘기잖아! 너무한 거 아냐?!

"저, 저기. 앞으로 이 세계에서 싸우기 위해서 필요한 것들을 여러모로 좀 가르쳐주면 안 될까? 내 세계에는 이런 게임이 없었단 말이야."

렌은 냉정하게, 모토야스와 이츠키는 어째선지 다정하기 그지없는 눈길로 나를 쳐다본다.

"좋아. 이 모토야스 형님께서 상식의 범위 안에서 어느 정도는 가르쳐주지."

뭔가 거짓말 냄새가 물씬 풍기는 얼굴로 모토야스가 한 손을 들어 보이며 나에게 말을 건넨다.

"우선 말이야, 내가 알고 있는 에메랄드 온라인에서 해당되는 얘기지만, 실더…… 그러니까 방패가 주무기인 직업은 말이지."

"응."

"초반에는 방어력이 높아서 괜찮지만 후반으로 갈수록 적들의 대미지가 워낙 무지막지하게 높아져서 말이지."

"응."

"고렙 유저는 하나도 없는 패배자의 직업이었어."

"노오오오오오오오오오오오오오오오오오오!"

그 얘기만은 듣고 싶지 않았는데!

뭐야, 그 사망 통지는. 나는 처음부터 패배자로 태어났다는 말이라도 하고 싶은 거냐!

"업데이트! 업데이트는 없었어?!"

직업 밸런스 패치 같은 거!

"아니, 시스템 면에서나 인구 면에서나 절망적인 직업이라 그대로 방치됐어. 그러다가 결국 아예 없어지기까지 했었던 것 같은데……."

"전직 같은 건 없는 거야?!"

"그 계열 전체가 아예 죽어 버렸다고나 할까……."

"직업 변경은?"

"다른 계열로 전직이 가능한 게임이 아니어서 말이지."

켁?! 이 말이 사실이라면, 힘든 직업을 떠맡았다는 얘기가 되는 건가?

나는 자신의 방패를 바라보면서 생각한다. 너, 그렇게 장래가 암울한 거냐?

"너희 쪽은?"

렌과 이츠키에게 시선을 돌린다. 그러자 그 둘도 슬쩍 시선을 외면했다.

"미안……."

"저도 마찬가지……."

뭐야?! 그럼 난 완전히 꽝을 뽑았다는 거야?

넋이 나가 버린 나를 거들떠보지도 않은 채 세 사람은 각자가 하던 게임 얘기로 이야기꽃을 피운다.

"지형은 어때?"

"이름은 다르지만 거의 똑같은 것 같아. 그렇다면 효율 좋은 마물의 분포도 같을 가능성이 높겠는데."

"무기마다 적합한 사냥터가 다소 다르니까 같은 장소에는 안 가는 게 좋겠네요."

"그래, 효율 문제도 있고 하니까."

다들 하나같이, '나 치트키 같은 능력에 눈을 뜬 거 아냐' 라는 식으로 생각하고 있는 것 같다.

……그래, 내가 약하다면 동료들에게 의지하면 되는 것 아닌가.

싸우는 방법이라면 얼마든지 있다. 내가 글러 먹었더라도 파티를 꾸려서 싸우면 자연스럽게 강해질 수 있다.

이세계라면 동료들과 함께 싸우고 마음의 유대를 깊이 다져 나가는 것이야말로 바로 정석 아닌가.

동료들 중에 여자애가 있으면 완벽할 텐데. 방패라면 적의 공격을 막아내서 보호해 주는 느낌이 되겠지. 원래 세계에서는 여자와는 인연이 없었지만, 어쩌면 앞으로는 만남이 있을지도 모르겠다.

"후후…… 괜찮아. 모처럼 온 이세계잖아. 내가 약하더라도 어떻게든 되겠지."

뭔가 나머지 셋이 동정 어린 눈초리로 쳐다보는 것 같은 느낌이 들지만, 신경 쓰면 지는 거다.

애당초 말이다. 내 장비는 방어구고 이건 게임이 아니다. 여차하면 성장하는 전용 방패를 버리고 다른 무기로 갈아타면 그만이다.

"좋았어! 한 번 해 보자고!"

스스로에게 기합을 불어넣는다.

"용사 여러분, 식사 준비가 끝났습니다."

오? 저녁밥을 차려 준 모양이다.

"그래."

다들 문을 열고 안내자를 따라서 기사단의 식당으로 초대되었다.

판타지 영화의 한 장면에 나올 것 같은 성 안에 있는 식당. 그 테이블에는 음식들이 뷔페 형식으로 놓여 있다.

"여러분, 원하시는 대로 마음껏 드십시오."

"뭐야. 기사단 사람들이랑 같이 식사하는 거야?"

렌이 투덜투덜 뇌까린다. 여기에 불평을 하다니 버르장머리 없는 놈이군.

"아뇨, 여기에 준비한 음식은 용사님들의 식사가 끝난 뒤에 기사단들이 먹게 될 것입니다."

그 말을 듣고, 나는 주위를 둘러본다.

그제야 어째 소란스럽게 군다고 생각했던 사람들이 바로 요리사들이었다는 걸 깨닫는다.

흠, 우선순위에 차이가 있다는 거군. 우리가 다 먹은 뒤에 기사단 사람들에게 대접하겠다는 것이다.

"고맙게 먹도록 하지."

"네."

"그러지."

이렇게 해서 우리는 이세계의 요리를 만끽했다.

약간 신기한 맛이라는 생각은 들었지만 못 먹을 요리는 아니었다.

단지 생긴 건 오믈렛인데 오렌지 맛이 나거나 하는 특이한 음식들이 꽤 섞여 있긴 했지만.

식사를 마친 우리는 방으로 돌아오자마자 졸음에 휩싸였다.

"목욕탕 같은 건 없는 건가?"

"중세 시대 같은 느낌이니까……. 목욕통 같은 데 들어가서 씻는 것 아닐까."

"얘기 안 하면 준비 안 해 줄 것 같아."

"뭐, 하루 정도는 괜찮겠지."

"그래. 졸리기도 하고, 내일은 모험이 시작되니까. 냉큼 잠이나 자자.”

모토야스의 말에 모두가 고개를 끄덕이고, 침상으로 들어갔다.

나를 비롯한 세 사람은 모두 내일을 손꼽아 기다리며 잠이 들었다. 내일부터 나의 대모험이 시작되는 거다!

4화 특별 준비금

이튿날.

아침 식사를 마치고, 우리는 임금님의 부름이 떨어지기만을 기다리고 있었다.

아무리 그래도 아침 댓바람부터 소란을 피울 수는 없어서 잠자코 기다리고 있으려니, 해의 각도로 보아 이제 아침 10시가 좀 지났으려나…… 싶을 무렵 심부름꾼이 우리를 부르러 왔다.

반가움과 기대에 부푼 가슴을 가득 안고, 우리는 알현실로 향한다.

“용사님들 납시셨습니다.”

알현실 문이 열리자 거기에는 각양각색의 모험가풍 복장을 갖춘 남녀들이 12명가량 모여 있었다.

기사풍의 채비를 한 자도 있다.

오오…… 임금님의 원조는 대단한데.

우리는 임금님에게 인사하고 얘기를 듣는다.

"지난번 일로 동행자가 되어 용사님들과 함께하고자 하는 자들을 모집했다. 보아하니 저들 가운데도 각기 동행하기를 원하는 용사가 따로 있는 것 같군."

한 사람당 동행할 동료가 세 명씩 붙으면 균형이 잡히겠군.

"자, 미래의 영웅들이여. 섬기고 싶은 용사님과 함께 여행을 떠나거라."

응? 저쪽이 고르는 거였어?

이 상황에는 우리도 깜짝 놀랐다. 뭐, 잘 생각해 보면 현지 상황을 잘 알지도 못하는 이세계 사람들에게 맡기기보다는 자국 국민들의 생각에 무게를 두는 게 맞겠지.

우리는 일렬횡대로 늘어선다.

동료들이 우리 쪽으로 성큼성큼 걸어와서 각각의 앞에 모여든다.

렌, 5명.

모토야스, 4명.

이츠키, 3명.

나, 0명.

"잠깐, 임금님!"

어떻게 이럴 수가 있어. 아무리 그래도 이건 너무 심하잖아.

내 불만에 임금님은 식은땀을 흘린다.

“나도 이런 사태까지는 미처 예상하지 못했다만.”

“인망이 없군요.”

황당하게도 대신이 어이없다는 듯 내뱉는다. 아니, 기분 탓인지 몰라도 임금님 말도 어째 국어책 읽기처럼 들리는데.

그때 로브를 입은 사내가 임금님의 귓가에 뭔가 속닥거린다. 어쩐지 웃는 것처럼 보였는데……?

“흠. 그런 소문이 퍼지고 있단 말이지…….”

“무슨 일 있었나요?”

모토야스가 미묘한 표정으로 묻는다.

아무리 그래도 이건 불공평해도 너무 불공평하다. 뭐야, 초등학교 때 팀을 짜서 놀 때 혼자만 따돌림을 당한 것 같은 이 감각은.

이세계에 와서까지 이런 기분을 맛보게 되다니, 난 그런 얘기는 들은 적 없다고.

“흠, 실은 그게…… 용사님들 중에서 방패 용사는 이 세계 사정에 대해 어둡다는 소문이 성내에 퍼져 있는 모양이군.”

“엉?!”

“전승에 따르면 용사는 이 세계를 이해하고 있다고 나와 있어. 그 조건을 충족시키지 못하는 게 아니냐 하는 얘기지.”

모토야스가 팔꿈치로 내 옆구리를 쿡쿡 찌른다.

“어제 했던 잡담, 혹시 도청 당하고 있었던 거 아냐?”

비슷한 게임을 모른다고 했던 얘기 말인가? 그것 때문에 난 이렇게 외톨이 신세가 됐다는 거야?

그나저나 그 전승은 또 뭐야. 내가 여기 사정에 어두운 건 사실이지만 나도 어쨌거나 방패의 용사라고!

물론 다른 용사들 말에 따르면 패배자의 무기를 갖고 있긴 하지만 이건 게임이 아니잖아!

"그건 그렇고, 렌! 넌 다섯 명이나 있으니까 좀 나눠달라고."

뭔가 겁먹은 양 같은 눈으로 렌과 동행하고자 하는 모험가(남자 포함)들이 렌 뒤에 숨는다.

렌도 좀 난감한 듯 머리를 벅벅 긁으면서,

"나는 몰려다니는 걸 별로 안 좋아해. 못 따라오는 녀석은 그냥 두고 갈 거야."

그렇게 떼어놓으려는 듯 말해 보았지만 그자들은 움직일 기색을 조금도 보이지 않는다.

"모토야스, 이거 어떻게 생각해?! 이거 너무한 거 아냐?"

"으음――."

참고로 신기하게도, 남녀 비율은 여자 쪽이 더 많다.

어떤 의미에서는 하렘이 완성되어 가고 있다.

"이렇게 치우치다니――이것 참."

이츠키도 난감한 표정이지만 자기에게 모인 동료들을 거부할 수는 없다는 태도를 드러내고 있다.

참고로 모토야스의 동료들은 모두 여자다. 여자를 끌어당기는 이 녀석의 힘은 도대체 어디까지가 한계란 말이냐.

"균등하게 세 명씩 데려가는 게 제일 낫긴 하지만…… 억지로 배분하면 사기가 떨어질 테니까요."

이츠키의 일리 있는 말에 그 자리에 있던 자들이 고개를 끄덕인다.

"그렇다고 나는 혼자서 여행을 떠나라는 거야?!"

방패라고! 네놈들 말에 따르면 패배자의 무기라고! 동료도 없이 무슨 수로 강해지라는 건데?!

"아, 용사님, 저는 방패 용사님 밑으로 가도 상관없어요."

모토야스의 부하가 되기를 원하던 여인이 한 손을 들어 입후보한다.

"오? 그래도 돼?"

"네."

붉은 세미롱 헤어의 깜찍한 여자아이다.

얼굴은 꽤 귀여운 편인 것 같다. 약간 앳된 얼굴이긴 하지만 키는 나보다 약간 작은 정도이니 여자치고는 훤칠한 편이다.

"나오후미 공의 휘하에 들어가도 무방하다고 생각하는 자는 더 없나?"

……아무도 손을 들려 하지 않는다. 임금님은 한탄하듯 한숨을 쉬었다.

"어쩔 수 없지. 나오후미 공은 이제부터 마음에 드는 동료를 자력으로 끌어들여서 인원을 보충하도록. 용사님들에게는 달마다 원조금이 주어지는데, 나오후미 공에게는 동료들을 모을 때 대가로서 쓸 수 있도록 이번에는 다른 용사들보다 지원금을 더 얹어 주기로 하지."

"아, 네!"

타당한 판단이다.

나를 마음에 안 들어 한다면 나와 동료가 되기를 원하는 녀석을 찾아서 보충하는 게 제일 낫다.

"그럼 준비금을 나눠주지. 용사들은 확실하게 수령하도록."

우리 앞에 네 개의 돈 보따리가 배분된다.

짤랑짤랑 묵직한 소리가 들려 왔다. 그 가운데 약간 큼직한 돈 보따리가 나에게 주어졌다.

"나오후미 공에게는 은화 800닢, 다른 용사님들에게는 600닢을 준비했다. 이걸로 장비를 갖추고 여행을 떠나도록."

"""네!"""

우리와 동료들은 일제히 경례를 붙이고 알현을 마쳤다.

그리고 알현실을 나와서 저마다 자기소개를 시작한다.

"저기, 방패 용사님, 제 이름은 마인 스피아라고 해요. 앞으로 잘 부탁해요."

"자, 잘 부탁해."

딱히 격식 차리는 것 없는 느낌으로, 마인은 싹싹하게 말을 건다. 동료가 된 경위가 경위이다 보니 살짝 주눅이 들긴 했지만, 어쨌든 내 동료가 되어 준 아이다.

동료는 소중히 여겨야지. 나는 다른 용사들에 비해서 패배자의 무기를 들고 있으니까.

그리고 마인은 여자아이, 나는 방패, 방어계다. 기필코 보호해 줘야지.

"그럼 갈까, 마인, 씨?"

"네~에."

마인은 명랑하게 고개를 끄덕이고, 내 뒤를 따라왔다.

성과 도시를 연결하는 도개교를 건너자, 그곳에는 근사한 거리가 있었다.

어제도 슬쩍 보긴 했지만 이렇게 가까이서 보니 이세계에 왔다는 사실이 한층 더 실감 나게 느껴진다.

포석이 깔린 길에 석조 가옥들, 거기에 달려 있는 간판. 그리고 먹음직스러워 보이는 음식 냄새가 감돌아서 어딘지 감동적이기까지 하다.

"이제 어떻게 하시겠어요?"

"우선 무기나 방어구를 파는 가게에 가고 싶은데."

"그래야겠네요. 그만한 돈이 있으면 좋은 장비도 살 수 있으니까요."

방패밖에 없는 나에게는 우선 무기가 필요하다. 무기가 없으면 마물 같은 거랑 싸울 수도 없고 다른 녀석들을 따라잡기도 힘들 것이다. 무엇보다 그 녀석들은 성장하는 무기를 갖고 있는 것이다. 그러니 초반에 조금이라도 치고 나가 두지 않으면 눈 깜짝할 사이에 뒤처져 버리고 말 것이다.

용사로서 소환된 이상 건성으로 싸우고 싶지는 않았고, 패배자 쪽에 따라와 준 마인을 위해서라도 최선을 다해야지.

"그럼 제가 알고 있는 좋은 가게로 안내할게요."

"부탁해도 될까?"

"네."

역시 동료가 최고라니까. 마인은 깡충거리는 걸음걸이로 나를 무기 상점으로 안내해 준다.

성을 나와서 10분 정도 걸었을 때였을까, 검이 그려진 유난히 커다란 간판이 달린 가게 앞에서 마인이 발걸음을 멈추었다.

"여기가 제가 추천하는 가게예요."

"오오……."

가게 문틈으로 가게 안을 들여다보니, 벽에 무기가 걸려 있는 것이 그야말로 무기 상점다운 인테리어였다.

그 외에도 갑옷이며 모험에 필요한 장비 세트들을 전부 다 갖추고 있는 것 같다.

"어서 옵쇼."

가게로 들어가자 점주가 활달하게 말을 건다. 근육이 우락부락한, 그야말로 무기상을 그림으로 그려 놓은 것 같은 무기 상점 점주가 카운터에 서 있다. 이런 곳 점장이 물렁물렁한 지방 덩어리 같은 사람이었더라면 기분 나빴을 테니 다행스러운 일이다. 내가 정말 이세계에 오긴 했구나.

"호오……. 이게 무기 상점이란 말이지……."

"오, 손님은 처음 보는 사람이군. 우리 가게에 들어오다니 눈썰미가 좀 있는데."

"네, 이쪽이 소개해 줘서요."

내가 그렇게 말하고 마인을 가리키자 마인은 손을 들어서 가볍게 흔든다.

"고마워, 아가씨……? 아가씨, 우리 어디서 만난 적 없었나?"

"전에도 온 적이 있었어요. 이 부근에서 아저씨 가게는 유명하기도 하구요."

"그거 기분 좋은 소리를 다 듣겠군. 그런데 그 별난 복장의 친구는 누구지?"

그러고 보니 이 세계의 기준으로 따지면 지금 내 복장은 이세계의 옷인 셈이었지.

자칫하면 시골뜨기로 보이지 않으려나. 아니면 이상한 녀석이나.

"아저씨도 아시잖아요?"

"그렇다면 당신이 그 소문으로만 듣던 용사라는 거군! 호오-!"

아저씨는 나를 뚫어지게 쳐다본다.

"썩 미덥게 보이진 않는데……."

꽈당 하고 자빠질 뻔했다.

"아주 노골적으로 말씀하시네요."

아저씨 말마따나 확실히 미덥게 보이지는 않을 것이다. 강해지는 건 지금부터니까.

"용사 형씨. 좋은 물건을 장비하지 않으면 모험가 녀석들한테 얕보인다우."

"그렇겠죠……."

하하하, 겉과 속이 다르지 않은 유쾌한 사람이다.

"보아하니…… 짱인가?"

내 뺨이 굳어지는 것을 느꼈다.

내 소문은 왜 이렇게 전달 속도가 빠른 건가. 뭐, 상관없다. 신경 쓰면 지는 거다.

"방패 용사인 이와타니 나오후미라고 해요. 앞으로도 계속 신세를 지게 될지도 모르니까, 잘 부탁해요."

마음을 다잡고 아저씨에게 자기소개를 한다.

"나오후미라. 뭐, 단골이 돼 준다면 나야 좋지. 잘 지내봅시다, 형씨."

정말이지, 활달한 점장이다. 마인이 아저씨에게 묻는다.

"저기요, 아저씨. 뭐 좀 좋은 장비 없어요?"

"글쎄다. 예산은 어느 정도가 있지?"

"글쎄요……."

마인이 품평하듯이 나를 쳐다본다.

"은화 250닢 범위 안쪽일 것 같아요."

소지 은화 800닢 중에서 250닢……. 숙박이나 동료 고용 대금을 산출하면, 그 정도 예산이려나.

"오? 그만한 예산이라면, 대충 이 정도면 되겠군."

아저씨는 카운터에서 나와서, 가게에 장식되어 있던 무기 몇 자루를 가져온다.

"형씨. 즐겨 쓰는 무기는 정해져 있나?"

"아뇨, 아직은 없는데요."

"그렇다면 초보자라도 쉽게 다룰 수 있는 검 종류를 추천하지."

검 몇 자루를 카운터에 늘어놓았다.

"추천할 만한 무기는 이런 것들이고, 전부 다 블러드 클린 코팅이 돼 있어."

"블러드 클린?"

"피가 묻어도 날이 무뎌지지 않도록 코팅이 돼 있다는 얘기에요."

"호오……."

그러고 보니 내 세계의 칼들은 여러 번 고기를 자르면 날이 무뎌진다고 들었던 기억이 있다.

다시 말해 날이 무뎌지지 않는 검이라는 얘긴가.

아저씨가 갖고 있는 걸 응시하고 있자니 예전에 보았던 모조 칼과는 질감이 확연히 다르다는 걸 느낄 수 있었다.

제법 잘 드는 칼 같다.

"오른쪽부터 철, 마법철, 마법강철, 은철. 왼쪽으로 갈수록 가격은 비싸지지만 성능 하나는 보장하지."

그 말은 사용하고 있는 광석에 의해 경도가 다르다는 건가?

그래도 결국 같은 철의 카테고리에 들어가는 무기라는 느낌이다.

"더 상급 무기도 있지만 총액이 은화 250닢이라면 대충 이 정도일 거요."

생각해 보면 그렇다. 컨슈머 게임이라면 첫 번째 마을에서 살 수 있는 무기는 별로 좋은 게 없는 느낌이지만, 여기는 꽤 충실하게 상품이 갖춰져 있는 모양이다. 그렇다면 온라인 게임에 가까운 세계. 아니, 이건 이세계의 현실이니까 큰 나라의 무기 상점이라면 무기도 잘 갖춰져 있는 게 정상이려나.

"철의 검이라…."

천천히 검의 칼자루를 쥐어 본다. 아, 역시 제법 묵직하다.

들고 있는 방패가 너무 가벼워서 그다지 신경 쓰이지 않았지만 무기는 꽤 묵직하구나.

이 무기로 앞으로 만날 마물과 싸우는 거란 말이지…….

"앗!"

갑자기 강력한 전격을 받은 것처럼 들고 있던 철의 검이 튕겨져 나간다.

"오?"

아저씨와 마인이 어리둥절한 얼굴로 나와 검을 번갈아 쳐다본다.

"뭐지?"

나는 떨어트린 검을 줍는다. 아까 같은 이상한 느낌은 없다.

그건 도대체 뭐였던 거야?

그렇게 생각하고, 다시 아까 하던 생각을 재개한다. 그러자 다시 파직 하고 고통이 엄습한다.

"아야!"

이건 도대체 뭐냐, 지금 장난 하는 거냐, 하는 생각에 나는 아저씨를 쏘아보았지만, 아저씨는 고개를 가로젓는다. 마인이 이상한 짓을 할 리는 없었지만, 나는 마인 쪽으로도 고개를 돌렸다.

"갑자기 튕겨나간 것처럼 보였는데요?"

그럴 리가 있나. 말도 안 된다고 생각하면서 나는 자신의 손바닥을 응시한다.

그러자, 시야에 문자가 떠올랐다.

「전설 무기의 규칙사항, 전용무기 이외 소지 규정을 위반했습니다.」

뭐야, 이건?
서둘러 도움말을 불러내서 설명문을 찾는다.
찾았다!

「용사는 자신이 소지한 전설 무기 이외의 것은, 전투 의사를 가진 상태에서는 사용할 수 없다.」

뭐가 어째? 한마디로 나는 방패 말고 다른 건 전투에서 사용할 수 없다는 거야?!
방패만 갖고 싸우라니 그런 쓰레기 게임이 어디 있느냐 말이다.
"저기, 아무래도 이 방패 때문에 난 다른 무기를 들고 싸울 수가 없다나 봐."
쓴웃음을 지으면서, 나는 고개를 든다.
"도대체 무슨 원리지? 좀 보여주지 않겠수?"
나는 방패를 든 손을 아저씨에게 내밀어 보여 준다. 빠지지가 않으니 어쩔 수 없다.
아저씨가 조그맣게 뭔가를 중얼거리자, 작은 빛 구슬이

방패로 날아가서 깨졌다.

"흠, 얼핏 보기에는 그냥 스몰 실드지만, 뭔가 좀 이상한데……."

"아, 알아보시겠어요?"

스테이터스 마법에도 스몰 실드라고 기재되어 있었다.

(전설 무기)라는 항목이 붙어 있긴 했지만.

"한가운데에 핵이 되는 보석이 박혀 있잖아? 여기에서 뭔가 강력한 힘이 느껴져. 감정 마법으로 살펴봤지만……. 제대로 보이지가 않더군. 저주 부류라면 한 번에 알아봤을 텐데."

살펴보기를 마친 아저씨는 내게로 눈길을 향한 채 트레이드마크인 수염을 쓰다듬는다.

"덕분에 재미있는 구경을 했구려. 그럼 방어구라도 사겠수?"

"그럼 부탁할게요."

"은화 250닢 범위에서 무기와 방어구를 다 갖추게 할 생각이었는데, 상황이 이리 됐으니 갑옷이라도 갖추는 수밖에."

방패는 이미 갖고 있으니 결과적으로는 그렇게 되는 셈이다.

아저씨는 가게에 전시되어 있는 갑옷 몇 개를 가리킨다.

"풀 플레이트는 움직임이 둔해지니까 모험에는 안 맞지. 입문자용으로는 사슬갑옷 정도가 그나마 나을 거요."

그 말에, 나는 사슬갑옷으로 손을 뻗는다. 찰랑찰랑하는 소리가 나는, 쇠사슬로 연결된 옷.

이름 그대로군. 방어력도 생긴 것 그대로이려나?

응? 아이콘이 열렸다.

사슬 갑옷 / 방어력 상승 / 참격 내성(소)

흠, 흠, 검을 들었을 때 항목이 보이지 않았던 건, 장비가 불가능했기 때문이었군.

"저건 가격이 얼마 정도 하죠?"

마인이 점주에게 묻는다.

"저렴하게 은화 120닢에 팔아 주지."

"매수가는요?"

"응? 글쎄……? 상태 좋은 중고라면 은화 100닢 정도에 매수해 주지."

"그건 왜 묻는 거야?"

"방패 용사님이 성장하셔서 더 이상 필요 없어졌을 때의 매수 가격을 물어본 거예요."

그런 거였군……. 나도 이제 겨우 레벨 1이니, 성장하면 더 강력한 장비를 착용할 수 있게 될 것이다. 이보다 더 상급의 장비도 있는 것 같지만 현재 상태에서는 이게 가장 효과가 높은 것 같다.

"그럼 이걸로 주세요."

"고맙수! 내의도 덤으로 얹어 드리리다!"

점주의 두둑한 인심에 나는 뭐라 감사의 말을 해야 할 지 감도 잡히지 않았다. 은화 120닢을 건네고 사슬갑옷을 손에 넣었다.

"여기서 입고 갈 거요?"

"네."

"그럼 이쪽에서 갈아입으슈."

점주가 안내해 준 탈의실에서 나는 방금 구입한 내의와 사슬갑옷으로 갈아입었다.

원래 입고 있던 옷은 점주가 준 봉투에 집어넣는다.

"오, 이제 좀 그럴싸한 차림이 됐는데."

"고맙습니다."

이거 칭찬하는 말 맞지?

"그럼 이제 슬슬 싸우러 가 볼까요, 용사님."

"좋아!"

모험가다운 차림이 된 나는, 들뜬 마음으로 마인과 함께 가게를 나섰다.

그리고 우리는 성문 쪽으로 걸어가서, 성문 밖으로 빠져나간다.

도중에 이 나라의 기사 같은 문지기가 묵례를 해 주었기에, 나도 활기차게 답례했다.

가슴 뛰는 모험이 시작된다.

5화 방패의 현실

성문을 빠져나오니 한없이 드넓은 초원이 펼쳐져 있었다.

일단 포석이 깔린 길이 있긴 했지만, 길에서 한 발짝만 벗어나면 끝도 없이 초원이 펼쳐져 있는 게 아닐까 싶을 정도로 광활한 신록에 뒤덮여 있다.

이런 풍경은 홋카이도를 여행했을 때 이래로 처음 보는 것이었다.

그리고 저렇게 드높은 하늘이나 지평선은 난생 처음 보는 광경이다.

이 정도로 들떠서는 용사로서 체면이 서지 않으므로, 애써 태연한 척을 한다.

"그럼 용사님, 이 부근에 생식하는 약한 마물을 상대로 워밍업을 시도해 봐요."

"그래. 나도 전투는 처음 해 보는 거니까. 어느 정도 싸울 수 있는지 한번 해 볼게."

"열심히 하세요."

"응? 마인은 안 싸우는 거야?"

"제가 싸우기 전에 용사님의 실력을 확인해 봐야죠."

"하, 하긴 그렇지."

생각해 보면 경험은 마인 쪽이 더 위고 나는 스스로의 현재 실력도 모르는 상태다.

우선은 마인이 안전하다고 판단한 마물을 상대로 싸워 보자.

한동안 초원을 타박타박 걸어가니 뭔가 유달리 튀는 오렌지색 풍선 같은 것이 눈에 들어왔다.

"용사님, 찾았어요. 저기 있는 건 오렌지 벌룬……. 아주 약한 마물이지만 호전적인 녀석들이에요."

이름이 너무 무성의한 거 아냐? 오렌지색 풍선이니까 그냥 오렌지 벌룬인가?

"카악!"

난폭한 목소리와 두 개의 흉악한 눈매에서 녀석이 가진 적의가 엿보였다.

밭에 새를 쫓기 위해 설치하는 풍선 같은 녀석이 이쪽을 발견하고 덮쳐 온다.

"파이팅이에요, 용사님!"

"좋았어!"

마인도 보고 있으니 멋진 모습을 보여주고 말겠어.

나는 방패를 오른손에 들고 둔기로 후려치듯 오렌지 벌룬에게 휘둘렀다.

"으랏차!"

한 대 때렸더니 바로 팅 하고 튕겨 나왔다. 의외로 탄력이 있다!

쉽게 쪼개 버릴 수 있을 줄 알았는데…….

자세를 재정비한 오렌지 벌룬이 이빨을 드러내며 나를 깨물었다.

"익!"

깨물린 부위에서 딱딱한 소리가 들려온다.

이상하게도 아프기는커녕 간지럽지도 않다. 오렌지 벌룬은 아직도 내 팔을 물어뜯고 있지만 아무런 효과도 없는 모양이다.

방패에서 어렴풋한 방벽이 나와서 지켜 주고 있는 것 같다. 아마도 방패의 힘이리라.

나는 말없이 마인 쪽을 돌아본다.

"용사님, 힘내세요!"

……대미지를 안 받는 대신 이쪽도 대미지를 주지 못하지만, 어쩔 수 없다.

"아자아자아자아자아자!"

마치 무슨 격투기 전수자처럼, 나는 맨손으로 쉴 새 없이 오렌지 벌룬을 후려쳤다.

그리고 5분 후…….

퍼엉!

경쾌한 소리와 함께, 오렌지 벌룬이 터졌다.

"하아…… 하아…… 하아……."

딩동 하는 소리와 함께, EXP 1이라는 숫자가 보인다.

경험치가 1 들어왔다는 얘긴가.

그나저나, 이렇게 힘들게 싸워서 고작 1이라니……. 앞날이 캄캄하다.

그리고 이 녀석은 또 왜 이렇게 단단한 거야. 역시 맨손으로는 한계가 있다니까.

"열심히 잘 싸우셨어요, 용사님."

마인이 박수를 쳐 주고 있긴 하지만, 뭐랄까, 좀 낯간지럽다.

"응?"

뭔가 발소리가 들려온다. 그 쪽을 돌아보니 렌과 그 동료들이 종종걸음으로 뛰어가는 모습이 보인다. 말을 걸까 하고도 생각했지만 워낙 진지한 표정으로 뛰어가고 있어서 말을 붙일 틈이 없다.

아, 렌 앞에 오렌지 벌룬이 세 마리 나타났다.

—하지만.

렌이 검을 한 번 휘두르자 오렌지 벌룬은 펑 하는 소리를 내며 터져 버린다.

일격?! 뭐야, 뭐야……. 도대체 공격력 차이가 얼마나 나는 거냐.

"……."

넋이 나간 내 얼굴 앞에서, 마인이 팔랑팔랑 손을 흔든다.

"걱정 마세요. 용사님에게는 용사님 나름의 싸우는 방식이 있으니까요."

"고마워……."

처음 경험한 전투로 한정해 보면, 5분 동안이나 오렌지 벌룬에게 물려 있었으면서도 상처 하나 입지 않은 내 방어력은 상당한 수준인 것 같다.

전리품인 오렌지 벌룬의 잔해를 주웠다. 그러자 딩동 하고 방패에서 소리가 들려온다.

서서히 방패로 가까이 가져가자 잔해는 어렴풋한 빛이 되어 빨려 들어갔다.

GET, 오렌지 벌룬 풍선.

그런 문자가 떠오르고 웨폰 북이 점등한다. 웨폰 북을 열어 보니, 오렌지 스몰 실드라는 아이콘이 나와 있었다. 방패를 변화시키기에는 아직 모자라지만 필요한 재료인 건 확실한 모양이다.

"이게 전설 무기의 힘이군요."

"응. 변화시키려면 일정한 물건을 빨아들이게 하면 된다나 봐."

"그랬군요."

"참고로 아까 그 전리품은 어느 정도 가격으로 거래되는 거야?"

"동화(銅貨) 한 닢 정도면 살 수 있을 정도예요."

"……동화 몇 닢을 모아야 은화 한 닢인데?"

"은화 한 닢은 동화 100닢에 해당해요."

뭐, 렌이 해치우던 걸 보면 상당히 약한 마물 같으니, 어쩔 수 없겠지.

"그럼, 이번엔 마인 차례지?"

"뭐, 그렇게 되겠네요."

그렇게 얘기하는 사이에 오렌지 벌룬 두 마리가 우리 쪽으로 다가오고 있었다.

마인이 허리에 차고 있던 검을 뽑아 들고 두 번 휘두르자 오렌지 벌룬은 펑 하는 소리와 함께 터져 버렸다.

우와아……. 내가 엄청 약한 건가……?

어쨌거나 내가, 아니, 이 방패가 약하다는 건 뼈저리게 잘 알았다.

이렇게 된 마당이니 마인이 나 대신 싸우게 하는 게 효율적일 것이다.

"그럼 마인이 공격, 내가 방어하는 식으로 할 수 있는 데까지 해 보자."

"네."

마인은 흔쾌히 대답하고 고개를 끄덕여 주었다.

그 뒤로 우리는 해가 기울기 조금 전까지 초원을 돌아다니며, 조우한 오렌지 벌룬과, 색깔만 다른 옐로 벌룬을 해치우는 작업을 계속했다.

“조금 더 가면 약간 더 강력한 마물이 나오지만 지금쯤 슬슬 성으로 돌아가면 딱 해가 지겠네요.”

“으~응. 조금 더 싸워 두고 싶은데 말이야…….”

대미지도 안 받고, 벌룬의 공격은 간단히 막아낼 수 있으니 괜찮을 것 같은데.

“오늘은 일찌감치 돌아가서 다시 한 번 무기 상점을 둘러보도록 해요. 제 장비들을 사 둬야 내일은 오늘보다 더 멀리까지 갈 수 있을 테니까요.”

“그러고 보니, 그런 것 같네.”

레벨업까지는 아직 시간이 좀 걸릴 거 같고 하니, 오늘은 이 정도까지만 해 두는 게 나을 것 같다. 참고로 방패에 흡수시켜야 할 양은 이미 채웠으므로, 풍선은 그대로 소지하고 있다.

이제는…… 레벨업만 하면 방패를 변화시킬 수 있는 것 같군.

어쨌거나 첫째 날 모험은 거기서 마무리 하고 우리는 성 밑 도시 쪽으로 돌아갔다.

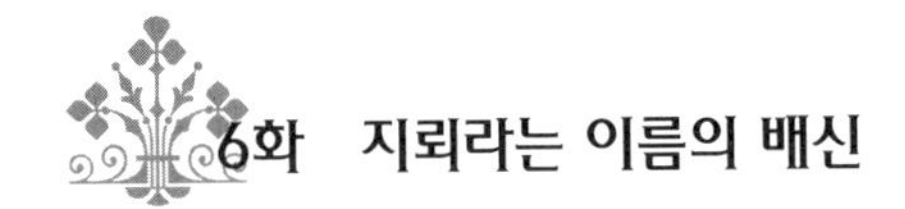

6화 지뢰라는 이름의 배신

저녁 무렵, 성 밑 도시로 돌아온 우리는 다시 무기 상점에 얼굴을 내비쳤다.

"오, 방패 형씨 아닌가. 다른 용사들도 다녀갔다우."

모두 이 가게에서 무기를 산 건가.

희희낙락한 얼굴의 아저씨가 우리를 맞이한다.

"맞아. 이건 어디서 팔 수 있는 거죠?"

오렌지 벌룬 풍선을 아저씨에게 보여주자 아저씨는 가게 바깥쪽을 가리켰다.

"마물 재료를 매수하는 가게가 있소. 거기에 가져가면 어지간한 물건은 다 사 준다오."

"고마워요."

"그래서 이번엔 무슨 일로 온 거지?"

"아아, 마인…… 동료의 장비를 사기로 해서요."

내가 마인에게로 시선을 향하니 마인은 가게 안의 장비를 뚫어지게 응시하고 있었다.

"예산액은?"

현재 보유하고 있는 것은 은화 680닢. 그 가운데서 얼마를 써서 장비를 구매하면 되는 걸까.

"마인, 어느 정도 쓰는 게 좋을 것 같아?"

"……."

마인은 진지하기 그지없는 표정으로 장비들을 비교하고 있다.

내 말 따위는 전혀 귀에 들어오지 않는 모양이다. 숙박비가 어느 정도일지는 모르지만 한 달 분의 생활비는 남겨둬야 할 텐데 말이지.

"일행의 장비라……. 확실히 좋은 걸 입히는 편이 더 강해질 수 있을 테지."

"네."

아무래도 나는 공격력과는 인연이 없는 것 같으니 마인에게 장비 대금을 집중시키는 편이 나을 것 같다.

"비교적 값이 비쌀 것 같으니까 잡담이라도 하면서 미리미리 값을 깎아 둬야죠."

"오, 용사님이 재미있는 소리를 다 하는군."

"80퍼센트 할인!"

"아무리 그래도 그건 너무 심하잖소! 20퍼센트 가격 인상!"

"더 비싸게 받는 게 어딨어요! 그럼 79퍼센트!"

"상품을 보지도 않고 값부터 깎는 녀석에게는 두 배를 더 받아도 모자랄 정도라고!"

"후, 허튼소리! 90퍼센트 할인!"

"칫! 21퍼센트 인상!"

"값 올리지 말라니까요! 100퍼센트 할인."

"그건 공짜로 달란 얘기잖수, 형씨! 할 수 없지. 50퍼센트 깎아 주리다."

"너무 적어요! 92퍼센트——."

그리고 얼마 후, 마인은 디자인이 귀여운 갑옷과 묘하게 비싸 보이는 금속이 사용된 검을 가져왔다.

"용사님, 저는 이런 게 좋을 것 같아요."

"아저씨, 합쳐서 얼마 정도 되는 거예요? 60퍼센트 할인으로."

"싸게 쳐 줘서 은화 80닢 정도요. 이것도 59퍼센트 깎아 준 거니까, 더는 못 깎아 주니 그런 줄 아슈."

마인이 결정하기 전에 해 둔 가격 협상이 열매를 맺어서 가격은 내릴 수 있었다.

하지만 남은 돈이 은화 200닢밖에 안 된다는 건 좀 빠듯하지 않을까?

"마인, 조금만 더 타협하면 안 될까? 나는 숙박비나 생활비가 어느 정도 드는지 아직 모르니까."

"괜찮아요, 용사님. 제가 강해지면 그만큼 마물을 많이 죽일 수 있으니, 그 전리품으로 어떻게든 할 수 있어요."

마인은 눈을 초롱초롱 빛내며 내 팔에 가슴을 대고 조른다.

역시 이세계 소환, 정석적 전개다.

지금까지 여자애들한테 인기라고는 얻어 본 적이 없었던 나도 이렇게 귀여운 아이를 곁에 둘 수 있다.

응, 마인의 말대로 공격력이 중요한 건지도 모르지.

"하, 할 수 없지……."

은화 200닢, 생각해 보면 렌이나 모토야스, 이츠키는 최소한 세 명 이상을 거느리고 있다. 원래부터 지급된 활동비는 장비를 구하는 것만으로도 빠듯할 것이다.

그렇다면 200닢이 있으면 한 달을 생활하는 데에는 충분할 가능성이 높다. 동료들을 모집하는 건 레벨업을 해서 수입이 제 궤도에 오른 뒤에 하는 것도 나쁘지 않을 것 같다.

"좋아, 그럼 아저씨, 부탁해요."

"고맙습니다. 정말이지, 대단하신 용사님이라니까."

"하하, 장사는 꽤 좋아하거든요."

온라인 게임을 할 때도 나는 돈을 버는 게 좋았다. 경매 이벤트를 할 때도 가능한 한 싸게 사서, 최대한 비싸게 파는 것을 반복하는 식의 수완은 있다고 생각해 왔다. 그리고 인간을 상대로 값을 깎는 것보다 쉬운 일은 없을 것이다. 알기 쉬운 금액이 눈앞에 있으니까.

"고마워요, 용사님."

마인이 들떠서 내 손에 키스했다.

이것은 호감도 상승! 내일부터의 모험이 기대되는걸.

장비를 새로 갖춘 마인과 함께, 나는 마을의 여관에 얼굴을 내비쳤다.

1박에 1인당 동화 30닢이라…….

"두 칸 주세요."

라고 마인이 말했다.

"한 칸이면 되는 거 아냐?"

"용사님……."

마인이 무언의 압력을 발산한다.

우……. 할 수 없지.

"그럼, 두 칸 주세요."

"네, 네, 잘 부탁드립니다요."

여관 주인이 손을 비비적거리면서 우리가 묵게 될 방을 가르쳐주었다. 가격 기준을 머릿속에 입력하면서, 여관에 병설되어 있는 술집에서 저녁을 먹는다. 별도 요금으로 식비 동화 5닢×2를 지불했다.

"그러고 보니……. 오늘 우리가 싸우던 초원은 여기였지?"

나는 여관으로 오다가 산 지도를 펼치고 마인에게 물었다.

지도에는 이 부근의 지형이 표시되어 있다. 렌이나 모토야스에게 묻는 편이 나을지도 모르지만 어제의 태도로 미루어 보아 아무래도 안 가르쳐줄 것 같다. 그런 녀석들은 타인을 속이는 데 거리낌이 없는 놈들이다. 내가 이 세계에 대해 전혀 모른다는 점을 노려서 나를 강력한 마물의 둥지가 있는 곳으로 유도하기라도 한다면 분통이 터져서 못 견딜 일이다.

그러니까 그 쪽에 대해 잘 알 것 같은 마인에게 묻는다.

"네, 맞아요."

"낮에 네가 했던 얘기로 추정해 보면 초원을 지난 숲 부근이 다음 사냥터야?"

지도를 펼쳐 보니 이 나라의 지형을 대략적으로 알 수 있었다.

기본적으로 성을 중심으로 초원이 펼쳐져 있고, 거기서 숲으로 이어지는 길과 산으로 이어지는 길, 그 외에 강으로 가로막혀 있는 곳이며 마을로 이어지는 길이 있다.

별로 큰 지도가 아니라서 근처에 있는 마을도 별로 표시가 안 되어 있다.

이 지도만 봐서는 숲 너머에 뭐가 있는지 알 길이 없지만, 앞으로 가게 될 길에 적대적인 마물이 있다고 예측해 두지 않으면 제대로 싸울 수가 없을 것이다.

"네. 이 지도에는 안 실려 있지만, 우리가 앞으로 가려는 곳은 숲 너머에 있는 라판 마을이에요."

"흐음……. 그렇단 말이지."

"라판 마을을 지나면 그 너머에 초보 모험가용 던전이 있어요."

"던전……."

꿈이 펼쳐지는걸! 온라인 게임을 기준으로 치면 그냥 몬스터 사냥하는 게 전부지만.

"수익은 별로 없지만 용사님이 레벨을 올리시는 데에는 좋은 장소일 거라고 생각해요."

"그렇단 말이지……."

"장비도 새로 구했으니, 용사님의 방어력에 달리긴 했지만, 아마 쉽게 깰 수 있을 거예요."

"그래, 고마워. 참고해 둘게."

"별 말씀을요. 그런데 용사님? 와인은 안 드세요?"

이곳은 술집인 만큼 요리와 함께 술도 나왔지만 나는 전혀 손을 대지 않고 있었다.

"아아, 술은 별로 안 좋아해서 말이야."

못 마시는 건 아니다. 오히려 아무리 마셔도 거의 취하지 않을 만큼 술이 센 체질이다.

하지만 대학교 동아리 회식 같은 곳에서 모두 고주망태가 되어 있는 가운데 나 혼자만 아무리 마셔도 취하지도 않고 맨 정신으로 있다 보니 점점 싫어지게 되었다.

"그러셨군요. 그래도 한 잔 정도는."

"미안. 정말 싫어해서 말이야."

"그치만……."

"미안해."

"그러시군요……."

마인은 아쉬운 듯 와인을 집어넣었다.

"어쨌든, 내일부터의 방침을 의논할 수 있어서 다행이야. 오늘은 일찌감치 자야겠어."

"네, 내일 또 봬요."

식사를 마친 나는 시끌벅적한 술집을 나와서, 배정된 방으로 돌아간다.

아무래도 잘 때까지 사슬 갑옷을 입고 있을 수는 없는 노릇이다.

벗어서 의자 등받이에 걸어 둔다.

"……."

은화가 든 보따리를 비치되어 있는 테이블 위에 올려놓았다.

남은 은화 200닢이라…. 여관은 선불이었으니 199닢 남짓. 조금 불안한 기분이 들어서 안절부절못하는 건 내가 거지 근성에 물들어 버린 탓이려나.

관광지에 가는 일본인처럼, 나는 은화 서른 닢 정도를 방패 속에 감춘다.

응. 어쩐지 마음이 놓이는 것 같은 기분이다.

오늘은 파란만장한 하루였어.

마물을 물리치는 손맛이란 그런 느낌인가. 풍선을 터뜨리는 느낌이었다는 말로밖에는 표현할 길이 없지만.

침대에 걸터앉았다가 그대로 드러눕는다.

낯선 천장. 어제도 똑같은 생각을 했었지만 정말로 난 이 세계에 온 거구나.

두근거림이 멈추지 않는다. 이제부터 내 찬란한 나날의 막이 오르는 것이다. 물론 다른 용사 동료들보다 뒤처져 있기는 했지만 나에게는 나만의 길이 있다. 굳이 최강의 자리를 노릴 필요는 없다. 내가 할 수 있는 일을 하면 된다.

뭔가…… 졸음이 몰려오기 시작하네. 술집 쪽에서 흥겨워 보이는 목소리가 들려온다.

모토야스 같은 목소리와 이츠키 같은 목소리가 잡담을 하면서 방 앞을 지나간 것 같았다. 저 녀석들도 여기를 숙소로 삼은 건가.

실내용 램프로 손을 뻗어서 불을 끈다. 약간 이르긴 하지만, 그만 자기로 하자.

짤랑짤랑…….

음……. 뭐야, 이 소리는? 술집 녀석들, 아직도 떠들고 있는 건가?

음냐…….

부스럭부스럭……. 뭔가가 옷을 잡아당긴다.

"후후후…… 바보 같은 남자. 감쪽같이 속아 넘어가다니…… 내일이 기대되는걸."

누구지? 꿈인가……?

"응?"

왜 이렇게 춥지…….

햇빛이 얼굴을 비추어 아침이 밝았음을 얼려준다. 잠이 덜 깬 눈을 비비며 일어나서 창밖으로 시선을 향한다. 생각했던 것보다 늦잠을 자고 만 모양이다. 태양이 상당히 높이까지 떠올라 있다.

체내 시계에 의하면 9시 정도일까.

"어라?"

어느 틈엔가 옷이 속옷만 남아 있다. 무의식중에 벗어던진 건가?

뭐, 알 게 뭐야.

바깥 풍경으로 시선을 돌리니 당연하다는 듯 사람들이 거리를 오가고 있다.

점심 준비를 위해 식당이며 노점들이 분주하게 식재료를 조달하고 있는 광경이며, 마차가 덜컹덜컹 길을 달리는 광경을 보고 있으려니 또 다시 꿈꾸는 것 같은 기분에 빠져들었다.

아아, 정말로 이세계란 참 근사해.

성 밑 도시를 달리는 마차에는 여러 종류가 있는 모양이다. 타조 같은, 모 게임에 나오는 초○보처럼 생긴 생물이 끄는 마차도 있다. 굳이 따지자면 말 쪽이 더 고급품 같다. 이따금 소가 끄는 마차가 다니기도 하고, 정말이지 중세 분위기가 물씬 풍겨서 근사하기 그지없다.

"그럼, 이제 슬슬 밥부터 먹고 길을 떠나 볼까."

벗어 두었던 옷을 찾아서 침대 위를 살핀다.

……이상하네. 없잖아?

의자에 걸어 두었던 사슬갑옷도…… 아무리 찾아도 없다.

테이블에 놓아두었던 은화 주머니도 없어졌다! 게다가 갈아입을 예비용 옷으로 남겨 두었던 내 사복까지 없어졌다!

"이런……."

설마! 도둑인가?! 잠들어 있는 사이에 도둑질을 하다니 이렇게 비겁할 수가!

이 여관…… 경비가 이렇게 허술하다니 이게 말이 되는 건가!

어쨌거나, 동료인 마인에게 빨리 알려줘야 돼!

쿵! 하고 문을 열어젖히고, 나는 옆방에서 자고 있을 마인의 방문을 두드린다.

"마인! 큰일 났어! 우리 돈이랑 내 장비가!"

쾅쾅쾅!

몇 번을 두드려도 마인은 전혀 나올 기색을 보이지 않는다.

우당탕!

뭔가 요란한 발소리가 다가온다. 그쪽을 돌아보니 성의 기사들이 내 쪽으로 다가오고 있었다. 이건 어둠 속의 등불. 도둑질을 당한 사정을 설명하고 범인을 잡아 달라고 부탁하자.

다른 사람도 아닌 용사의 침상을 뒤져서 털다니, 별 얼간이 같은 놈도 다 있다.

"당신들은 성의 기사들이지? 잠깐 내 얘기 좀 들어 줘!"

나는 기사들 쪽을 보고 필사적으로 어필한다.

마인, 어서 방에서 나와 줘. 지금 엄청난 일이 벌어졌다고.

"방패 용사로군!"

"그래, 그런데……."

뭐야, 묘하게 적개심이 느껴지는 반응이잖아.

"임금님이 네게 소집 명령을 내리셨다. 동행해 줘야겠어."

"소집 명령? 아니, 그보다 나, 도둑을 맞았다고. 범인을?"

"자, 잔말 말고 따라와!"

힘을 꽉 주어서 나를 잡아당긴다.

"아프잖아! 얘기 좀 들어 보라고."

기사들은 내 팔을 붙들고 반강제적으로 연행한다.

거의 속옷 바람이나 다름없는 상태에서 이렇게 취급하는 게 어디 있냐고!

"어이, 마인! 빨리?"

기사들은 내 사정을 들어 주지 않았고, 나는 마인을 여관에 남겨둔 채 성으로 강제 송환되었다.

아까 그 마차는 나를 데려가기 위해서 온 것이었던 모양이다.

이렇게 해서 나는 영문도 모른 채, 마치 범죄자를 보는 것 같은 시선을 뒤집어써야 했다.

7화 누명

덜컹덜컹 흔들리는 마차에 실려, 나는 속옷 바람인 채로 성 앞까지 연행되어 갔다. 뒤이어서 기사들이 움직이지 못하도록 내게 창을 들이댄 채 알현실로 안내한다.

거기에 있던 것은 뭔가 언짢아 보이는 임금님과 대신.

그리고?

"마인!"

렌과 모토야스와 이츠키, 그 외의 동료들도 모여 있다. 내가 말을 걸자 마인은 모토야스 뒤에 숨어서 이쪽을 노려보았다.

"뭐, 뭐야, 그 태도는?"

꼭 악당을 쳐다보는 것 같은 눈길로 나를 노려보고 있잖아.

"정말로 짚이는 게 없어?"

모토야스가 험상궂은 얼굴로 나를 힐문한다.

도대체 뭐가 어떻게 된 거야?

"짚이는 거라니 무슨 소린데…… 어라, 아-!"

모토야스 녀석, 내 사슬갑옷을 입고 있다.

"네가 도둑질을 한 거냐!"

"누가 도둑질을 했다는 거냐! 네가 그렇게 나쁜 놈일 줄은 생각도 못 했다고!"

"나쁜 놈? 무슨 소릴 하는 거야?"

내 대꾸에 알현실은 마치 재판소 같은 분위기를 자아냈다.

"그래서, 방패 용사의 죄상은?"

"죄상? 무슨 소리야?"

"으우…… 훌쩍…… 방패 용사님께서는 술에 취하셔서 다짜고짜 제 방으로 쳐들어오시더니 저를 강제로 쓰러트리시고."

"엉?"

"방패 용사님께서는 '아직 날이 밝으려면 멀었다고' 라면서 저한테 달려드셔서, 강제로 옷을 벗기려고 하시고."

모토야스 뒤에 숨은 마인이 훌쩍이며 나를 손가락질하고 있다.

"저는 무서워져서…… 죽을 둥 살 둥 간신히 방에서 도망치고, 비명을 질러서 모토야스 님께 도움을 청했어요."

"뭐?"

무슨 소리야?

어젯밤, 나는 마인과 헤어진 뒤에 곧바로 푹 잠들었으니 그런 기억 따위는 전혀 없다.

울먹이는 마인의 태도에 그저 곤혹스럽기만 할 따름이었다.

"무슨 소릴 하는 거야? 난 어젯밤에, 밥 먹고 난 뒤에 방으로 가서 곧바로 잠들었다고."

"거짓말 지껄이지 마. 그럼 마인은 왜 이렇게 울고 있는 건데?"

"왜 네가 마인을 싸고도는 건데? 그리고 그 사슬갑옷은 어디서 손에 넣은 거야?"

마인이랑 너는 어제 처음 만난 사이잖아?

"아아, 어제 혼자 술을 마시고 있던 마인과 술집에서 만나서 한동안 같이 마시다 보니까, 마인이 선물이라면서 이 사슬갑옷을 나한테 줬거든."

"뭐?"

누가 봐도 그건 내 거잖아.

물론 마인이 자비로 구입한 사유물일 가능성도 0은 아니지만, 내 사슬갑옷이 없어지고 똑같은 걸 모토야스가 갖고 있으니 누구나 의심하는 게 당연한 것 아닌가.

모토야스와는 말이 통하지 않는다. 이럴 땐 임금님에게 직소하는 수밖에 없다.

"맞아! 임금님! 제가 밤에 잠들어 있는 사이에 도둑이 들어서, 방패 이외의 장비들과 전 재산을 훔쳐 갔어요! 제발 범인을 잡아 주세요!"

"닥쳐라, 악랄한 놈!"

임금님은 내 직소를 무시하고 일갈했다.

"내 국민의 거부 의사를 무시한 채 억지로 성행위를 강요하는 용서받지 못할 만행, 용사가 아니었더라면 즉결처형감이다!"

"그러니까 그건 오해라니까요! 저는 그런 짓 안 했다고요!"

"처음 만났을 때부터, 뭔가 일을 저지를 놈이라고 생각했었다! 역시 꼬리를 드러냈구나, 이 악당 놈!"

"아, 악당?! 왜 그렇게 되는 건데요!"

"역시 그랬었군요. 어쩐지 우리랑은 다른 정신을 가진 사람이라고 생각했는데."

"그랬었지. 설마 이런 범죄에 손을 대는 녀석일 줄이야……. 자기가 특권계급이라고 착각했던 거겠지."

"너는 주인공이 아냐. 매너 있게 행동해!"

이 자리에 있는 사람들 전부가 내가 범인이라고 단정 짓고 이야기를 진행하고 있다.

내 안의 피가 순식간에 끓어오르는 것을 느낀다.

뭐야, 이거? 뭐냐고? 도대체 뭐냔 말이다!

난 도대체 왜 내 기억에도 없는 일 때문에 이렇게 욕을 들어먹어야 하는 거지?

입을 삐끔거리면서 마인에게로 눈길을 돌리니, 아무도 안 보고 있다고 판단한 건지 마인은 나를 향해 혀를 날름 내밀어서 놀려댄다.

그 시점에서 나는 깨달았다.

그리고 모토야스를 쏘아본다. 뱃속으로부터 시커먼 감정이 분출되어 솟구치는 것이 느껴진다.

"너 이 자식, 준비금과 장비를 노리고 나한테 있지도 않은 누명을 덮어씌웠단 말이지!"

모토야스를 삿대질하며, 이렇게 큰 목소리가 나올 수 있구나 하고 나 스스로도 놀랄 정도의 음량으로 쏘아붙였다.

"헛! 강간마 주제에 무슨 소릴 지껄이는 거냐!"

마인을 내 시야로부터 감싸면서, 모토야스는 자신이 피해자를 구해준 히어로임을 정중하게 어필한다.

"헛소리 집어치워! 보나 마나 처음부터 내 돈을 노리고 저지른 짓이겠지. 동료의 장비를 구할 돈을 마련하려고 짜고 저지른 짓이잖아!"

모토야스는 자신의 동료가 되려 했던 마인에게 이렇게 속삭였을 것이다. 저 녀석은 패배자인 방패니까 마인에게 좋은 장비를 사 줄 거라고. 그리고 물건을 받은 후에 가진 돈과 소지품을 모조리 훔쳐서 피해자인 척 성에 보고하자고. 아예 나를 말살해 버릴 작정이었던 것이다.

……이거 아주 제대로 걸려들었다.

애당초 말이다. 마인은 나를 부를 땐 계속 용사님이라고만 불렀으면서 모토야스는 이름으로 부르고 있다. 이게 증거가 아니라면 뭐가 증거란 말인가.

이세계에 용사는 한 명이면 충분하다는 건가?

"이세계에 와서까지 동료에게 이런 짓을 하다니 쓰레기 같은 놈이군."

"그러게 말이에요. 제가 생각해도 동정의 여지는 없는 것 같아요."

렌과 이츠키도 나를 단죄하는 데 주저함이 없다.

그렇구나……. 이 자식들 처음부터 한패였구나. 방패니까. 약하니까. 강하지 않으니까 나를 업신여기고, 조금이라도 자기에게 유리해지도록 상황을 끌고 나가려는 꿍꿍이구나.

—무섭다.

뭐 이렇게까지 비겁하고 못되어 먹은 녀석들이 다 있단 말인가.

생각해 보면 처음부터 이 나라 녀석들은 나를 믿으려고도 하지 않았다.

알 게 뭐야! 내가 왜 이딴 녀석들을 지켜줘야 한다는 건가.

이 따위 세계, 그냥 멸망해 버리라지!

"……좋아. 이제 난 알 바 아냐. 냉큼 나를 원래 세계로 추방해 버리면 될 거 아냐? 그리고 새로운 방패 용사라도 소환하시지!"

이세계? 헛!

왜 이세계에 와서까지 이런 감정을 맛봐야 하는 건데?!

"자기한테 불리해졌다고 내빼는 거냐? 한심한 놈."

"그러게요. 자기 책무는 안중에도 없이, 여자와 강제로 관계를 맺으려고 하다니……."

"그냥 확 돌아가 버려! 나도 이딴 짓을 하는 녀석과 동료가 되긴 싫다고!"

나는 렌, 모토야스, 이츠키를 잡아먹을 듯이 쏘아보았다.

원래는 즐거운 이세계 생활이 펼쳐졌어야 했다. 그런데

이 녀석들 때문에 다 엉망이 됐다.

"자! 냉큼 원래 세계로 돌려보내 줘!"

그러자 임금님은 팔짱을 끼고 신음했다.

"이런 짓을 하는 용사 따위는 당장 송환해 버리고 싶지만, 파도의 종말까지는 방법이 없군. 새로 소환할 수 있는 건 사성용사 모두가 사망했을 때뿐이라고 연구자가 얘기했으니까."

"뭐, 뭐라고……?"

"그럴 수가……."

"거, 거짓말이지……?"

세 분의 용사님들께선 이제 와서 당황하고 자빠지셨다.

원래 세계로 돌아갈 방법이 없다고?

"이대로 가면 못 돌아간다고?"

웃기는 소리 마!

"언제까지 붙들고 있으려는 거야!"

나는 난폭하게 기사의 결박을 풀어낸다.

"이 자식! 저항할 작정이냐?"

"가만히 있으라니까!"

기사 하나가 나를 후려친다.

퍽 하고 낭랑한 소리가 났다. 하지만 아프기는커녕 간지럽지도 않다. 보아하니 기사 쪽은 그렇지 않았던 듯, 후려친 손을 부여잡고 고통을 참고 있다.

"그래서? 임금님, 나에 대한 처벌은 어떻게 할 거지?"

저린 팔을 휘휘 돌려서 풀고 나서 묻는다.

"현재까지는 파도에 대한 저항 수단으로써 존재하고 있으니 벌은 내리지 않겠다. 하지만…… 너에 대한 소문은 이미 국민들 사이에 널리 퍼져 있다. 그게 벌이다. 우리나라에서 일자리를 얻는 건 꿈도 꾸지 말거라."

"아-아- 그거 황공무지로소이다-!"

한마디로 모험자로서 레벨을 올려서 파도에 대비하라는 거군.

"한 달 후에 파도가 왔을 때 소집하겠다. 아무리 죄인이라도 네놈은 방패의 용사다. 책무로부터 도망칠 생각은 마라."

"나도 알아! 난 약해서 말이지, 시간이 아깝다 이거야!"

짤랑…….

아, 그랬다. 만일에 대비해서 방패에 숨겨 두었었지.

"가져가! 이걸 원했잖아?"

마지막으로 남아 있던 내 전 재산인 은화 30닢을 꺼내서 모토야스의 안면에 집어던졌다.

"우와! 뭐 하는 짓이야, 이 자식이?!"

모토야스의 욕지거리가 들려오지만 알 바 아니다.

성을 나오니 길 가는 주민들 모두가 내 쪽을 보고 수군수군 속닥거리고 있다.

정말이지, 소문 전달 속도가 뭐 이렇게 빠른지. 황당해서 말이 안 나온다.

이제 모든 게 추악하게 보여서 견딜 수가 없었다.

이렇게 해서 나는 신뢰와 돈——모든 것을 잃고, 최악의 형태로 모험의 막을 열게 된 것이었다.

8화 추락한 명성

그 후로 1주일의 시간이 흘렀다. 나는 지금도 성 주위를 거점으로 활동하고 있다.

"어이, 방패 형씨."

"뭐야?!"

성을 뛰쳐나와서 속옷뿐인 반라 상태로 거리를 걷고 있자니 무기 상점 아저씨가 나를 불렀다.

마침 무기 상점 앞을 걷고 있었다는 것도 이유이긴 하겠지만, 무슨 용건이라도 있는 건가.

"소문 들었어. 동료를 강간하려고 했다지? 한 대만 좀 맞으슈."

애초부터 내 얘기 따위는 들을 생각도 없는지, 아저씨는 분노를 드러내며 주먹을 움켜쥐고 있다.

"너도냐!"

여기 있는 녀석들은 하나같이 내 얘기는 들을 생각도 안 한다. 그야 물론 나는 이 나라, 이 세계 입장에서 보자면 이세계인이라 이곳의 상식에 어두울지도 모르지만, 그렇다고 해도 거부하는 여자를 강제로 범하는 짓은 절대로 하지 않는다.

아…… 이게 뭐야. 무기 상점 아저씨가 그 망할 계집의 얼굴로 보이기 시작했다.

지금이라면 패 죽일 수 있을 것 같다. 나도 힘껏 주먹을 움켜쥐고 노려본다.

"……너."

"뭐야, 때리려는 것 아니었어?"

아저씨는 움켜쥐고 있던 주먹에서 힘을 빼고 경계심을 푼다.

"아, 아니……. 관두지."

"그래? 목숨 한 번 건진 줄 알아."

지금이라면 아무리 공격력이 낮아도 직성이 풀릴 때까지 사람을 때릴 수 있을 것만 같다.

하지만 의미도 없이 때려서는 안 된다고 스스로를 타이르고, 앞으로의 활동을 위해 돈을 벌어야겠다고 생각한다. 벌룬이라도 쥐어 패면 조금이나마 마음이 풀릴 것이다.

"좀 기다려 보슈!"

"또 뭔데?!"

성문을 지나 초원으로 가려 하는 나를 무기 상점 아저씨가 또 불러 세웠다. 뒤를 돌아보니 작은 보따리를 던져 준다.

"그런 차림으로 다니면 사람들한테 얕보인다고. 이게 내 마지막 선물이오."

보따리 안을 확인하니, 약간 그을린 망토와 삼베로 만들어진 싸구려 옷이 들어있었다.

"……참고로 이건 얼마지?"

"동화 다섯 닢 정도요. 재고처리지."

"알았어. 나중에 갚으러 오지."

마침, 속옷 바람으로 돌아다니는 것도 좀 그렇지 않을까 하고 생각하던 참이었다.

"꼭 돌아오슈."

"아— 네, 네."

나는 망토를 둘러매고 옷을 입은 뒤 초원으로 나선다. 그리고 나는 초원을 거점으로 삼아 벌룬 계의 마물들을 해치워 나갔다.

"아자아자아자아자아자아자아자!"

한 마리당 5분이나 걸렸지만 아무리 물려도 대미지를 입지 않으니 문제 될 건 없다.

스트레스 해소도 할 겸 하루 종일 싸워서 어느 정도의 벌룬을 손에 넣었다.

레벨 업!

레벨 2가 되었습니다.

오렌지 스몰 실드, 옐로 스몰 실드의 조건이 해방됩니다!

그리고 만전에 만전을 기해서 해가 떠 있는 동안에 준비와 예비 조사를 한다.

저녁 무렵이 되자 나는 허기를 느꼈다. 하는 수 없이 성 밑 도시로 돌아가서, 마물의 소재를 매수하는 상인의 가게로 들어갔다.

통통한 체구의 상인이 내 얼굴을 보자마자 실실 쪼개고 있다.

……대놓고 나를 등쳐먹을 작정이군. 척 보면 알 수 있다.

먼저 온 손님이 이런저런 소재들을 팔고 있다.

그중에는 내가 팔려 하고 있는 벌룬 풍선도 있었다.

"어디 보자…… 이 물건은 두 개당 동화 한 닢 정도로 쳐 드리죠."

벌룬을 가리키며 매수가를 감정하고 있다.

두 개에 동화 한 닢이라…….

"그럼 그렇게 해 주쇼."

"감사합니다."

손님이 떠나고 다음은 내 차례가 되었다.

"여어, 마물 소재를 가져왔으니까 매수해 줘."

"잘 오셨습니다."

말끝에 "헤헤헤." 하고 웃는 소리가 내 귀에는 안 들릴 거라고 생각한 건가.

"어디 보자. 벌룬 풍선이라. 열 개에 동화 한 닢 정도면 어떻습니까?"

5분의 1! 도대체 얼마나 등쳐먹을 생각이냐.

"아까 그 녀석은 두 개에 동화 한 닢이라고 그랬던 것 같은데?"

"그랬었나요? 기억에 없는데요?"

어쨌거나 저도 장사 하는 사람이다 보니——, 하며 변명을 늘어놓고 있다.

"흐-응, 그럼 말이야."

상인의 멱살을 붙잡고, 잡아당긴다.

"큭, 무, 무슨 짓을?"

"이 녀석을 사 줘. 신선한 녀석이거든."

나는 망토 속에 숨은 채 팔을 깨물고 있던 오렌지 벌룬을 떼어내서 상인의 코를 물게 했다.

"꺄아아아아아아아아아아아아아아아!"

나뒹구는 상인의 얼굴에 달라붙어 있던 벌룬을 떼어 주고, 상인의 목덜미를 움켜잡는다.

"이대로 너를 초원까지 끌고 가서 팔아먹어 줄까?"

망토 속에 감춰 두고 있던 벌룬 다섯 마리를 내보인다.

그렇다. 아무리 물려도 간지럽지도 않을 정도라면, 그냥 물린 채로 두었다가 나중에 떼어서 다른 사람을 물게 하는 것도 가능할 거라는 발상을 떠올린 것이었다.

내가 생각하기에도 묘안이었고, 실제로 이렇게 교섭에도 도움이 되고 있다.

유감스럽게도 공격력이 없는 나로서는 남을 협박할 수단이 없으니까.

이 녀석도 알고 있을 것이다. 내가 정말로 그를 초원에 끌고 가서 벌룬에게 던져준다면, 자신은 뼈도 못 추리고 벌룬의 먹잇감이 될 것임을.

"비싸게 사 달라는 소리는 안 해. 그래도 시세 정도는 값을 쳐 줘야 나도 먹고 살지."

"이런 짓을 하면 나라가——"

"최저가를 경신할 만한 가격으로 용사한테 바가지를 씌우는 상인의 말로가 어떻게 될 거 같아?"

그렇다, 이런 상인들에게 있어서는 신용이 제일이다. 내가 아닌 다른 보통 모험가들을 상대로 이런 짓을 했다가는 얻어맞을지도 모른다. 게다가 손님이 격감한다는 옵션까지 붙는다.

"크윽……."

상인은 증오 가득한 눈길로 잡아먹을 듯이 나를 노려보았지만, 곧 단념했는지 몸에서 힘을 뺐다.

"알겠습니다."

"잘 생각했어. 괜히 바가지 씌울 생각 말고 얌전히 내 단골 가게가 돼 주면, 시세보다 어느 정도는 싸게 팔아 줄 수도 있다고."

"솔직히 말하면 거절하고 싶지만 매수품과 돈에는 죄가 없으니까요. 구입하도록 하죠."

내가 포기할 줄 모르는 인간이라는 점을 이해했는지, 매수상은 내 벌룬을 시세보다 약간 싼 금액으로 구입해 주었다.

"아아, 내 소문이나 쫙 퍼트려 줘. 이상한 소리 지껄이는 상인은 벌룬형에 처해 버린다고."

"네, 네. 정말이지, 별 손님을 다 보겠네 빌어먹을!"

이렇게 해서 오늘의 수입을 손에 넣은 나는, 그길로 무기상점 아저씨에게 옷과 망토 대금을 갚고 식당에서 저녁밥을 먹었다.

하지만 어째선지 맛이 전혀 나지 않는다.

단물이 다 빠진 껌을 씹는 것 같은 감각에 가깝다. 처음에는 또 무슨 장난질을 치는 건가 생각했지만, 아무래도 내 미각이 이상해진 것 같았다.

여관? 돈이 없으니 초원에서 야숙이나 해야지! 벌룬한테 물려도 어차피 아무런 느낌도 없으니 아무 문제없다.

이튿날 아침, 눈을 뜨니 조장(鳥葬)한 시체에 까마귀 떼가 몰려들듯 벌룬들이 달라붙어 있었지만, 스트레스도 해소할 겸 신나게 두들겨 패 주었다.

아침부터 푼돈 벌이 성공!

그러고는 싸우지 않고도 돈을 벌 수 있는 방법을 필사적으로 찾아다녔다.

우선, 전리품인 벌룬 이외에 팔 수 있을 만한 것을 찾아냈다.

그것은 바로 초원에 무리 지어 자라고 있는 약초였다.

약초 도매상에서 팔고 있는 약초들을 기억해 두고, 약초를 매수하고 있는 가게를 찾아낸다.

그리고 초원에서 비슷하게 생긴 약초를 꺾어 드니 방패가 반응했다. 채취한 약초를 방패에 흡수시킨다.

리프 실드의 조건이 해방되었습니다.

그러고 보니 웨폰 북을 살펴보는 걸 깜박했군.

나는 웨폰 북을 펼쳐서 점등하고 있는 방패를 확인한다.

스몰 실드

능력 해방! 방어력이 3 상승했습니다!

오렌지 스몰 실드

능력 미해방……장비 보너스, 방어력 2

옐로 스몰 실드
능력 미해방……장비 보너스, 방어력 2

리프 실드
능력 미해방……장비 보너스, 「채취 기능 1」

도움말을 재확인한다.

『무기의 변화와 능력 해방』
무기의 변화란, 현재 장비하고 있는 전설 무기를 다른 형태로 변형시키는 것을 뜻합니다.
무기에 손을 얹고, 변화시키고자 하는 무기의 이름을 마음속으로 생각하면 변화시킬 수 있습니다.
능력 해방이란 그 무기를 사용해서 일정한 단련을 쌓음으로써, 소지자에게 영속적인 장비 보너스를 주는 것을 의미합니다.

『장비 보너스』
장비 보너스란, 그 무기로 변화되어 있을 때 사용할 수 있는 부여 능력입니다.
예를 들어, 에어스트 배시가 장비 보너스로 부여되어 있는 무기

를 장비하고 있는 동안에는, 에어스트 배시를 사용할 수 있습니다.

공격력 3이 붙어 있는 무기의 경우는, 장비하고 있는 무기에 3의 공격력을 추가로 부여할 수 있습니다.

그렇군. 다시 말해 한 번 능력 해방을 해 두면 장비를 다른 것으로 바꾸더라도 부여받은 능력은 소지자가 그대로 쓸 수 있다는 거로군.

숙련도는 아마도 오랜 시간 동안 변화시키거나 적과 싸울 때마다 쌓이는 수치겠지.

알면 알수록 더더욱 게임 같은 세계다.

넌덜머리가 나는 기분이었지만, 그 와중에도 리프 실드의 장비 보너스에 마음이 끌린다.

「채취 기능 1」.

아마도 약초를 채취했을 때 모종의 보너스를 얹어주는 기술일 것이다.

지금 내게는 돈이 없다. 그런 상황에서 내게 중요한 것은 단 하나, 품질이 좋으면서 노력은 적게 드는 물건을 얼마나 손에 넣을 수 있느냐 하는 것이다. 나는 주저 없이 리프 실드로 변화시켰다.

슈웅…… 하는 바람을 가르는 것 같은 소리와 함께 내 방패는 식물로 만들어진 녹색의 풀 방패로 변한다.

……방어력 저하는 없다. 원래 스몰 실드 자체가 약해도

너무 약했던 것이다.

그럼 어디, 눈앞에 무리 지어 있는 약초를 따 볼까.

틱.

경쾌한 소리와 함께 손쉽게 꺾인다.

후웅…… 하고 약초가 희미하게 빛난 것처럼 보였다.

「채취 기능 1」

알에로 / 품질 보통→양질 / 회복약의 재료가 되는 약초

아이콘이 튀어나와서 변화 사항을 가르쳐준다.

호오—, 간단한 설명까지 다 보이는 게 의외로 편리한걸.

그 후에는 반쯤 기계처럼 초원을 배회하면서 보따리에 약초를 집어넣다 보니, 그것만으로도 하루가 다 지났다.

참고로 채취를 계속한 영향인지 아니면 변화시킨 후 시간이 경과해서인지 리프 실드의 능력 해방은 곧 완료되었다.

더불어 다른 색깔의 스몰 실드 시리즈도 그날 안에 모두 해방을 마친다.

그리고 나는 성 밑 도시로 돌아가서, 보따리를 한 손에 든 채 매수업자에게로 향했다.

"호오…… 물건이 꽤 쓸 만하군요. 이걸 어디서 구하셨죠?"

"성 밖 초원이야. 모르고 있었어?"

"흐음…… 거기에 이런 물건이 있었을 줄이야……. 질이 좀 더 나쁠 줄 알았습니다만…."

그런 잡담을 하면서 매수해 준다. 이날의 수입은 은화 한 닢과 동화 50닢이었다.

지금까지의 수입과 비교해서 상당한 금액, 아니, 최고기록 경신이다.

저녁을 먹기 위해 술집으로 향한다.

참고로 요즘 술집에서 값싼 음식을 먹고 있으면 동료로 삼아 달라고 말을 걸어오는 녀석들이 하나둘씩 나타나곤 한다. 하나같이 질이 나빠 보이는 녀석들이라서 진절머리가 났다.

……그날 이후로, 뭘 먹어도 맛이 느껴지질 않는다.

술집에서 주문한 음식을 입에 집어넣으면서, 벌써 몇 번째 느끼는 미각 결손을 실감한다.

"방패 용자님~, 제가 동료가 되어 드립죠~."

한 남자가 내려다보듯 거만한 태도로 말을 건다.

솔직히 상대해 주기도 귀찮은 데다 눈매가 그 망할 계집과 똑같아서 부아가 치밀었다.

"그럼 먼저 계약 내용부터 확인하지."

"네에."

크윽…… 진정하자. 여기서 물러나면 이런 녀석들은 끝까지 물고 늘어질 테니까.

“우선 고용 형태는 완전 성과급제, 무슨 뜻인지 알겠어?”
“모르겠는데요-.”
이 자식, 확 패 죽여 버리고 싶어지네!
“모험에서 얻은 수입을 너한테 배분하는 방식이야. 이를테면 은화 백 닢의 수입이 생겼을 경우, 내가 대표이니 최소한 4할을 가지고 나머지는 너의 활약에 따라 분배하는 거지. 너 혼자라면 나랑 너 둘이서만 나누는 거고. 네가 그냥 구경만 하고 있었다면 한 푼도 못 줘. 나눠주는 금액은 내 재량에 따라 달라진다는 애기야.”
“뭐야, 그거, 당신 혼자 다 차지할 수도 있다는 거잖아!”
내 제안에 사내의 태도가 돌변했다.
그것 봐라, 이 나라 놈들은 다 이 모양이라니까.
“제대로 활약하면 나눠준다니까? 활약할 수 있다면 말이지.”
“그럼 그렇게 하지. 장비나 사서 가자고.”
“네 돈으로 사. 내가 장비까지 사 가면서 널 키워 줄 이유는 없으니까.”
“쳇!”
아마, 내가 장비를 사 준다고 해도 싸움은 건성으로 할 꿍꿍이였으리라. 그러다가 결국은 어디선가 도망쳐서 장비 값을 빼돌리려는 거였겠지. 더러운 방식이다. 그 망할 계집이랑 같은 부류잖아.

"그럼 됐어. 돈이나 내놔."

"아, 이런 곳에 벌룬이!"

날카로운 이빨이 달린 벌룬을 안면에 들이밀어 주었다.

"아야야-! 아프다고!"

술집에 벌룬이 들어왔다면서 난리법석이 벌어졌지만, 내 알 바 아니다. 소동을 피우는 바보에게서 가볍게 벌룬을 떼어내고는, 밥값을 놓고 가게를 떠났다.

나 원 참, 이 나라에 정신 똑바로 박힌 녀석은 없는 건가. 하나같이 남을 뜯어먹을 궁리밖에 하지 않는다.

일단은 그런 일상을 반복해 가면서 조금씩 돈을 모아 나갔다.

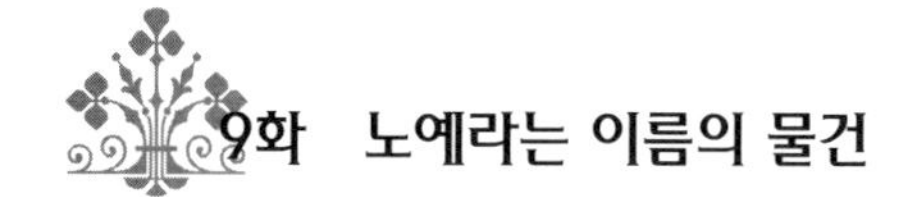

9화 노예라는 이름의 물건

하나-둘-셋…….

2주일을 들여서 손에 넣은 금액은 은화 40닢이었다.

이제야 그 망할 용사 놈에게 내팽개쳤던 금액보다 조금 더 번 셈인가.

어째 좀 허무한 기분인데. 하지만 더 벌고 싶어도, 내 공격력으로는 갈 수 있는 곳이 한정돼 있잖아.

대미지는 입지 않았지만 딱 한 번 숲 쪽으로 가서 몬스터와 만난 적이 있었다.

레드 벌룬이었던가.

맨손으로 후려쳐 봤더니, 깡, 하고 깡통을 후려쳤을 때 같은 반응이 돌아왔다.

그리고 30분 가까이 후려쳐도 터질 기미는 조금도 보이지 않았다. 결국은 넌덜머리가 나서 숲을 떠났다.

한마디로 내가 싸울 수 있는 상대라고는 이 초원에 있는 마물들 정도밖에 없다는 거다. 참고로 2주 동안에 레벨은 4까지 올랐다. 망할 용사 놈들이 지금쯤 얼마까지 레벨을 올렸는지는 모르지만.

레드 벌룬은 지금까지도 내 팔을 문 채로, 베어 먹으려고 으득으득 씹어 대고 있다.

숲에 간 건 1주일 전이었었던가? 조금이나마 레벨도 올랐으니 다시 한번 때려 본다.

깡!

"하아……."

공격력이 모자란다.

모자라니까 마물을 물리칠 수 없다.

물리칠 수 없으니까 경험치를 벌 수 없다.

벌 수 없으니까 공격력이 모자란다.

젠장! 짜증 나는 루프다. 그런 생각을 하며, 술집에서 초원으로 나서기 위해 뒷골목을 걷고 있었다.

그날은 지금까지와는 조금 다른 하루가 되었다.

"곤란한 일이 있으신가 보네요?"

"응?"

실크해트 같은 모자를 쓰고 연미복을 입은 기묘한 녀석이 뒷골목에서 나를 불러 세웠다. 엄청난 비만에 안경을 쓴 이상한 신사. 그런 기묘한 녀석이다. 중세 세계관에서 동떨어져 있어서 이 녀석만 붕 떠 있는 것 같은 인상을 느낀다. 무시하는 게 좋을 것 같다는 생각에 걸음을 재촉했다.

"일손이 부족한가 보군요."

발걸음을 멈춘다. 내 아픈 곳을 정확히 찌르는 말이었다.

"그래선 마물을 이길 수 없죠."

계속 듣고 있자니 울분이 솟구친다.

"그런 당신에게 제안이 있습니다."

"동료 알선이라면 필요 없어."

돈밖에 모르는 쓰레기를 키워 주고 있을 시간 따위는 조금도 없다.

"동료? 아뇨아뇨, 제가 제공할 건 그런 불편한 물건이 아닙니다."

"호오……. 그럼 뭐라는 거지?"

그 남자는 스윽 하고 내 옆으로 다가와서 말을 붙인다.

"관심 있으십니까?"

"재수 없으니 저리 떨어져."

"후후후, 당신은 제가 좋아하는 눈을 갖고 계시군요. 좋습니다. 가르쳐 드리지요!"

뜸을 들이다가, 괴상한 신사는 지팡이를 휘둘러대며 소리 높여 소리친다.

"노예입니다."

"노예?"

"네, 노예요."

노예라면 그거 말인가?

옛날에는 현실에도 있었다고 하고, 게임이나 만화 같은 데서는 빈번하게 등장한다.

이를테면 이세계의 소환물 같은 거.

난폭한 표현이지만 가구와 마찬가지로 주인의 소유물로 취급되는 인간으로, 강제로 중노동 같은 일에 종사하거나 채찍 같은 걸로 얻어맞는 이미지가 있다.

한마디로 생명이 존재하는 물건이다.

이 세계에서는 노예 매매도 이루어지는 건가?

"왜 내가 노예를 원할 거라 생각하는 거지?"

"거짓말을 하지 않는, 결코 주인을 배반하지 않는 인재."

으음…….

"노예에게는 강력한 저주를 걸어 둘 수 있습니다. 주인에게 거스르다가는 말 그대로 목숨을 대가로 내놓아야 할 정도로 강력한 저주를."

"호오……."

제법 재미있는 제안을 하는데.

거역하면 죽는다. 함부로 남을 이용해 먹으려는 바보 같은 생각을 하지 않는 인재라니, 그야말로 딱 내가 원하는 것이기는 하군.

내게는 공격력이 부족하다. 그래서 동료가 필요하다. 하지만 동료는 언제 배신할지 모르니 돈을 들일 수가 없다. 그래서 동료를 늘릴 수 없다. 하지만 노예는 배신하지 않는다. 배신은 곧 죽음을 의미하니까.

"어떻습니까?"

"얘기나 한번 들어 보지."

노예 상인은 히죽 웃고, 나를 안내해 주었다.

뒷골목을 한참 동안 걷다 보니 부랑자나 질 나빠 보이는 자들이 눈에 띄기 시작했다.

곳곳에서 싸우는 목소리며 물건이 부서지는 소리까지 울려 퍼진다. 무엇보다 악취가 너무도 지독하다.

이 나라의 어둠도 상당히 깊은 모양이다.

대낮인데도 볕이 들지 않는 길을 걸어가니, 마치 서커스 텐트 같은 오두막이 골목 한구석에 나타난다.

"이쪽입니다, 용사님."

"그래, 그래."

노예 상인은 기분 나쁘게 깡충거리며 걸어간다. '깡충깡충' 이라기에는 도약 거리가 길다.

그러고 나서 노예 상인은 예상대로 나를 서커스 텐트 안으로 안내했다.

"자, 이쯤 해서 일단 한번 물어보겠는데, 만에 하나라도 날 속이려고 든다면……."

"거리에 소문이 자자한 벌룬형이겠지요. 그 틈을 타고 도망치시려는 거죠?"

호오……. 그런 이름까지 붙어 있는 건가. 뭐, 까부는 놈들에게 제재를 가하기에는 더없이 편리한 수단이니까. 유명해질 만도 하지.

"용사를 노예로 삼고 싶다는 손님도 계셨고, 저도 그 가능성을 염두에 두고 용사님께 접근한 건 사실이지만, 이제 생각을 고쳐먹었습니다. 네."

"응?"

"당신은 좋은 손님이 되실 자질을 갖고 계십니다. 좋은 의미에서나 나쁜 의미에서나."

"무슨 뜻이지?"

"글쎄요. 무슨 뜻일까요?"

도무지 종잡을 수가 없는 노예 상인이다. 나에게 뭘 기대하고 있는 걸까.

서커스 텐트 안의 엄중하게 닫혀 있던 문이 금속음을 내며 열린다.

"호오……."

가게 안의 조명은 어둠침침하고, 어렴풋이 썩은 냄새가 감돌고 있다. 짐승 누린내 같은 냄새도 짙어서, 썩 좋은 환경이 아니라는 걸 바로 알 수 있었다.

수많은 우리들이 설치되어 있고, 그 안에는 인간 같은 형상들이 꿈틀거리고 있다.

"자, 이것이 저희 가게에서 추천하는 노예입니다."

노예 상인이 권하는 우리로 살짝 다가가서 안을 확인한다.

"구으으으으……. 커엉!"

"인간이 아니잖아?"

우리 속에서는 인간 같은 형상에, 피부에는 털가죽 같은 걸 덮어쓰고 날카로운 발톱과 손톱을 기른 것 같은 것 같은 생물…… 간단히 표현하자면 늑대인간이 으르렁거리며 날뛰고 있었다.

"수인(獸人)입니다. 일단은 인간의 부류에 들어가긴 하죠."

"수인이라."

판타지에서는 비교적 자주 등장하는 종류의 인간이다. 주로 적으로서 등장하지만.

"나는 용사라서 이 세계 사정에 대한 정보가 어두워. 자세히 가르쳐줄 수 있을까?"

나는 다른 망할 용사 놈들처럼 이 세계를 잘 알지 못한다. 그러니까 상식도 없는 것이다.

그러고 보면, 길거리를 돌아다니다 보면 이따금 강아지 귀를 가진 인종이나 고양이 귀가 돋아 있는 녀석을 보긴 했었다. 그걸 보고, 전형적인 판타지 세계구나, 하는 생각을 하긴 했지만 그런 자들의 수는 그리 많지 않았다.

"메르로마르크 왕국은 인간 중심주의니까요. 아인(亞人)이나 수인들이 살기는 힘든 곳이죠."

"흐—응……."

성 밑 도시쯤 되니 아인이나 수인들도 눈에 띄긴 했지만, 돌이켜 보면 그들은 기껏해야 여행 온 행상이나 모험가 나부랭이 정도가 대부분이었다. 다시 말해 차별 때문에 제대로 된 직업은 갖기 힘들다는 얘기이리라.

"그래서 그 아인이나 수인이라는 건 뭐야?"

"아인이란 인간과 비슷한 외관을 갖고 있지만 인간과는 다른 부위를 가진 인간의 총칭. 수인이란 아인보다 더 짐승에 가까운 자들을 가리키는 말입니다. 네."

"그렇군. 전체적으로는 같은 카테고리라는 얘기지?"

"네. 그리고 아인종은 마물과 가까운 존재로 여겨지고 있기 때문에 이 나라에서는 생활이 곤란해서 노예로 취급받고 있는 것이지요."

어느 세계에나 어둠은 있는 법. 게다가 인간이 아니라는 인식이 있는 종족이라면 그것만큼 다루기 편한 생물도 없을 것이다.

"그리고 말이지요. 노예에게는……."

딱 하고 노예 상인이 손가락을 튕긴다. 그러자 노예 상인의 팔에 마방진이 떠오르고, 우리 안에 있는 늑대인간의 가슴에 새겨져 있던 마방진이 반짝이기 시작했다.

"커어어엉! 깨갱깽!"

늑대인간은 가슴을 움켜쥐고 괴로워하는가 싶더니, 기절해서 나뒹군다. 노예 상인이 다시 한번 손가락을 튕기자, 늑대인간의 가슴에서 반짝이던 마방진이 점점 흐려지며 사라졌다.

"이렇게 손짓 한 번으로 벌을 줄 수도 있지요."

"꽤 편리한 마법 같군."

배를 드러내고 드러누운 늑대인간을 보면서 중얼거린다.

"나도 쓸 수 있는 거야?"

"네, 손가락을 튕기는 것 이외에도 다양하게 조건을 설정할 수 있지요. 스테이터스 마법에 집어넣을 수도 있습니다."

"흐음…."

제법 편리하게 설계해 둔 것 같은데.

"일단, 노예에게 새겨 넣을 문양에 손님의 생체정보를 인식시키는 의식이 필요하지만 말이지요."

"서로 다른 주인들의 명령이 혼선을 빚지 않도록 하기 위해서?"

"말귀를 잘 알아들으셔서 다행입니다."

히죽…… 하고 노예 상인이 기분 나쁘게 웃는다.

이상한 녀석이다.

"뭐, 좋아. 이 녀석은 얼마나 하지?"

"아무래도, 전투에 있어서 유능한 부류라서 말이죠……."

내 금전관계에 대한 소문은 끊임없이 퍼져 나가고 있으리라. 그리고 나도 바가지를 써 가면서까지 살 생각은 없다.

곤경에 처한 나에게 접근해서 돈을 뜯어내려 하는 것일 가능성도 얼마든지 있으니까.

"금화 15닢 정도면 어떨까요?"

"시세가 어떤지는 모르겠지만…… 상당히 싸게 쳐 준 거겠지?"

금화 한 닢은 은화 100닢에 해당한다.

임금님이 준비금을 잔돈으로 준 데에는 다 이유가 있다. 금화는 그 단위가 너무나도 커서, 환전하기가 곤란한 특색이 있기 때문에, 성 밑 도시에서 팔고 있는 장비는 기본적으로 은화로 사는 편이 가게 입장에서도 대처하기가 편한 것이다.

"물론 그렇습니다."

…….

내가 응시하자, 노예 상인도 미소로 대응한다.

"못 살 거라는 걸 알면서도 제일 비싼 걸 보여준 거지?"

"네. 당신은 언젠가 제 단골이 되어 주실 분이니, 처음부터 안목을 기르셔야죠. 자칫 어설픈 노예 상인에게서 질 나쁜 물건을 구입하실 수도 있으니까요."

어느 쪽으로 보나 수상한 녀석이다.

"참고로 이 노예의 스테이터스는 이렇습니다."

노예 상인은 작은 수정을 내게 보여준다. 그러자 아이콘이 빛나고, 문자가 떠오른다.

전투노예 / 레벨 75 / 종족 늑대인간

그 이외에도 이런저런 취득 기능이며 스킬 등이 기재되어 있다.

75……. 내 레벨의 20배에 가깝다.

이런 녀석이 수하에 있으면 얼마나 편하게 싸울 수 있을지 상상도 안 될 정도인데.

아마 현 시점에서는 다른 용사들보다도 더 강하리라.

하지만 가격 면에서 수지타산이 맞느냐 하면 그건 좀 애매하다.

애당초 건강 상태도 별로 좋지 않아 보이는 건 말할 것도 없고, 명령에 따른다 해도 평상시의 행동에 지장이 있을 것 같은 녀석이다. 문제가 생겼을 때 내야 할 보상금을 제외한 가격이 이 가격일 것이다.

"콜로세움에서 싸우던 노예였으니까요. 팔다리를 다치는 바람에 처분된 녀석을 이렇게 건져 온 겁니다."

"흐음……."

질이 썩 좋은 노예는 아니라는 건가. 한마디로 헛되이 레벨만 높다는 거다.

"자, 제일 비싼 상품은 보여드렸습니다. 손님께서는 어떤 노예를 원하시는지?"

"싸면서도 아직 망가지지 않은 녀석이 좋겠는데."

"그렇다면 전투나 육체노동에 적합한 노예는 어렵겠는데요? 소문으로 듣자 하니……."

"난 안 그랬어!"

"후후후, 제 입장에서는 그건 아무래도 상관없습니다. 그럼 어떤 노예를 원하십니까?"

"괜히 집안일만 하는 노예도 곤란하지. 성노예 같은 건 언급할 가치도 없고."

"흐음……. 소문으로 듣던 것과는 다르시군요, 용사님."

"……난 안 그랬다니까."

아아, 몇 번이고 말할 수 있고말고. 난 안 그랬다고.

지금 내게 필요한 것은 날 대신해 적을 물리쳐 줄 수 있는 녀석뿐이다. 그 용도에만 적합하다면 다른 건 아무래도 좋다. 오늘을, 그리고 내일을 살아남을 수만 있으면…… 그걸로 충분하다.

"성별은?"

"가능하면 남자가 좋지만 어느 쪽이든 상관없어."

"흐음……."

노예 상인은 머리를 벅벅 긁적인다.

"애완용으로는 좀 볼품없게 생겼는데, 괜찮겠습니까?"

"생김새는 신경 쓸 필요 없어."

"레벨도 낮습니다만?"

"전력이 필요하다면 키우면 돼."

"재미있는 대답이군요. 사람을 안 믿으시는 분이."

"노예는 사람이 아니잖아? 물건을 기르는 거라면 방패와 다를 것도 없어. 배반하지만 않는다면 얼마든지 키워 주지."

"이거 한 방 먹었군요."

쿡쿡거리면서, 노예 상인은 어째선지 웃음을 애써 억누르고 있다.

"그럼 이쪽으로 오시지요."

그대로 우리가 늘어서 있는 오두막 안을 걸어가니, 꺅꺅거리는 소란스러운 구역이 끝났다. 그러자 다음에는 삑삑거리는 시끄러운 소리가 들려왔다.

소리가 나는 쪽을 쳐다보니, 어리거나 늙은, 지저분한 아인들이 어두운 얼굴로 우리 안에 갇혀 있었다.

그렇게 한참을 걸은 끝에 노예 상인은 발걸음을 멈추었다.

“이 녀석들이 용사님께 제공할 수 있는 최저 수준의 노예들입니다.”

그러면서 가리킨 것은 세 개의 우리였다.

첫 번째는 한쪽 팔이 이상한 방향으로 꺾여 있는, 토끼 같은 귀가 돋아 있는 남자. 생김새로 보아 나이는 스무 살 전후. 노예라는 존재를 그림으로 그려 놓은 것 같은 모습이다.

두 번째는 앙상하게 야윈 몸에, 겁에 질린 눈으로 바들바들 떨면서 기침을 하고 있으며, 개의 귀치고는 둥그스름한 귀가 돋아 있고, 묘하게 굵직한 꼬리가 달려 있는 열 살 정도의 여자아이.

세 번째는 어쩐지 살기를 풍기는, 맛이 가 버린 눈을 가진 도마뱀 인간이다. 다만 도마뱀 인간치고는 인간에 가까운 느낌이 든다.

“왼쪽부터 유전병에 걸린 래빗 종, 공황장애와 질병을 앓고 있는 라쿤 종, 잡종 도마뱀 인간입니다.”

그렇군. 세 번째 녀석은 잡종, 혼혈인가.

“하나같이 문제가 있는 녀석들이군.”

“지정하신 한계선을 충족할 수 있는 범위는 여기가 한계입니다. 이것보다 더 낮은 수준이라면, 솔직히 말해서…….”

슬쩍 안쪽으로 시선을 돌리는 노예 상인. 나도 그쪽으로 시선을 돌려 본다.

멀리서도 알 수 있는 죽음의 냄새. 장례식장에 어렴풋이 배어 있는 그 냄새가 짙게 감돌고 있다. 그 너머에는 뭔가가 충만해 있다. 뭔가 부패한 냄새 같은 것이 감돌고 있는 것이다. 그 안을 보게 되면 마음이 완전히 망가질 것 같다.

"참고로 가격은?"

"왼쪽부터 은화 25닢, 30닢, 40닢입니다."

"흐음, 레벨은?"

"5, 1, 8입지요."

당장의 전력을 보면 혼혈 도마뱀 인간. 가격을 따지자면 유전병이라. 전체적으로 깡말라 있군.

래빗종이라는 남자는 한쪽 팔은 쓸 수 없어도 다른 부위는 문제가 없어 보인다.

다들 표정이 어둡지만…… 여기 있는 노예들은 모두 이런 표정이다.

"그러고 보니, 여기 있는 노예들은 다들 조용하네."

"떠들면 벌을 주니까요."

"그랬군."

충분히 길들여져 있는 건가. 아니면 길들여지지 않은 노예는 애초에 나에게 보여주지도 않는 건가.

도마뱀 인간은 전력 면에서는 도움이 될 것 같지만, 나한테는 안 맞을 것 같다.

"이 한가운데 있는 녀석은 왜 싼 거지?"

빼빼 마른 데다 표정은 겁에 질려 있지만, 일단은 소녀처럼 생기긴 했다. 얼굴은 딱히 예쁘지도 못나지도 않았다.

"라쿤 종은 사람들에게 인기가 없는 종족이라서 말이죠. 폭스 종이라면 문제가 있는 녀석이라도 비싼 값에 거래됩니다만."

"호오……."

라쿤 종. 직역하자면 미국너구리나 너구리쯤 되려나. 그래도 인간에 가까운 외모의 여자아이라면 꽤나 구매자가 있을 법 하건만, 애완용치고는 기준치 아래라서 가격이 낮다는 건가.

"야간에 공황장애를 일으켜서 애를 먹이는 녀석입니다."

"재고 처분하는 것들 중에 그나마 나은 게 이건가?"

"이것 참, 아픈 곳을 찌르시는군요."

다른 노예들에 비해서 노동 능력이 떨어진다. 게다가 레벨까지 제일 낮다.

어느 녀석이 가장 나을까. 고민 되는 상황이다.

라쿤 종 노예와 시선이 마주친다. 그 순간 나는 어떤 감정이 마음속 깊은 곳으로부터 치밀어 오르는 것을 느꼈다.

그렇다. 이 녀석은 여자. 그 망할 계집과 같은 성별이잖아. 겁에 질린 그 얼굴이, 나의 지배욕을 강렬하게 자극한다. 그 여자를 노예로 삼은 거라고 생각하면 좋을지도 모르겠는데.

죽으면 죽는 대로, 조금이나마 울분이 해소될 지도 모르고.

"그럼 한가운데 노예를 사기로 하지."

"그 사악한 미소를 보니 저도 흡족하기 짝이 없습니다."

노예 상인은 우리의 열쇠를 꺼내서 라쿤 종 여자아이를 우리에서 꺼내고, 목줄을 채운다.

"흐윽?!"

겁에 질린 여자아이를 보면서 나는 만족감을 느끼고 있었다. 그 망할 계집이 이런 얼굴을 하고 있는 광경을 상상하니 어쩐지 통쾌한 기분에 휩싸인다.

그리고 노예 상인은 사슬에 묶인 여자아이를 끌고 아까 왔던 길을 되짚어 가더니, 서커스 텐트 안의 약간 트여 있는 공간에 다다르자 사람을 불러서 잉크가 든 통을 가져 오라고 지시한다. 뒤이어 작은 접시에 잉크를 따르는가 싶더니, 그것을 내 쪽으로 내밀었다.

"자, 용사님, 소량의 피를 이 잉크에 타 주십시오. 그러면 노예 등록이 종료되고, 이 노예는 용사님 것이 됩니다."

"그렇군."

나는 작업용 나이프를 스스로의 손가락에 가볍게 찔렀다. 남에게 날붙이를 들이대면 잔소리를 하듯 방패가 반응하지만, 자기 자신에 대한 공격에 대해서는 의미가 없는 모양이다. 그리고 전투 의사가 없는 경우 방패는 반응하지 않는다.

피가 흘러나오자 접시에 담긴 잉크에 몇 방울을 떨어트린다. 노예 상인은 붓에 잉크를 먹이더니 여자아이가 걸치고 있던 천을 벗겨내도록 부하에게 명령하고, 가슴에 새겨져 있는 노예의 문양에 칠한다.

"꺄, 갸아아아아아아아아아아……!"

노예의 문양이 휘황찬란하게 빛나고, 내 스테이터스 마법에 아이콘이 점등한다.

노예를 획득했습니다.

사역에 따른 조작 설정을 개시합니다.

수많은 조건들이 즐비하게 적혀 있다.

나는 그것들을 대충 훑어보고, 잠든 사이에 덮쳐들거나 주인의 명령을 거부하는 등의 위반을 저지를 경우 격통에 괴로워하게 되도록 설정한다.

노예 항목 이외의 부분에 동행자 설정이라는 아이콘이 눈에 들어왔으므로 겸사겸사 체크해 넣는다.

노예 A. 이름을 알 수 없으므로 이렇게 적혀 있다.

보아하니 임의로 조작을 변경할 수 있는 것 같으니, 나중에 세세하게 지정해 두기로 하자.

"이제 이 노예는 용사님 것입니다. 그럼 요금을 주시죠."

"그러지."

나는 노예 상인에게 은화 31닢을 건넨다.

"하나가 많습니다만?"

"이 수속에 대한 수수료야. 어차피 받아낼 생각이었잖아?"

"잘 알고 계시는군요."

미리 다 냈다는 듯이 굴면 저쪽도 불평하기가 곤란할 것이다.

그런데도 나한테서 더 뜯어내려고 든다면…… 어떻게 해야 할까.

"뭐, 알았습니다. 덕분에 저도 불량 재고를 처분했으니까요."

"참고로, 아까 그 수속은 얼마 정도 하지?"

"후후, 처음부터 노예 가격에 포함돼 있었습니다."

"과연 그럴까."

노예 상인이 웃었으므로, 나도 웃으며 대꾸해 주었다.

"정말이지 만만찮은 분이시군요. 소름이 끼칠 지경입니다."

"좋을 대로 지껄이라지."

"그럼 또 찾아 주시기를 기다리고 있겠습니다."

"그래."

나는 비틀비틀 걷는 노예에게 따라오라고 명령하고 서커스 텐트를 떠났다.

노예는 어두운 얼굴로 내 뒤를 따라온다.

"그럼, 먼저 네 이름부터 말해 주실까."

"……콜록……."

고개를 돌리고 대답을 거부한다.

하지만 그건 어리석은 행동이다. 내 명령을 거부할 경우 노예로서의 효과가 발동하기 때문이다.

"우, 쿠우……."

노예는 가슴을 부여잡고 괴로워했다.

"자, 이름을 말해."

"라, 라프타리아…… 콜록, 콜록!"

"그래, 라프타리아란 말이지. 가자."

이름을 말한 덕분에 고통에서 풀려난 라프타리아가 호흡을 가다듬는다.

그리고 나는 라프타리아의 손을 잡고 뒷골목을 걸어갔다.

"……."

라프타리아는, 손을 잡은 나를 겁에 질린 표정으로 올려다보며 걷는다.

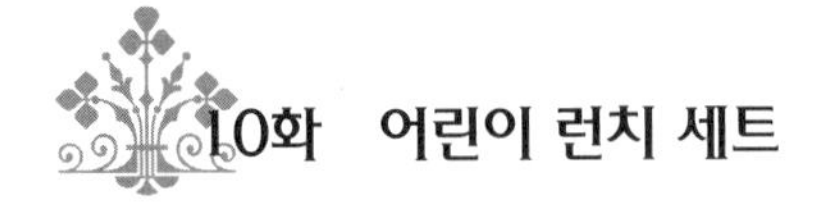

10화 어린이 런치 세트

"형씨……."

무기 상점에 얼굴을 내밀자, 라프타리아를 거느린 나를 본 아저씨가 황당해하며 목소리를 짜냈다.

그렇다, 내가 원하는 것은 싸우는 것…… 공격력인 것이다. 무기를 쥐여 주는 건 필수불가결한 일이다.

"이 녀석이 쓸 수 있고, 은화 여섯 닢 안에서 구할 수 있는 무기를 내놔."

"하아."

무기 상점 아저씨는 땅이 꺼질 듯 한숨을 지었다.

"이 나라가 잘못된 건지, 아니면 형씨가 오염된 건지……. 뭐, 내 알 바 아니지. 은화 여섯 닢이라."

"그리고 재고 처분용 옷과 망토, 아직 남아 있어?"

"…그래, 사은품으로 얹어 주지."

통탄할 일이라고 중얼거리면서, 무기 상점 아저씨가 나이프 몇 자루를 가져온다.

"은화 여섯 닢이라면 이 정도 범위요."

왼쪽부터 구리, 청동, 쇠로 된 나이프다.

손잡이에 따라서도 가격이 달라지는 모양이다.

나는 라프타리아의 손에 여러 번 나이프를 바꿔 들려주며, 제일 쥐기 편해 보이는 나이프를 고른다.

"이걸로 줘."

나이프를 받고 안색이 창백해진 라프타리아는 나와 아저씨에게로 시선을 보낸다.

"자, 이 옷이랑 망토는 사은품이오."

아저씨는 퉁명스럽게 사은품으로 줄 물건을 내게 건네고 탈의실로 안내한다.

나이프를 몰수한 후 라프타리아의 손에 사은품을 들려 주고 탈의실로 가도록 지시한다. 라프타리아는 거세게 기침을 하며 비틀비틀 탈의실로 가서 옷을 갈아입었다.

"나중에 목욕이라도 시켜야겠군."

초원 근처에 강이 흐르고 있다. 이 나라를 지나는 강은 상류로부터 분기되어 있는데, 요즘 내 생활 지역은 그쪽으로 이동해 있었다. 물고기를 낚으면 식재료도 구할 수 있으니 더없이 좋은 곳이다.

손으로도 잡을 수 있을 만큼 물고기가 많아서, 피시 실드라는 「낚시 기능」 해방효과가 달린 방패도 이미 취득한 상태다.

옷을 다 갈아입은 라프타리아는 쭈뼛쭈뼛 내 쪽으로 달려온다. 명령을 무시하면 고통이 뒤따른다는 점을 이해하고 있는 것이리라. 나는 허리를 숙여서 라프타리아와 눈높이를 맞추고 말을 건다.

"자, 라프타리아, 이게 네 무기다. 그리고 나는 너에게 마물과 싸우도록 강요할 거야. 알아듣겠어?"

"……."

라프타리아는 겁에 질린 눈으로 나를 보며 꾸벅 고개를 끄덕인다.

그러지 않으면 아프기 때문이다.

"그럼, 나이프를 줄 테니까—"

나는 망토 속에서 나를 물고 있는 오렌지 벌룬을 라프타리아 앞에 보이도록 꺼낸다.

"검으로 이걸 터뜨려."

"흐윽?!"

라프타리아는 내가 마물을 감추고 있었다는 것을 알고, 하마터면 검을 떨어뜨릴 정도로 놀라며 비명을 지른다.

"우…… 시…… 싫어."

"명령이야. 복종해."

"시, 싫어."

절레절레 고개를 가로젓는 라프타리아. 하지만 라프타리에게는 명령을 거스르면 고통을 느끼는 마법이 걸려 있다.

"우우……."

"자, 안 터뜨리면 너만 더 아플 뿐이야."

"콜록…… 콜록!"

라프타리아는 고통에 얼굴을 찡그리며, 떨리는 손에 힘을 주어서 무기를 움켜쥔다.

"당신……."

무기 상점 아저씨는 말문이 막힌 채 그 모습을 굽어보고 있었다.

라프타리아는 분명한 공격 의지를 가지고, 나를 물고 늘어지고 있는 오렌지 벌룬을 뒤에서 찔렀다.

"너무 약해! 좀 더 힘을 줘!"

"……?! 에잇!"

라프타리아는 내지른 나이프가 튕겨 나오는 바람에 깜짝 놀랐다가, 한층 더 힘을 주어서 다시 한 번 벌룬에 나이프를 내지른다.

커다란 소리와 함께 벌룬이 터졌다.

EXP 1

라프타리아 EXP 1

동행자가 적을 물리쳤음을 알려주는 자막이 내 시야 안에 떠오른다.

그 순간, 또 다시 내 안에 살의가 솟구쳤다.

그 망할 계집, 나와 동행할 생각은 고사하고 애당초 기본적인 시스템 차원에서도 함께할 생각이 없었단 말인가.

"좋아, 잘 했어."

라프타리아의 머리를 쓰다듬어준다. 그러자 라프타리아는 어리둥절한 표정으로 나를 쳐다보았다.

"그럼 다음은 이거야."

1주일 가까이 나를 물고 늘어지고 있는 가장 강한 벌룬. 레드 벌룬을 붙잡아서 아까와 마찬가지로 라프타리아에게 내보인다.

1주일 동안 아무 것도 못 먹고 매달려 있었던 바람에 레드 벌룬은 약간 쇠약해져 있는 것 같았다. 이 정도라면 레벨 1인 연약한 소녀의 공격에도 견뎌낼 수 없을 것이다.

꾸벅 고개를 끄덕인 라프타리아는, 아까보다는 다부진 눈매로 벌룬을 뒤에서 찌른다.

EXP 1

라프타리아 EXP 6

이런 아이콘이 눈에 들어왔다.

"좋아, 보아하니 싸울 수 있을 것 같군. 그럼 가 볼까."

"……콜록."

무기를 허리춤에 차도록 지시를 내리자, 라프타리아는 순순히 따른다.

"아—맞아. 한마디만 좀 하지."

"뭐지?"

아저씨가 나를 쏘아보면서 뇌까린다.

"당신, 절대로 곱게 죽지 못할 거야."

"칭찬해 주시니 성은이 망극하옵니다."

비꼬는 말에 비꼬는 말로 대꾸해 주었다.

가게를 나선 나는 바로 초원 쪽으로 가기 위해 노점이 늘어선 거리를 걷는다. 라프타리아는 길거리를 두리번두리번 둘러보면서 손을 잡은 채 나란히 걷는다. 그때 음식 노점의 냄새가 코를 자극했다.

남은 은화는 이제 세 닢……. 그러고 보니 나도 좀 출출한걸.

꼬르륵……. 라프타리아 쪽에서 그런 소리가 들려온다.

그쪽을 쳐다보자,

"아!"

붕붕 고개를 저으며 아니라고 주장한다. 뭐 하러 참고 있는 건지.

지금은 라프타리아가 적을 해치워 주지 않으면 나도 돈을 벌 수 없다. 날이 무딘 나이프는 쓸모없는 법이듯이 배가 고파서 힘을 내지 못하면 곤란하다. 나는 적당한 정식 가게를 찾아서 안으로 들어갔다.

"어서 옵…… 쇼!"

너저분한 차림새를 보고 짜증 섞인 표정을 지으면서도 점원은 우리를 자리로 안내해 준다.

자리로 가는 도중 라프타리아는 다른 자리에 앉아 있는 부모와 자식을 쳐다보고 있었다. 라프타리아는 아이가 먹음직스럽게 먹고 있는 어린이 런치 세트 같은 메뉴를 부러운 듯 쳐다보며 손가락을 입에 물고 있다.

저게 먹고 싶은 건가. 자리에 앉은 우리는 점원이 떠나기 전에 바로 주문한다.

"음, 나는 이 가게에서 제일 싼 런치 세트. 이 녀석에게는 저쪽 자리에 있는 애가 먹고 있는 메뉴로."

"에?!"

깜짝 놀란 표정으로 나를 쳐다보는 라프타리아. 그렇게 놀랄 만한 일이 뭐가 있다는 건지.

"알겠습니다. 동화 9닢입니다."

"자."

은화를 건네고 거스름돈을 받는다.

음식이 나오기를 멍하니 기다리면서 가게 안을 둘러본다.

……내 쪽을 쳐다보면서 속닥속닥 수군거리는 놈들이 한둘이 아니잖아.

정말이지, 괴상한 이세계다.

"어, 째서?"

"응?"

라프타리아의 목소리가 들려와서 시선을 든다. 그러자 라프타리아는 어리둥절한 얼굴로 나를 쳐다보고 있었다. 노예에게 멀쩡한 음식을 주는 것에 대해 의문을 품고 있는 거겠지.

"저걸 먹고 싶다고 네 얼굴에 쓰여 있었으니까. 아니면 다른 게 먹고 싶었냐?"

라프타리아는 붕붕 고개를 가로젓는다.

"어째, 서, 먹여 주는 거야?"

"방금 말했잖아. 네가 먹고 싶다는 표정을 하고 있었다고."

"그치만……."

왜 이렇게 끈질기게 따지고 드는 건지.

"어쨌든 밥을 먹고 영양을 보충해. 그렇게 빼빼 말라서는 얼마 못 가 죽는다고."

뭐, 죽으면 그때까지 번 돈으로 다른 노예를 사면 그만이지만.

"오래 기다리셨습니다."

잠시 후, 주문했던 메뉴가 나왔다. 나는 라프타리아 앞에 어린이 런치 세트를 놓아 주고 내 식사(베이컨 정식)로 손을 뻗는다. 응. 맛이 안 느껴진다.

모두가 짜고 나를 속이고 있는 건가 하는 의심이 들 만큼, 아무런 맛도 없는 형편없는 정식이다.

주위 사람들은 맛있게 먹고 있는 걸 보면 내 미각이 이상한 게 틀림없다.

"……."

라프타리아가 어린이 런치 세트를 응시하며 굳어 있다.

"안 먹을 거냐?"

"……괜찮아?"

"하아…… 괜찮으니까 먹어."

내 명령에 라프타리아의 얼굴이 살짝 일그러진다.

"응."

라프타리아는 머뭇머뭇 어린이 런치 세트(?)를 맨손으로 집어 먹는다.

뭐, 노예니까 교육 상태가 안 좋은 건 어쩔 수 없다.

뭔가 수군거리는 소리가 한층 더 커진 것 같은 기분이 들지만 신경 쓸 필요는 없다.

치킨라이스 같은 주식 위에 꽂혀 있는 깃발을 소중하게 움켜쥔 채 라프타리아는 우물우물 정신없이 음식을 먹는다.

"맛있냐?"

"네!"

역시 나만 맛을 못 느끼는 건가? 아니면 이 녀석도 한패인 건가? 노예의 문양으로 거짓말인지 알아볼까……. 아니, 이 노예 문양 자체가 거짓일지도 모르니 어떻게 조사해볼 도리가 없다.

나는 그렇게 노예와 함께 식사를 하면서, 앞으로의 방침을 머릿속에 떠올렸다.

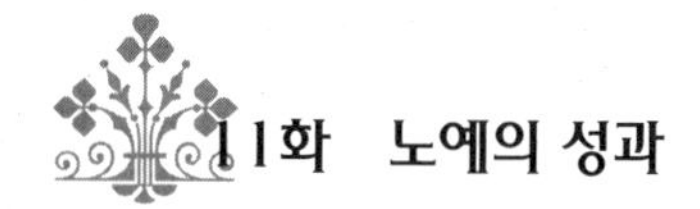

11화 노예의 성과

식사를 마친 우리는 가게 밖으로 나와서 초원으로 향한다.

걷는 도중, 라프타리아는 기분이 좋은 듯 콧노래를 흥얼거리고 있었다. 하지만 초원으로 나오자마자 겁에 질린 눈으로 바들바들 떨기 시작한다. 아까도 그랬듯이 마물이 무서워서 그러는 것이리라.

"겁내지 마. 마물한테서는 내가 꼭 지켜 줄 테니까."

내 말에 이번에도 라프타리아는 고개를 갸웃거린다.

"봐, 나는 피라미 몇 마리한테 물리는 정도로는 간지럽지도 않다고."

망토 속에 감추고 있던 벌룬 몇 마리를 보여주자, 라프타리아는 움찔 놀란다.

"안, 아파?"

"하나도."

"그렇구나……."

"가자."

"응…… 콜록……."

기침이 마음에 걸리지만, 뭐 괜찮겠지.

초원에서 약초를 뜯으면서 숲 쪽으로 향한다.

오, 드디어 나왔다. 레드 벌룬 세 마리가 숲의 수풀에서 튀어나왔다. 나는 라프타리아가 물리지 않도록 조심하면서 레드 벌룬이 나를 깨물도록 유도한다.

"자, 아까 했던 것처럼 나이프로 찌르는 거야."

"……응!"

라프타리아는 조금이나마 의욕을 내고, 힘차게 레드 벌룬의 뒤를 찔렀다.

퍼엉! 퍼엉! 퍼엉!

이번 전투로 라프타리아의 레벨이 2로 상승했다.

레드 스몰 실드의 조건이 해방되었습니다.

레드 스몰 실드

능력 미해방……장비 보너스, 방어력 4

그 자리에서 방패를 변화시킨다. 그러자 라프타리아는 눈이 휘둥그레져서 방패를 쳐다보았다.

"주인님은…… 누구예요?"

내가 방패 용사라는 걸 모르는 건가. 뭐, 아인이고 노예니까 그럴 만도 하지.

"용사야. 방패 용사."

"용사라면, 그 사성 용사?"

"알고 있었냐?"

라프타리아는 꾸벅 고개를 끄덕인다.

"그래, 나는 소환된 용사. 다른 세 명이랑 비교해서…… 제일 약하지만!"

나는 자신의 손톱이 살에 박혀 들 정도로 꽉 주먹을 움켜쥐고 퉁명스러운 태도로 뇌까렸다.

그 녀석들의 얼굴이 머릿속에 떠오르니 살의만이 솟구쳐 올랐다.

라프타리아의 눈이 겁에 질려 있었으므로 더 이상은 얘기하지 않았다.

"일단 오늘은 이 숲에서 마물들을 퇴치하는 게 일이야. 내가 잡고 있을 테니까 네가 찔러."

"응……."

다소 익숙해졌는지 라프타리아는 고분고분 고개를 끄덕였다.

그렇게 해서 숲 속을 탐색하다가 적을 만나면 내가 화살받이가 되고 라프타리아가 해치우는 식의 전투 스타일로 전진해 나갔다.

그러는 도중에 벌룬 이외의 적과 처음으로 조우.

루머시.

하얀색의 움직이는 버섯이었다. 뭔가 눈매가 험악하고 크기는 사람의 머리 정도.

시험 삼아 쳐 봤더니 레드 벌룬과 비슷한 느낌.

이것도 라프타리아를 시켜서 물리쳤다.

그 외에도 루머시와 색깔만 다른 블루 머시, 그린 머시 등의 적들이 있었다.

머시 실드의 조건이 해방되었습니다.

블루 머시 실드의 조건이 해방되었습니다.

그린 머시 실드의 조건이 해방되었습니다.

머시 실드

능력 미해방……장비 보너스, 「식물 감정 1」

블루 머시 실드

능력 미해방……장비 보너스, 「간이 조합 레시피 1」

그린 머시 실드

능력 미해방……장비 보너스, 「견습 조합」

스테이터스 보너스가 아니라 모두 다 기능계 보너스인 모양이다.

조합이라……. 약을 달일 때 도움이 될 것 같은 스킬이군.

이날 안에 라프타리아는 레벨이 3, 나는 5까지 상승했다.

저녁 무렵, 초원을 걸으면서 야영할 예정인 강가를 걷고 있었다.

"콜록……."

라프타리아는 불평 한마디 없이 나를 따라온다.

뭐, 한동안은 계속 최선을 다해서 돈벌이에 나서야 할 것이다.

강가에 도착한 나는 보따리에서 타월을 꺼내서 라프타리아에게 건네주고는, 장작을 쌓고 불을 붙인다.

"일단은 목욕을 하고 와. 추우면 불을 쬐어서 몸을 덥혀."

"응……."

라프타리아는 옷을 벗고 강에 들어가서 목욕을 시작했다. 나는 낚시를 시작해서 저녁 식사를 준비한다. 그러는 동안에도 라프타리아에게서 눈길을 떼지는 않는다. 아무래도 이 근방에는 벌룬들이 들끓으니 어쨌거나 조심하는 게 상책이다.

나는 오늘의 수확물로 눈길을 돌린다.

초원에서 난 약초, 상당한 양. 초원에서는 못 보던 약초, 상당한 양.

벌룬 풍선, 그럭저럭. 각종 머시, 그럭저럭.

해방한 방패, 총 4종.

응, 확실히 효율이 다르다. 노예를 구입하길 잘 했다.

맞아. 조합인가 뭔가 하는 것에 도전해 볼까.

간이 레시피를 호출한다.

거기에는 내가 갖고 있는 약초로 만들 수 있는 범위의 조합법이 실려 있었다.

도구는 강가에 있는 판처럼 널따란 돌과 조약돌로 비비면 그럭저럭 해결될 것 같다. 사발로 만들 수 있는 레시피에 도전해 보자.

뭔가 요령이 필요하겠지만, 간이 레시피에는 실려 있지 않다.

약초를 파는 가게에서 점주가 조제하고 있던 조합을 선택

해서, 그대로 흉내 내어 벅벅 비벼 본다.

힐링 환약이 완성됐습니다!

힐링 환약 / 품질 나쁨→약간 나쁨 / 상처 치료 속도를 높이는 환약, 상처 부위에 바르면 약효가 발휘된다.

내 눈앞에 그런 아이콘이 떠오른다.

좋아, 성공이다.

방패가 반응하고 있지만 지금 당장은 먹이지 않는다.

일단 처음 보는 조합에도 도전해 본다. 때로는 실패해서 새까만 쓰레기로 변하기도 하지만 이거 의외로 재미있는데. 온라인 게임이 떠오르지만, 동시에 그 자식들의 얼굴이 떠올라서 울화가 치밀어 오른다.

타닥타닥 불티가 튀는 소리가 들려온다. 옆을 보니 목욕을 마친 라프타리아가 모닥불을 쬐고 있었다.

"이제 좀 따뜻해졌어?"

"응, 콜록……."

감기에 걸린 모양이다. 병을 앓고 있다고, 노예 상인도 얘기했었다. 그러고 보니…… 방금 만든 약 중에 감기약이 있었지. 본전을 뽑기도 전에 죽어 버리면 곤란하다. 지금 내 형편에서는 상당한 지출이지만, 일단 써 둘까.

상비약 / 품질 약간 좋음 / 가벼운 감기 정도에는 효과가 있는 약

“자, 이걸 먹어.”

‘가벼운’ 이라는 문구가 마음에 걸리지만 없는 것보다는 낫겠지.

“쓴 거, 싫…… 우우…….”

라프타리아는 어리석게도 어리광을 부리려다가 가슴을 부여잡고 괴로워한다.

“어서.”

“우, 네…….”

바들바들 떨면서, 라프타리아는 내가 준 약을 억지로나마 삼킨다.

“하아…… 하아…….”

“좋아, 좋아. 잘 먹었어.”

머리를 쓰다듬어 주었더니 라프타리아는 딱히 나를 거부하지 않았다.

아, 너구리 귀가 푹신푹신하다. 꼬리 쪽에 시선을 옮기자 뭘 하려는 건지를 알아챘는지, 뺨을 붉게 물들이고 만지도록 용납하지 않겠다는 듯 꼬리를 끌어안고 거절했다.

“자, 저녁밥이야.”

나는 물고기를 낚아 올리고, 그것을 꼬치에 꽂아 구워서 라프타리아에게 건넸다. 시식해 보았지만 역시 맛은 느껴지지 않았다. 퍼석퍼석한, 아무 맛도 없는 두부 같은 식감에 가깝다고나 할까?

생선살이란 건 맛이 안 난다는 것만으로도 이렇게 기분 나쁘게 느껴지는구나. 뭐, 그런 건 아무래도 상관없다. 이렇게 맛없는 것도 라프타리아는 게걸스럽게 먹어 치우고 있으니까.

조합 작업으로 돌아간다.

나는 어릴 때부터 이런 미묘한 작업을 좋아했었다. 해가 완전히 저물었지만 모닥불 불빛에 기대어 조합을 계속한다.

흐음…… 이것저것 만들 수 있어서 재미있는데.

생선을 다 먹어치운 라프타리아는 꾸벅꾸벅 졸면서 모닥불을 쳐다보고 있다.

"먼저 자도 돼."

내 지시에, 라프타리아는 절레절레 고개를 가로젓는다.

그건가? 자기 싫다고 떼를 쓰는 어린애 같은…… 아니, 얘는 어린애 맞잖아. 그냥 내버려 두면 알아서 잠들겠지. 그러고 보니 상비약이 조금이나마 효과를 발휘한 건가? 아까부터 기침을 안 하고 있다.

한동안 조합에 도전해서 제조 가능한 약들을 대강 알아냈다.

그 가운데 품질이 안 좋게 나온 것들은 방패에 먹여서 변화시킨다.

쁘띠 메디슨 실드의 조건이 해방되었습니다.

쁘티 포이즌 실드의 조건이 해방되었습니다.

쁘티 메디슨 실드

미해방……장비 보너스, 「약 효과 상승」

쁘티 포이즌 실드

미해방……장비 보너스, 「독 내성(소)」

둘 다 리프 실드나 머시 실드에서 이어져 있는 방패다. 약 효과 상승이라는 건 어떤 건지 감이 잘 안 잡히는데. 나 자신이 약을 먹을 때 효과가 있는 건지, 내가 만든 약의 효과가 상승하는 건지.

뭐, 상관없다. 오늘은 다행히 수확이 짭짤했던 건 사실이니까.

그때, 잠들어 있던 라프타리아가 이상한 목소리를 냈다.

"안 돼……. 살려줘……."

무슨 소린가 싶어 살펴보니, 라프타리아가 가위에 눌려 있었다.

"안 돼에에에에에에에에에에에에에에에에에에에에!"

우웅, 하고 귀가 머는 것 같은 기분에 휩싸인다.

큰일이다. 목소리를 듣고 벌룬이 몰려올지도 모른다.

허둥지둥 라프타리아에게 다가가서, 입을 틀어막는다.

"으응――――――――――――――――――――――――!"

그럼에도 워낙 큰 목소리가 새어 나와서, 노예 상인이 문제 상품이라고 했던 의미를 이해할 수 있었다.

확실히 이건 여간 문제가 아니다.

"진정해, 좀 진정하라고."

나는 밤중에 울부짖는 라프타리아를 안아 올리고 다독인다.

"싫어…………. 아빠……. 엄마."

부모님을 부르고 있는 것일까. 라프타리아는 끊임없이 눈물을 흘리며 손을 앞으로 뻗어서 도움을 청하고 있다.

나고 자란 환경이 어땠는지는 모르지만, 부모님에게서 떨어진 것이 트라우마로 남아 있는 것이리라.

"괜찮아……. 걱정할 것 없어."

머리를 쓰다듬어서 어떻게든 달래려고 애쓴다.

"울지 마. 이제 더 굳세져야지."

"우우……."

여전히 울고 있는 라프타리아를 끌어안는다.

"캬악!"

그때 목소리를 들은 벌룬이 나타났다.

"후……."

나 원 참, 하필이면 이런 때.

나는 라프타리아를 안아 들고, 벌룬을 향해 달렸다.

"우오오오오오오오오오오오오오오오!"

짹……. 짹!

"아침인가."

힘든 밤이었다. 무리 지어 몰려든 벌룬들을 모두 터트릴 즈음이 되자 라프타리아의 울음소리는 그나마 잦아들었지만, 조금이라도 떼어놓으면 목청을 높여 울었던 것이다.

그러면 다시 벌룬들이 꼬인다. 그래서 변변히 잠도 자지 못한 채로 밤을 지새웠다.

"으응……."

"일어났어?"

"흐윽?!"

내 품에 안겨 있었던 것에 놀라서 라프타리아의 눈이 휘둥그레진다.

"하아……. 피곤해."

성문이 열릴 때까지는 아직 시간이 있다. 지금이라면 눈 정도는 붙일 수 있을 것이다.

오늘 할 일은 어제 만든 약의 매수 가격과 약초의 매수 가격 차이를 계산하는 것이다. 약으로 만들어서 파는 것보다 약초 상태로 파는 게 더 비싸게 팔린다면 굳이 만들 필요가 없다.

"나는 좀 잘 테니까. 아침밥은…… 어제 남은 생선도 괜찮겠지?"

라프타리아가 꾸벅 고개를 끄덕인다.

"그럼, 난 잔다. 마물이 오거든 깨워."

눈을 뜨고 있는 것조차 고역이었던 나는 곧바로 잠의 세계로 빠져들었다.

라프타리아가 무엇을 두려워하고 있는 건지는 모르겠다. 물어볼 생각도 없다. 아마 부모가 노예 상인에게 자신을 팔아버린 것에 대한 쇼크거나 강제로 끌려왔던 것이리라.

후자라 해도 풀어줄 이유는 없다. 나도 비싼 돈을 지불하고 노예를 구입한 거니까.

원한을 사도 좋다. 나도 살아가야만 하니까.

원래 세계로 돌아가기 위한 수단을 찾아야 한단 말이다.

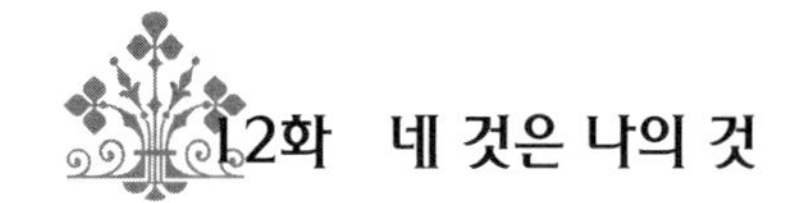

12화 네 것은 나의 것

해가 꽤 높이 떠올랐을 즈음, 라프타리아는 내가 눈을 뜨기를 기다리고 있었다.

"성 밑 도시로 갈 거야? 콜록."

"그래."

또 기침이 나오는 모양이다. 내가 말없이 상비약을 건네자, 라프타리아는 떨떠름한 표정을 지으면서도 약을 삼킨다.

그리고 약재상에게 가서 매수를 신청한다.

"흐음……. 품질은 나쁘지 않군요. 용사님께서는 약학에 조예가 있으신지?"

이제 완전히 단골이 돼 버린 것 같다고 생각하면서, 내가 만든 약에 대한 감정을 부탁한다.

"아니, 어제 처음 만들어 본 거였어. 약초를 직접 만드는 것과 약으로 만들어 파는 것, 어느 쪽이 더 많이 벌 수 있지?"

"안배하기가 애매하군요. 활용성이 넓은 약초 쪽이 사용하기 편리합니다만, 약은 약대로 도움이 될 때가 많으니까요."

약재상은 라프타리아를 보고 떨떠름한 표정을 지었지만, 함부로 약점을 이용하려 들거나 거짓말을 해 봤자 간파당할 거라는 걸 이해하고 있는 듯 솔직하게 얘기한다.

"요즘은 예언의 영향 때문에 약이 잘 팔리고 있어서, 현재로서는 약의 매수가가 좀 더 비싸긴 하죠."

"흐음……."

실패했을 때의 위험성과 매수가, 도구를 갖추자면 얼마만큼의 금액이 날아갈지 등등 감이 안 잡히는데.

하지만 시절이 시절이다. 미리 도구를 갖춰 놔서 손해 볼 일은 없을 것이다.

"이봐, 혹시 이제 안 쓰는 도구 없어?"

"2주일 동안 약초를 팔러 오시는 걸 보고, 슬슬 그런 말씀을 하실 줄 알고 있었습죠."

약재상은 웃는 건지 아닌 건지 종잡을 수 없는 얼굴로 그렇게 말했다. 이번에는 수업료라는 조건으로 약초는 공짜로 받고, 약은 매수, 중고 도구는 양도해 주었다.

사발 이외에도 이런저런 도구를 준다. 약연, 계량기, 플라스크와 증류기 등이다. 신품으로 사자면 꽤 돈이 들 법한 물건까지 포함되어 있다.

"어디까지나 창고에 잠들어 있던 중고품이니 언제 망가질지 모른다는 점만 명심해 두세요."

"초보자에게는 딱 좋은 도구지, 뭐."

일단, 이제 조합에도 도전해 볼 수 있게 되었다.

이제 벌룬 풍선만 처분하면 끝이다.

매수 상인에게 벌룬 풍선을 팔고 있으려니 옆에서 지나가는 어린아이의 모습이 눈에 들어온다.

터진 벌룬을 꿰매서 만든 풍선이 팔리고 있는 모양이다. 어린아이가 벌룬을 공처럼 통통 치며 놀고 있다.

라프타리아는 그 모습을 부러운 눈길로 쳐다보고 있었다.

"이봐, 저거 말이야."

"네?"

아이가 갖고 있는 공을 가리키면서 매수 상인에게 물었다.

"네, 벌룬 풍선은 저런 용도로 사용되지요."

"그랬군. 매수금에서 저 가격만큼을 빼서 하나만 만들어 주면 안 될까?"

"네, 뭐……. 그야 괜찮습니다만."

매수 상인은 내가 매각한 물건을 받고 매수 금액을 나에게 건넨다. 그리고 벌룬 풍선으로 만들어진 공을 하나 준다.

"자."

나는 받아 든 공을 라프타리아에게 던져 주었다.

라프타리아는 휘둥그레진 눈으로 공과 내 얼굴을 수도 없이 번갈아 쳐다본다.

"뭐야, 필요 없어?"

"아, 아니."

라프타리아는 여러 번 고개를 가로젓고 기쁜 듯 미소 지었다.

처음으로 웃었네.

……뭐, 굳이 기분 나쁘게 생각할 건 없다. 어린애니까 다른 꿍꿍이가 있는 것도 아닐 테고.

"그건 일이 끝난 후에 마음대로 갖고 놀아."

"응!"

뭔가 활달해진 것 같은데. 좋은 경향이다.

라프타리아가 활달해지면 득을 보는 건 나니까.

그러고 나서 우리는 어제 그 숲까지 걸어가서 채취와 마물 사냥을 반복했다.

나 자신이 가진 방어력이 높아지니 갈 수 있는 범위도 확장된다.

……숲 너머로 더 가면 마을이 있다는 것 같지만 그 망할 계집이 추천한 길을 가는 건 부아가 치밀어서 기각했다.

비교적 효율적으로 이런저런 것들을 발견하고 그러고도 여유가 있을 것 같아서 산 근처까지 범위를 넓혔다.

오? 처음 보는 적을 발견.

달걀처럼 생긴 생물이다. 생태계적으로 봐서 벌룬의 친척 같은데.

"처음 싸워 보는 마물이야. 내가 먼저 가서 상황을 보고 올게. 괜찮을 것 같다 싶으면 와서 찔러."

"응!"

좋은 대답이다.

나는 마물을 향해 달려갔고, 마물도 이쪽을 발견하고 이빨을 드러낸다.

아작!

간지럽지도 않다. 그대로 뒤에서 옥죄어서 라프타리아가 찌르기 쉽도록 자세를 잡는다.

"이얍!"

어제보다 훨씬 호기로운 공격이 마물을 꿰뚫는다.

에그그—— 이게 방금 그 적의 이름이었다.

에그그는 펑 하고 깨져 나가고, 그 안에서 노른자를 흩뿌린다.

"푸엑, 이게 뭐야, 찜찜하잖아!"

이건 껍질을 파는 건가? 좀 아까운데. 썩은 것 같은 냄새도 나고 하니 먹기는 힘들 것 같고.

껍질은 일단 방패에 흡수시킨다.

똑같은 에그그가 몇 마리 더 나타났고, 라프타리아가 익숙한 손놀림으로 찔러서 해치워 나갔다.

에그 실드의 조건이 해방되었습니다.

에그 실드

능력 미해방……장비 보너스, 「조리 1」

또 기능계 스킬이 나왔다.

이번에는 요리군.

그리고 늘 그렇듯 색깔만 다른 같은 종류의 마물들이 나왔고, 우리는 그들 역시 사냥해 나갔다.

블루 에그 실드의 조건이 해방되었습니다.

스카이 에그 실드의 조건이 해방되었습니다.

블루 에그 실드

능력 미해방……장착 보너스, 「감식 1」

스카이 에그 실드

능력 미해방……장착 보너스, 「초급 요리 레시피」

어째 뭔가 기능계 스킬만 나오는 것 같은데.

물리친 적에 따라 달라지는 건가? 뭐, 여기까지 오는 길에 처음 보는 약초 같은 걸 이것저것 채취하면서 온 영향도 있을지 모르지만.

해가 질 것 같다. 산속까지 들어가기에는 조금 늦은 것 같기도 하다. 아직은 라프타리아의 장비가 썩 미덥지 않다.

그리고 오늘의 수확.

나 레벨 8

라프타리아 레벨 7

젠장, 뭔가 따라잡히기 시작했잖아.

마물을 해치우고 있는 건 라프타리아니까 어쩔 수 없긴 하지만.

보아하니 경험치는 해치운 쪽에 더 많이 들어가는 것 같으니, 당연히 라프타리아 쪽의 레벨이 빨리 오르는 것 같다.

"배고파……."

라프타리아가 배를 꼬르륵거리며 난처한 얼굴로 내게 말한다.

"그러게. 돌아가서 밥이나 먹자."

우리는 탐색을 중단하고 성 밑 도시로 돌아갔다.

성 밑 도시로 들어가서 조합에 쓸 수도 없을 것 같은 에그의 껍질을 팔아넘긴다.

낮에 판 것까지 합쳐서 은화를 9닢이나 모았다.

저 껍질에 무슨 용도가 있을지 약간 의문이었지만 생각했던 것보다 훨씬 비싼 값에 팔린 게 다행이었다. 약초와 약도 괜찮은 값에 팔았으니 오늘은 뭘 먹을까.

그런 생각을 하고 있자니, 라프타리아가 노점을 보면서 침을 흘리고 있었다. 응석받이로 키울 생각은 없지만 음식값 정도의 활약은 했으니까. 뭐, 괜찮겠지.

"오늘은 저걸로 할까."

"응? 괜찮아?"

"먹고 싶잖아?"

내 물음에 라프타리아는 꾸벅 고개를 끄덕인다.

제법 감정에 솔직해졌군.

"콜록……."

또 기침이 나오기 시작했다.

말없이 상비약을 건네고, 노점에서 파는 매시 포테이토를 뭉쳐서 꼬치에 꽂은 것 같은 음식을 주문했다.

"자, 오늘은 수고했어."

내가 꼬치를 건네주자, 약을 다 먹은 라프타리아는 환한 얼굴로 받아들고, 입에 문다.

"고마워!"

"그, 그래……."

……다시 건강해진 것 같아서 다행이다.

우물우물 꼬치를 먹으면서, 나는 값싼 여관을 찾아 들어간다.

"오늘은 여기서 묵을 거야?"

"그래."

라프타리아의 울음 때문에 밤을 지새우기도 싫고, 벌룬과 싸우는 건 더더욱 고되다.

여관으로 들어간다. 주인은 나를 보자마자 노골적으로 얼굴을 찌푸렸지만, 곧바로 영업용 미소로 대응한다.

"일행이 밤에 좀 울지도 모르지만, 하루 묵을 수 있을까?"

반쯤 협박이라도 하듯이 망토 안에 감춰 둔 벌룬을 슬쩍 내보인다.

"그, 그건……."

"부탁해도 되겠지? 가능한 한 조용히 시킬 테니까."

"아, 네."

이 세계에 온 이후로 협박은 장사에 필요한 요소라는 것을 배웠다. 이 나라 녀석들은 나를 우습게 보고 있지만 피해를 입어도 임금님에게 제대로 보고하지 못하는 것이다.

아니, 어차피 제대로 보고해 봤자 그냥 내버려 둘 수밖에 없다는 표현이 옳을지도 모른다.

정말이지, 이세계 만세로군.

우리는 돈을 지불하고 방 하나를 빌려서 짐을 내려놓았다.

라프타리아가 초롱초롱한 눈으로 공을 들고 있다.

"해가 지기 전에 돌아와야 돼. 그리고 될 수 있으면 여관 가까이서 놀아."

"네–에!"

나 원 참, 하는 짓은 딱 그 또래 어린애라니까.

아인은 경멸의 대상인 모양이지만 모험가 취급을 받는다면 그리 큰 문제는 없을 것이다.

밑에서 공을 갖고 노는 라프타리아를 창밖으로 바라보며 조합에 대해 연구한다.

그리고…… 20분쯤 지났을까. 어린아이가 고함치는 목소리가 들려왔다.

"왜 아인 따위가 우리 구역에서 놀고 있는 거야!"

뭐야? 창밖 상황을 살펴본다. 그러자 척 보기에도 성격 더러워 보이는 꼬마들이 라프타리아에게 시비를 걸듯 말을 걸고 있었다. 나 원 참, 어느 세계에나 저런 꼬맹이들은 있는 법이군.

"이 녀석, 괜찮은 걸 갖고 있잖아. 이리 내놔."

"아, 저, 저기……."

아인의 지위가 낮다는 점은 라프타리아도 알고 있는 모양이다. 함부로 맞서지 못하는 것 같았다.

하아……. 나는 방에서 나와서 계단을 내려갔다.

“내놓으라는 말 못 들었어?!”

“아, 아니…….”

라프타리아는 나약한 목소리로 거부했지만, 꼬마 놈들은 폭력을 동원해서 빼앗을 작정인 듯 집단으로 라프타리아를 둘러싸고 있다.

“다들 그만 둬, 꼬마 놈들.”

“뭐야, 이 아저씨?”

크, 아저씨라고?! ——뭐, 그냥 넘어가자. 이래 봬도 스무 살이지만, 이 세계에서 몇 살부터 성인으로 취급하는지는 아직 모르니까. 어쩌면 그들 기준에서는 아저씨가 맞는지도 모르지.

“남의 물건을 보고 내놓으라니 무슨 정신머리지?”

“엉? 이 공이 아저씨 것도 아니잖아?”

“내 거야. 내가 애한테 빌려준 거니까. 그걸 뺏는다는 건 나한테서 뺏는다는 뜻이야.”

“무슨 헛소리야, 아저씨?”

하아……. 아무래도 너무 흥분해서 이해를 못 하는 모양이다.

나는 아무리 꼬마라도 인정사정 봐 주지 않는다. 남의 물건을 빼앗으려는 녀석에게는 제재를 가해 주는 수밖에.

“그렇단 말이지? 그럼 내가 아주 근사한 공을 주지.”

라프타리아는 내가 뭘 하려는 건지 눈치를 챈 듯, 퍼뜩 놀라서 상대방 아이들에게 도망치라고 소리 높여 경고한다.

"도망쳐!"

하지만 꼬마 놈들은 깔보는 눈으로 날 쳐다보고 있었다. 내심 득의양양하게 웃으면서 망토 속에서 내 팔을 물고 있는 벌룬을 꺼낸다.

"아야야야야야야야야야야야야야야야!"

꼬마에게 벌룬을 디밀었다가 곧바로 다시 품속에 집어넣는다.

"어때. 방금 그 공, 확 진짜로 줘 버려?"

"아프잖아!"

"헛소리 마, 바보!"

"죽어! 멍청이!"

"알 게 뭐야, 망할 놈들!"

나는 도망치는 꼬마 놈들에게 욕지거리를 내뱉어 주고 여관으로 돌아간다.

"저, 저기……."

라프타리아가 내 망토를 붙잡는다.

"어이, 거기에는 벌룬이 있다고."

그 말에 기겁해서 움찔하고 손을 떼긴 했지만, 라프타리아는 머뭇머뭇 고개를 들고 웃었다.

"고마워."

무슨 소릴 하는 거람.

"그래……."

엉망으로 흐트러진 라프타리아의 머리를 쓰다듬어 주자, 그녀는 얼굴을 붉히며 고개를 푹 숙였다.

13화 치료약

해가 지고 밤이 깊어졌을 즈음 다시 라프타리아의 배가 꼬르륵거렸으므로, 여관에 짐을 둔 채로 근처의 식당에서 저녁밥을 먹기로 했다.

아까 준 꼬치는 식사 전의 간식 같은 거다.

라프타리아는 처음 와 보는 가게라서 뭐가 좋을지 감이 잡히지 않았던 모양이다. 뭐, 어느 정도는 지갑 사정도 풍족하고 앞으로 한동안은 야영할 예정이다. 양이 많은 걸로 먹여 두자.

"으음, 델리아 세트 2인분이랑 나폴라타로 줘."

점원에게 주문하자 곧 음식이 나왔다.

"그럼 먹자고."

"응."

라프타리아는 오늘도 맨손으로 우물우물 음식을 집어먹

기 시작했다.

열 살 정도라면 한창 자랄 나이이리라. 내 몫까지 먹고 싶어 하는 것 같았으므로 음식을 추가로 주문한다.

“내일부터는 야영을 해야 될 테니까 많이 먹어도 돼.”

“네에!”

먹든지 고개를 끄덕이든지 하나만 하라고 하고 싶었지만, 워낙 맛있게 먹는 걸 보고 그냥 내버려 두었다.

그리고 방에 돌아와서 새삼 깨달은 라프타리아의 문제점에 대해 처리한다.

“머리가 엉망이군. 좀 다듬어야겠어.”

“……네.”

나는 뭔가 불안한 표정을 짓는 라프타리아의 머리 위에 툭 하고 손을 얹는다.

“괜찮아. 이상한 모양으로 만들진 않을 테니까.”

오히려 지금이 더 이상하다.

손가락으로 어느 정도 빗어 주고 나이프로 쓸데없는 머리카락을 자른다. 지나치게 길었던 머리를 어깨 길이 정도로 정리하고 이발을 마쳤다.

“좋아, 이 정도면 됐어.”

전보다는 그나마 봐줄 만한 머리가 되었다. 이러면 다소나마 정돈된 차림으로 보일 것이다.

라프타리아는 빙글빙글 돌면서 자신의 변화에 웃음을 짓

고 있다. 뭐가 그렇게 좋은 건지.

떨어진 머리카락을 치우고 있자니 방패가 반응한다.

……눈치 못 챘겠지?

나는 몰래 라프타리아의 머리카락을 방패에 먹였다.

북을 펼쳐서 확인. 무기의 스킬트리와 레벨이 부족하다고 나와 있다.

"응?"

이런, 이쪽을 돌아봤다.

"자, 이제 슬슬 자."

"응!"

어째 어제와는 딴판으로 고분고분하네.

밤에는 소리를 지를지도 모르니, 그때까지 기다리면서 조합이라도 해 두자.

영양제가 완성되었습니다.

영양제 / 품질 나쁨→약간 나쁨 / 피로 회복 효과가 있는 약. 영양을 급속도로 보충하는 효과도 있다.

치료약이 완성되었습니다.

치료약 / 품질 약간 나쁨→보통 / 병을 치료하는 효과가 있는 약. 무거운 병에는 효과가 적다.

흐음……. 숲과 산에서 딴 약초로 이것저것 만들 수 있군. 이것들은 약재상에서는 꽤 비싼 금액에 거래되던 약들이었던 것 같은데. 다만, 재료 소모가 너무 심하다. 수지타산이 맞을지 애매하다.

영양제가 총 6개 완성되고 그 외의 약들도 어느 정도 갖추어졌다.

다만, 품질 좋은 약을 만드는 건 역시 좀처럼 쉽지 않으니 프로의 솜씨에는 당해낼 수 없을 것 같다.

애당초 나는 방패 용사지 약제사가 아니지만.

……방패에 먹여 두기로 하자.

칼로리 실드의 조건이 해방되었습니다.

에너지 실드의 조건이 해방되었습니다.

에네르기 실드의 조건이 해방되었습니다.

칼로리 실드

능력 미해방……장비 보너스, 「스태미나 상승(소)」

에너지 실드

능력 미해방……장비 보너스, 「SP증가(소)」

에네르기 실드

능력 미해방……장비 보너스, 「스태미나 감소 내성(소)」)

일단은 스태미나 계의 보너스가 모여 있군.

스태미나라는 건 뭐지? 체력을 말하는 건가?

조사해 볼 필요가 있을 것 같군.

이제 약초류가 남았는데…… 아무래도 기능계 스킬만 너무 많이 취득한 것 같단 말이지.

전투용 스킬이 좀 더 있었으면 좋겠다.

하지만 약초류만 가지고는 해방 조건을 충족할 수가 없다.

"으응……."

기지개를 켜고 이제 슬슬 잘까 하고 생각하고 있으려니 라프타리아와 시선이 딱 마주쳤다. 분명히 잠든 것 같은데 말이지. 이건 울부짖음의 전조.

"꺄?"

재빨리 입을 틀어막아서 절규를 틀어막고, 그 몸을 안아서 다독다독 달랬다.

후우, 오늘은 그럭저럭 막아냈다. 이대로 떼어놓으려고 하면 다시 울어댈 것이다.

할 수 없지. 같이 자 주는 수밖에.

……뭔가 차갑다.

얼굴에 햇살이 비쳐드는 것을 느끼고 눈을 뜬다. 그러자 분명 같이 자고 있었던 라프타리아가 방구석에서 떨고 있다.

"왜 그러고 있어?"

"죄송해요, 죄송해요, 죄송해요, 죄송해요!"

필사적으로 사죄의 말을 되풀이하는 라프타리아의 모습에 미간을 찌푸리다가, 이 차가운 느낌은 뭔가 싶어 아래를 내려다보고서야 깨달았다.

그렇다……. 라프타리아는 자다가 오줌을 싼 것이었다.

하아……. 내가 화를 낼 줄 알았나 보다.

보통 열 살 먹은 애가 자다가 오줌을 싸는 건지는 모르겠지만, 그렇게 겁에 질린 눈으로 쳐다보면 화를 낼 수도 없잖아.

나는 라프타리아 곁으로 간다. 그리고 손을 뻗자 라프타리아는 움찔 놀라며 머리를 싸쥐고 몸을 웅크렸다.

"나 원 참……."

그 손으로 바들바들 떠는 라프타리아의 어깨를 다독여 준다.

"기왕 오줌을 싼 건 어쩔 수 없잖아. 자, 빨리 빨아야 하니까 옷 벗어."

예비용 옷도 필요하겠는데.

"어……."

라프타리아는 어리둥절한 듯 나를 쳐다본다.

"화 안 내?"

"반성하는 녀석한테 채찍질을 해서 뭐 하겠어. 네가 반성하고 있다면 화는 안 내."

시트도 다 젖었군. 주인에게 얼마를 내면 되려나……. 일단 이 시트는 따로 가져가서 천으로 쓰기로 하자.

그리고 나는 주인에게 사정을 설명하고 시트를 변상, 예비용 옷을 사러 무기 상점으로 달려갔다.

우물물은 차가웠다. 빨래판에 비벼 빨아서 얼룩을 제거하고, 짐 보따리에 집어넣는다. 초원을 걷는 도중에 나뭇가지에 묶어서 말리면 될 것이다.

"그럼……."

고개를 푹 숙이고 걷는 라프타리아의 태도에 어쩐지 부아가 치민다.

"신경 쓰지 말라고 했잖아!"

"네……."

……말 하나는 잘 듣는 아이다. 하지만 이렇게 의욕 없이 굴면 내 쪽도 난감하단 말이다.

"아…."

또 다시 라프타리아의 배가 꼬르륵거린다.

아, 부끄러운 듯 얼굴을 붉혔다.

"슬슬 아침 먹으러 갈까."

"응……."

라프타리아는 내 옷소매를 붙잡은 채로 따라온다.

"……콜록."

"그럼 벌로 이 약을 먹어."

치료약이 든 용기를 라프타리아에게 건넨다.

정기적으로 약이 필요한 환자이니, 마침 딱 적절한 벌칙이다.

라프타리아는 냄새를 맡아 보고는 더없이 떨떠름한 표정을 지었지만, 벌이라는 얘기에 어떻게든 먹으려고 노력한다.

"우와아…… 써……."

"참아."

약을 다 먹은 라프타리아의 얼굴은 당장에라도 쓰러질 듯 새파랗게 질려 있었다.

참고로 어제 조합한 약들은 괜찮은 값에 팔렸다. 품질은 나쁘지만, 공급이 수요를 따라잡지 못하고 있다는 모양이다.

14화 목숨을 빼앗는다는 것

초원을 지나 산과 숲으로 거점을 옮긴다.

그쯤 되니 싸우는 법도 꽤 익혔는지 라프타리아의 움직임도 많이 좋아져 있었다.

채취도 순조로웠다. 마물에게서 얻는 경험치와 부산물들 때문에 짐이 꽤 묵직해져 있다.

바로 그때였다.

어쩌다 보니 지금까지는 무생물처럼 생긴 마물만 상대해

왔었는데, 드디어 동물을 닮은 마물과 마주쳤다.

1등신의…… 갈색 토끼?

우사피르.

이상한 이름이다.

"뾰?!"

우사피르는 우리를 발견하기가 무섭게 도약해서 커다란 앞니로 우리를 공격해 왔다.

"위험해!"

라프타리아가 약해 보인다고 판단한 듯 그쪽을 표적으로 삼고 있다.

그래서 내가 앞으로 나서서 라프타리아를 보호한다.

아그작! 아그작!

여전히 간지럽지도 않다. 아무래도 우사피르의 공격력보다는 내 방어력이 더 높은 모양이다.

"좋아! 찔러."

"아…… 아아……."

"왜 그래?"

"사, 살아있어. 피, 피가 나올 것 같아…."

허둥대는 라프타리아의 말에, 그녀가 전하고 싶은 뜻이 무엇인지를 깨닫는다.

"참아. 앞으로는 이런 적과 싸워야 돼."

"그, 그치만……."

우사피르는 끊임없이 내 팔을 물어뜯고 있다.

"참아야 돼. 안 그러면 나도 널 돌봐주지 못해."

……그렇다. 짧은 시간이나마 함께해 오면서 다소 애착이 생기기는 했지만, 싸우지 못한다면 곤란하다.

미안하지만 그 노예 상인에게 되팔고 다른 노예, 싸울 수 있는 노예를 살 수밖에 없다.

"시, 싫어!"

마음을 다잡은 라프타리아가 어린아이치고는 꽤나 무시무시한 표정으로 우사피르의 등에 연거푸 나이프를 찔러 넣었다.

그리고 나이프를 뽑는 순간 피가 튄다.

"아……."

우사피르의 숨이 끊겨 축 늘어지고 땅바닥에 나뒹군다. 라프타리아는 그 모습을 눈으로 쫓다가 나이프에 묻은 피를 보며 떨기 시작했다. 안색이 창백해져서 보고 있기만 해도 가슴이 저릴 지경이었다.

하지만 동정해 줄 수는 없었다. 앞으로 나는 수백 번, 수천 번 이런 일을 반복해야 하니까.

"뾰!"

풀숲에서 우사피르가 한 마리 더 튀어나와서 라프타리아를 물려고 도약한다.

"아?"

재빨리 라프타리아와 우사피르 사이로 끼어들어서 공격을 막아낸다.

"……미안해. 원래는 내가 해야 할 일일 텐데. 하지만 나는 지키는 것밖에 못 해. 그러니까 너한테 시키는 수밖에 없어."

우사피르를 팔에 매단 채로, 나는 라프타리아에게 말했다.

"나는 강해져야만 해. 그러기 위해서 네 도움이 필요해."

그렇게 하지 않으면 나는 앞으로 살아갈 도리가 없다. 이제 기한도 얼마 남지 않았다. 1주일 남짓만 더 지나면 첫 번째 재앙의 파도와 조우하는 것이다.

지금 이 상태에서는 도저히 살아남을 자신이 없다.

"그치만……."

"1주일 남짓만 더 지나면, 세계를 위협할 파도가 찾아올 거야."

"에?!"

"그때까지 조금이라도 더 강해지는 게, 지금 나의 당면과제야."

라프타리아는 바들바들 떨면서 내 말에 귀를 기울였다.

"저기…… 재앙이랑 싸울 거야?"

"그래, 그게 내 역할이라는 모양이야. 나도 하고 싶어서 하는 건 아니지만……. 그런 의미에서 나랑 너는 비슷한 건지도 모르지. 너한테 싸움을 강요하고 있는 내가 할 소리는 아니지만."

"……."

"그러니까 가능하면 내가 너를 버리게 만드는 행동은 안 해 줬으면 좋겠어."

처음부터 다시 키우는 수고도 수고지만, 라프타리아를 다시 그 우리에 집어넣는 것 자체가 썩 유쾌한 일은 아니다.

하지만 지금 나에게는 돈이 없다. 팔지 않으면 새로운 노예를 살 수 없다.

"……알았어요. 주인, 님, 저…… 싸울, 게요."

창백했던 라프타리아의 안색에 서서히 혈색이 돌아오고, 천천히 고개를 끄덕이며, 피 묻은 나이프로 우사피르의 급소를 단번에 찔렀다.

어쩐지 아까의 겁먹은 태도와는 딴판으로, 눈에 결의가 가득 차 있는 것처럼 보인다.

라프타리아는 맥없이 나뒹굴고 있는 우사피르를 보며 조용히 눈을 감는다. 그리고 앞으로 나서서 해체를 위해 나이프를 고쳐 쥔다.

"그건 내가 할게. 너한테만 다 시킬 수는 없으니까."

"네."

나는 해체용 나이프를 꺼내서 우사피르를 해체했다.

이것은 현실. 게임이 아니다. 가능하면 시선을 돌려 외면하고 싶지만 어쩔 수 없는 것이다.

살아있는 생물을 해체하는 건 처음이었지만 이것이 이 세계에서 살아가기 위한 수단. 우사피르의 피가 손에 묻은 순간, 라프타리아의 마음을 적잖이 이해할 수 있었다.

참고로 무기는 전투에는 사용할 수 없는 모양이지만, 이런 일에는 사용할 수 있다. 그렇지 않으면 일상생활에 지장이 생길 테니 당연하다면 당연한 일이겠지만. 두 마리를 대충 해체한 후에 방패에 흡수시킨다.

우사레더 실드의 조건이 해방되었습니다.

우사미트 실드의 조건이 해방되었습니다.

우사레더 실드

능력 미해방……장비 보너스, 민첩 3

우사미트 실드

능력 미해방……장비 보너스, 「해체 기능 1」

우사미트 실드로 방패를 변화시키고, 나는 자리에서 일어선다.

"주인, 님. 제발, 나를, 버리지 마세요."

라프타리아가 고양된 표정으로 내게 애원한다.

그곳에 돌아가고 싶지 않다는 갈망이 그만큼 절실한 것이리라.

밤이면 울부짖는, 빼빼 마른 병든 몸. 자칫하면 죽어 버릴

지도 모른다. 그건 뒷맛이 씁쓸한 일이다.

그 망할 계집과 겹쳐 보며 죽음의 순간을 비웃어주고 싶은 충동도 없지는 않지만, 그래 봤자 득 될 건 아무것도 없다.

"자기 역할을 다한다면 안 버리니까 걱정 마."

아직은 죽으면 곤란한 것이다.

……그래, 그 망할 계집과 같은 성별을 가진 이 생물이 죽어 버리면……. 아, 그 망할 계집!

머릿속이 어질어질하다. 이 생각은 이제 그만하자. 마음만 상하니까. 지금은, 노예와 함께 조금이라도 더 강해지는 방법을 모색해야 할 때다.

EXP 7

라프타리아 EXP 7

"나는, 주인, 님의, 힘이 되고, 싶어요."

그 이후로 라프타리아는 아까까지와는 전혀 다르게 의욕적으로 마물에게 나이프를 휘둘렀다. 한 번은 내가 마물의 발을 묶기도 전에 공격하려고 해서 제지해야 했을 정도였다.

좋은 경향이긴 하지만 뭔가……. 마음이 불편하다.

내가 하고 있는 일은 결코 칭찬받을 만한 일은 아니다. 전부 사리사욕을 위한 것들이다.

하지만……. 그렇다 해도 안 할 수는 없다.

그날 밤은 휴식에 적합해 보이는 숲 속 넓은 공간에 모닥불을 피우고 캠핑을 하기로 했다.

채취한 약초 가운데 먹을 수 있을 법한 것들과 우사피르의 고기를 냄비에 넣고 함께 끓인 요리를 만들었다.

남은 고기는 모닥불 옆에서 굽는다.

내일 저녁에는 한번 마을로 돌아갈 예정이지만 마물의 고기가 팔린다는 확증은 없다. 먹을 수 있기는 한 건지 불안했지만 감정 스킬에 따르면 분명 먹을 수 있다고 나와 있다.

요리를 마친 고기를 한 점 시식해 보고, 문제가 없다는 것을 확인한다.

고무 같은 식감, 맛은 알 수 없다. 이건 맛없는 건가?

다만 그냥 구운 게 전부이니 싱거운 요리가 된 것은 틀림없다.

요리 스킬이 작동한 덕분에 품질이 보통에서 약간 좋음으로 변했으니, 아주 맛없지는 않을 것이다.

"자, 먹어."

완성된 냄비 요리와 구운 고기를 라프타리아에게 먹인다.

"마, 맛있어요!"

아까부터 계속 배를 꼬르륵거리면서 요리가 완성되기를 기다리고 있던 라프타리아는, 눈을 초롱초롱 빛내며 맛있게 먹기 시작했다.

오늘의 싸움 끝에 내 레벨은 10, 라프타리아도 레벨 10까지 성장했다.

기어이 따라잡히고 말았다.

나는 모닥불 불빛 속에서 조합 작업에 들어간다.

지금은 조금이라도 돈을 모아서 장비를 충실하게 갖추는 방향으로 가야 한다. 내가 알고 있는 약 가운데서 가장 비싸게 팔리는 걸 만든다.

약연으로 약초를 갈고, 뒤섞인 약초를 짜서, 농축액을 비커로 옮긴다.

치료약이 완성되었습니다.

영양제가 완성되었습니다.

만들 수 있는 레시피는 이제 거의 다 시험해 보았다.

간이 조합 레시피는 이제 한계에 다다라 있다. 이 두 개도 직감에 의해 기적적으로 만들어진 약이다.

방패의 힘을 이용한 임기응변 같은 조합으로는 한계가 오는 게 당연한 일이다.

품질 역시 기본적으로는 '약간 나쁨' 이다.

"……콜록."

약의 효과가 다 된 건가. 말없이 치료약을 건네자, 라프타리아는 떫은 표정으로 꿀꺽 삼킨다.

어쨌거나 새로이 돈을 마련하기 위해서라도 더욱 더 강해져야만 한다.

"교대로 모닥불을 지키자. 네가 먼저 자고, 그래…… 조금 있다가 깨우지."

"알았어요."

어째 고분고분한데. 처음 만났을 때와는 하늘과 땅 차이이다.

"안녕히 주무세요."

"그래, 잘 자. 아, 맞아, 어차피 이건 내일 팔 거니까. 털가죽을 이불 삼아 덮고 자도록 해."

요리 중에 불에 그슬려서 진드기며 벼룩 따위를 쫓아내 둔 털가죽을 라프타리아에게 건넨다. 약간 작긴 하지만 겹쳐서 덮으면 조금은 따뜻할 것이다.

"네."

라프타리아는 털가죽의 냄새를 맡고 약간 떨떠름한 표정을 지었다.

"눈 매워?"

"네, 많이 매워요."

"그렇겠지."

"그래도 따뜻해 보여요."

라프타리아는 내 등에 착 달라붙듯이 기대어 눈을 감는다.

약 조합 작업을 계속하면서, 라프타리아가 비명을 지를 시간까지 모닥불에 장작을 지피며 기다린다.

……후우. 언제까지 이런 생활을 계속해야 되는 건지 모르겠군.

최소한, 앞으로 1주일 남짓은 더 해야겠지.

죽을지도 모른다는 건 생각하기도 싫지만, 어쨌든 그날에 대비해 둬야 한다.

……이제 슬슬 때가 됐군. 세 번째쯤 되니 울부짖을 시간도 대충 짐작이 된다.

"으응…."

라프타리아는 천천히 일어나서 눈을 비빈다.

"어라……?"

"일어났어?"

오늘은 비명을 안 질렀네.

아, 그렇구나. 내 등에 기대고 따뜻하게 털가죽을 덮고 잤으니까. 사람의 체온을 느끼면서 자면 괜찮은 건가.

"……배고파요."

그렇게 먹었으면서 또 배가 고프다는 건가.

"그래, 그래."

내일 아침 식사용으로 남겨 두었던 구운 고기를 라프타리아에게 건넨다. 그러자 라프타리아는 기뻐하며 고기를 물었다.

"그럼 나는 이제 슬슬 잘 테니까, 무슨 일 생기면 깨워 줘."

"응!"

라프타리아는 우물우물 고기를 먹으면서 고개를 끄덕였다.

이거야 원, 활달해지는 건 좋은 경향이지만 점점 먹보가 돼 가는 것 같아서 탈이다.

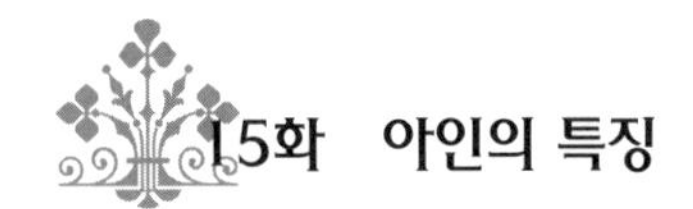

15화 아인의 특징

교대로 눈을 붙여 가면서, 아침이 되었다.

그리고 그날 점심 무렵, 문제가 생겨났다.

마주친 우사피르를 사냥하고 있자니,

"아……."

라프타리아에게 주었던 나이프가 뚝 부러지고 말았다.

"이거 받아."

할 수 없이 작업용 나이프를 건네서 나를 물고 늘어지던 마지막 우사피르의 숨통을 끊게 한다.

"죄송해요."

"모든 물건에는 수명이 있어. 이미 망가진 건 어쩔 수 없지."

싸구려 나이프였고 제대로 연마도 하지 않았으니까.

"일단 오늘은 이쯤 해 두고 성 밑 도시로 돌아가자."

"네."

꽤 묵직해진 보따리를 라프타리아와 나눠 들고 가져간다.

참고로 내 레벨은 11로 올랐고, 라프타리아도 11이 되었다.

돌아오는 도중에 몇 번인가 마물과 조우했지만 새로 건네준 작업용 나이프는 그럭저럭 버텨 주었다.

그리고 약이며 물건들을 이것저것 팔다 보니 은화가 총 70닢까지 모였다.

"이제 어쩌지?"

"나이프?"

노점에서 라프타리아에게 점심을 먹이며 중얼거린다.

야영을 하면 생활비는 해결된다. 우사피르 같은 걸 해체해서 고기를 먹으면 식비도 문제없으리라. 그러니 한동안은 버틸 수 있을 것이다.

어디로 가야 할지는 아직 감도 안 잡히지만, 이제 슬슬 최대한으로 장비를 갖추고 경험치를 벌고 싶은 생각도 든다.

"뭐, 일단 무기 상점에 가 볼까."

"응."

꼬르륵…….

뒤에서 배곯는 소리가 울려 퍼진다.

"배고파."

"지금 방금 밥 먹었잖아?!"

성장기냐?! 도대체 하루에 몇 끼를 먹는 거냐!

"하아……."

엥겔 계수가 폭등할 것 같아. 빨리 사냥을 가야지. 여기서 이러고 있다가는 식비에 쪼들릴 판이다.

"그러니까 아저씨, 은화 65닢 범위에서 좋은 무기랑 방어구를 내놔. 작업용 나이프도 포함해서."

아저씨는 손에 턱을 괸 채로 뭔가 신음하고 있다.

"뭐…… 애당초 싸구려를 판 나도 문제긴 하지만, 그래도 손질은 제대로 하슈."

"미안. 블러드 클린 코팅인가 뭔가가 돼 있는 물건처럼 써 왔어."

그렇다. 벌룬, 머시, 에그그는 하나같이 무기물로 보이는 생물. 에그그는 깨지면 체액이 흘러나오긴 하지만 닦기만 하면 아무 문제없다. 하지만 우사피르 클래스쯤 되면 피가 묻게 마련이다. 게다가 아무런 손질도 안 하는 바람에 한층 더 수명이 단축된 것이리라.

"그나저나 사흘밖에 안 지났는데 혈색이 많이 좋아졌군. 약간 통통해진 것 같은데?"

"그런가?"

라프타리아가 영업용 미소를 지으며 고개를 끄덕인다. 이 아저씨는 또 무슨 소릴 하는 거람.

"오? 표정도 좋아졌는데."

"응!"

좋아, 그대로 값을 깎는 거야.

"아저씨, 무기를 중점으로 해서, 최대한 좋은 걸 줘."

"당신은?"

"난 필요 없어."

"필요 없어?"

라프타리아가 나를 올려다보며 묻는다.

"네가 보기엔 나한테 무기가 필요할 것처럼 보이던?"

지금까지 나는 마물의 공격에 상처 하나 입지 않았다. 하지만 그 망할 용사 놈들도 말하지 않았던가. 방패는 초반에는 편하지만 후반으로 가면 힘들어진다고.

그러니까 나는 대미지가 들어오는 마물을 만날 때까지는 장비가 없이 싸울 수 있다.

"으-응."

라프타리아는 납득이 가지 않는다는 듯 끙끙거린다. 그 손에는 볼을 소중하게 안고 있었다.

"뭐, 이것도 다 인연이니까. 조금 싸게 팔아 주지."

"어차피 비싸게 팔았어도 값을 깎았을 거야."

"당신한테는 거의 마진도 없이 팔고 있다고. 괜히 바가지를 씌우려고 들면 벌툰을 들이댈 거 아니우?"

역시 소문이 퍼져 있는 건가. 뭐, 내가 의도적으로 퍼뜨린 거긴 하지만.

"불합리한 짓은 불합리한 짓으로 갚아 줘야지."

"나는 상관없지만 어차피 누군가 대책을 짜 봐야 당신은 또 다른 수단으로 나올 것 같군."

"그거 잘 알고 있는데."

"척 보면 알지. 용사들 중에서 제일 돈독이 오른 게 당신이니까."

"칭찬으로 받아들이지."

"그럼 어디……."

아저씨는 라프타리아를 보며 자신의 턱을 어루만진다.

"이제 슬슬 이 아가씨도 나이프가 아닌 검에 도전할 때가 된 건가?"

"괜찮을까?"

"의욕이 있는 것 같으니까. 짤막한 검이니 입문용으로 딱 좋을 거요."

아저씨는 가게 모퉁이에 있는 코너를 덜컥덜컥 뒤졌다.

"그렇군."

"나, 검을 쓰는 거야?"

"그런가 봐."

"덤으로 사용법을 강의해 주마."

그리고는 가게 안쪽에서, 매끄러운 가죽 가슴 보호대를 가져왔다.

"철제 숏 소드와 가슴 보호대다. 좀 낡았지만 참아 줘. 사이즈도 조절해 주마."

아저씨는 라프타리아에게 검을 쥐어 주고, 가죽 가슴 보호대를 천옷 위에 입혀 준다.

동시에 라프타리아의 배에서 커다란 소리가 울려 퍼졌다.

"또냐?!"

"이보슈, 얘는 아인이잖수? 게다가 어린애니까, 레벨이 오르면 이러는 게 당연하지."

뭐야, 상식인 건가? 도통 감이 안 잡히는데 이 세계는 어떤 기준으로 돌아가는 거지?

"그렇단 말이지……. 할 수 없지. 강의를 받고 있는 동안에 내가 가서 사 올 테니까 여기서 얌전히 있어."

"네—에!"

그 모습을 본 무기 상점 아저씨가 왠지 껄껄거리고 웃고 있다.

"다녀오슈. 그 사이에 기본적인 걸 가르쳐줄 테니까."

무기 상점에서 나와서 서둘러 시장 쪽으로 향한다.

이거야 원, 레벨을 높이는 대가가 공복이라니 아인이란 참 별난 종족이다.

스테이터스도 순조롭게 오르고 있는 것 같고 조금씩 강해지고 있다는 자각도 있다.

아무리 그래도 이 식욕은 장난이 아니다.

노점에서 음식을 사서 돌아가니 아저씨가 라프타리아에게 검 휘두르는 법이며 사용법을 강의해 주고 있는 중이었다.

"자, 먹어."

"고마워!"

우물우물 음식을 먹는 라프타리아에게 아저씨는 검을 휘두르는 움직임이며 회피에 대해서 열심히 가르친다.

뭔가 그럴싸해진 것 같은 느낌이 드는 것 같기도 하다.

"당신도 가르쳐줄까?"

"회피는 보고 배워 두지."

"뭐, 당신은 버티는 스타일이니까. 괜히 밸런스가 무너지면 오히려 더 위험할 수도 있지."

그렇게 아저씨의 무기 강좌가 끝나고 계산을 마친다. 그러자 아저씨는 나에게 하얀 돌덩이를 건넸다.

"이건 뭐지?"

"숫돌이우. 이번 무기도 코팅이 안 돼 있거든. 정기적으로 점검을 안 해 주면 눈 깜짝할 사이에 망가질 거요."

"흐음…."

천천히 받아 들자 방패가 반응했다. 그래서 먹여 본다.

"이, 이보슈?!"

숫돌 방패의 조건이 해방되었습니다.

오? 실드라는 이름이 안 붙는 장비는 처음이다.

뭐, 방패나 실드나 그게 그거지만.

숫돌계에서 파생되는 게 꽤 많은데…. 아, 본래 숫돌계에서만 파생되는 게 아니라, 제일 가까운 스카이 에그 실드와 우사 미트 실드에서 복합적으로 이어져 있다.

요리에 칼이 반드시 필요하니까 그런 건가?

방어력은 에그 실드보다 약간 나은 정도군. 해체하지 않은 우사피르 시체를 통째로 먹인 우사피르 실드보다는 못한 수준이다.

숫돌 방패

능력 미해방……장비 보너스, 「숫돌 감정 1」

전용효과 「자동연마(8시간) 소비 대」

전용효과?

도움말을 확인한다.

『전용효과』

전용효과란 무기가 해당 상태일 때만 발휘되는 효과입니다.

이 효과는 해방에 의한 능력 부여처럼 영구적으로 익힐 수 있는 게 아니므로, 필요할 경우에는 해당 무기로 변화시킵시다.

그건가? 게임 같은 데서 나오는, ○○계에 효과 대(大) 같은 타입일까?

사용하면 드래곤 계에게 절대적인 효과를 기대할 수 있다거나 하는 그런 거. 이런 무기에만 존재하는 효과를 전용효과라고 부르거나, 그런 식으로.

서둘러 방패를 변화시킨다.

"오오?! 뭐요, 그건?!"

숫돌 방패. 형태는 스몰 실드보다 약간 크다. 하얗고 커다란 돌 방패다.

하지만 방패 위에 몇 개인가 홈이 나 있다. 가느다란 홈도 있고 굵은 홈도 있고, 종이를 끼울 수 있을 정도로 가는 홈도 있는 등 각양각색이다.

"어이, 이보쇼! 내 말 좀 들으라고!"

흐음……「자동연마(8시간) 소비 대」라는 건 뭐지?

이름 그대로의 효과라면 다소 기대할 만하긴 한데…….

"어이!"

"응? 왜 그래, 아저씨?"

"그 방패는 도대체 뭐요?!"

"전에도 봤잖아. 전설 방패라고."

"들은 적도 없고 본 적도 없수!"

"봤었잖아. 스몰 실드였을 때."

"아앙?! 왜 숫돌로 바뀐 건데?"

"숫돌을 먹였으니까 그런 거 아냐?"

"……."

무기 상점 아저씨가, '틀렸어, 대화가 안 통해.' 라는 표정을 짓고 있다.

"전설의 무기에는 신비한 힘이 있다고 들었는데, 그게 바로 이거였군."

"다른 용사들한테서 못 들었어?"

"요즘엔 보이지도 않더이다. 그리고 쓰는 모습을 눈앞에서 보여준 건 형씨가 처음이고."

강대한 적이 나타나기까지 이제 1주일 남짓밖에 안 남았다. 원래대로라면 조금이라도 더 정보를 공유해야 할 마당이건만, 결국 그 녀석들은 동료들에게까지 아무것도 가르쳐주지 않는, 자기밖에 모르는 비밀주의자들이라는 건가.

적어도 나는 그런 녀석들은 믿을 수가 없다.

뭐, 굳이 일부러 보여줄 필요도 없는 건 사실이지만. 쓸데없는 곳에 어찌나 그렇게 힘을 낭비하는지 원.

"그래서, 뭘 고민하고 있는 거요?"

"아아, 「자동연마(8시간) 소비 대」라는 효과가 있는 것 같아서 말이야. 문자 그대로 보면 알아서 자동으로 연마해준다는 것 같은데."

뭘 소비한다는 건지 알 길이 없다.

"흐음……."

무기 상점 아저씨가 카운터에서 녹슨 검을 꺼내서 내 방패의 홈에 꽂았다.

"처분하려던 무기를 공짜로 드리지. 그걸로 시험해 보슈."

"그래, 고마워."

시야 구석의 아이콘에 '연마 중' 이라는 글자가 나와 있다.

미묘하게 무거운데. 그리고 뭔가 어깨가 묵직하게 느껴진다.

문득 아이콘을 살펴보니, 내 스테이터스에서 지금까지 변동한 적이 없었던 SP라는 부분이 서서히 감소해 나간다.

아마도 스킬 같은 것에 사용하는 수치일 것인 줄 알았는데, 이런 곳에서도 줄어드는군.

"그럼 이제 슬슬 갈까?"

"가는 거야?"

"그래."

어느 정도 그럴싸한 차림이 된 라프타리아의 머리를 쓰다듬고 나는 무기 상점을 나선다.

일단 당장은 레벨을 올리는 것, 그리고 성장기라 굶주려 있는 라프타리아의 식사를 조달하는 것을 목표로 삼고 여행을 떠나자.

"아, 맞아, 아저씨."

"……아직도 용건이 남은 거요?"

아저씨는 이제 넌덜머리가 난다는 말투로 나를 쏘아본다.

"성 및 도시 주위의 초원 너머에 있는 숲을 지나면 나오는 던전 말인데, 그곳과 비슷한 수준의 마물이 나오는 곳

몰라?"

싸구려 지도를 펼치고, 그 망할 계집이 추천했던 던전이 있는 방향을 가리키며 묻는다.

일단 참고 정도는 될 것이다. 믿느냐 마느냐 하는 건 둘째치고서라도.

"숲 쪽이 아니라 가도 너머에 있는 마을 쪽에도 비슷한 마물들이 살고 있수다."

"그래? 그럼 그쪽으로 한 번 가 볼까."

지금은 제한된 기간 동안 얼마나 방패를 성장시킬 수 있는가, 그리고 돈을 얼마나 벌 수 있는가 하는 것에 모든 게 달려 있다.

16화 쌍두흑견

우리는 무기 가게 아저씨에게서 들은 대로 마을로 향했다.

마을의 이름은 류트 마을. 거점으로 삼기에 적합해 보이는 마을로, 여관은 하나밖에 없지만 숙박비는 은화 한 닢. 매수 상인도 이틀에 한 번은 머문다는 절호의 입지 조건.

약재상은 없지만 약을 필요로 하는 마을 사람들은 있었기에, 성 밑 도시의 약재상보다 약간 싼 값에 판다.

그 대신 품질은 나쁘다고 못을 박아 둔다.

참고로 내 악명은 여기까지 떨치고 있어서, 마을에 도착하자마자 장난질을 치려는 자들이 있었기에 벌룬형에 처해 주었다.

그리고 마을 주위에서 물리친 마물에게서 얻은 소재를 여행하는 행상에게 팔고 있을 때.

"흐음……. 이 정도쯤 되겠군요."

"그렇군."

은화 몇 닢을 받아 들고 나는 신음한다.

좋은 값에 팔리기는 했지만 결정적인 게 부족하다.

"더 빠르게 벌 수 있는 방법은 없으려나……."

"비용이 많이 들 일이라도 있나요?"

"그렇지 뭐."

내가 방패 용사라는 걸 모르는 건가? 아니, 이 행상이라면 알면서도 나를 속이려고 드는 걸지도 몰라.

"그러시다면, 이 류트 마을 근방에 있는 탄광에서 캘 수 있는 광석을 채취해 보시는 게 좋을 겁니다."

"그래?"

"네, 잘만 채굴해 내면, 꽤 짭짤하게 돈을 만질 수 있을 테니까요."

"……그럼 다른 사람들은 왜 안 하는 거지?"

그렇게 수입이 좋은 일이라면 다들 앞다퉈서 나서야 하는 것 아닌가.

"그게, 파도가 도래하기 전에는 약간 활기를 띠긴 했었습니다만…… 위험한 마물이 살기 시작한 이후로는……."

"그랬군."

"모험가나 기사단, 소환된 용사님들은 뭘 하고 계신 건지……. 하긴, 폐광 직전인 탄광이란 대개 이런 법이긴 하겠지만요."

흐음……. 이거 괜찮은 얘기를 들었다. 탄광이라. 제대로 광석을 채취하기만 하면 꽤 돈이 된다.

"일단 거기서 채취할 수 있는 광석 중에는 귀한 것도 있으니까요. 만약 그걸 구하신다면 비싼 값에 팔 수 있을 겁니다."

"그렇단 말이지. 정보 제공 고마워."

진짜인지 어떤지는 의심스럽지만, 폐광이라는 동굴에 가 보는 것도 한 가지 방법이다.

"오늘은 어디 갈 거야……?"

라프타리아가 겁에 질린 채 묻는다.

"오늘은 근처 폐광에 갈 거야."

"응……."

"위험한 마물이 있다나 보더군. 무슨 일이 생기면 도망칠 테니까 잘 따라와야 돼."

"네!"

지도를 펼치고 그 폐광이 있는 곳을 확인한다.

사람의 손길이 닿지 않는 산 근처, 잡초가 자라기 시작한 길 너머에 폐광이 있었다.

입구에는 방치된 곡괭이 몇 개가 뒹굴고 있다. 낡아 빠진 곡괭이지만 쓸 수는 있을 것이다.

그 옆에 방치된 휴게소가 눈에 들어왔다.

문은 잠겨 있다. 아무도 사용하고 있지 않는 곳이라면 들어가도 상관없겠지.

"라프타리아, 문을 부숴."

"에? 응……."

라프타리아는 돌을 들고 문의 자물쇠를 후려친다. 원래부터 녹슬어서 헐렁헐렁했던 탓에, 몇 번 치자 손쉽게 부서졌다.

안으로 들어가자 로프를 발견. 그 외에도 잡화들이 나뒹굴고 있다.

하지만 버려진 곳인 듯 그다지 눈에 띄는 건 없다. 폐광의 지도가 있었던 게 그나마 다행이다.

기왕 들어온 김에 발견한 것들을 방패에 먹였다.

곡괭이 방패의 조건이 해방되었습니다.

로프 실드의 조건이 해방되었습니다.

곡괭이 방패

능력 미해방……장비 보너스, 「채굴 기능 1」

로프 실드

능력 미해방……장비 보너스, 스킬 『에어스트 실드』

전용효과 로프

에어스트 실드? 이건 뭐지?

애당초 스킬이라는 건 어떻게 쓰는 거람?

일단 로프 실드로 바꾸어 본다.

로프를 둥글게 만 방패다. 방어력은 장난 아니게 낮다.

실전에 사용하기는 어렵겠는데.

전용 효과, 「로프」는 뭐지? 시험 삼아 한번 써 볼까.

이런 건 갈고리를 걸듯이 뭔가에 걸쳐서 쓰는 건가?

그렇게 생각하고 로프가 오두막 대들보로 날아가는 모습을 연상했더니, 방패의 로프가 뻗어 나가서 대들보에 묶였다.

오오! 편리하잖아.

에어스트 실드에 대해서는…… 일단 도움말을 찾아본다.

찾았다.

「스킬」

발동시킬 때 그 스킬의 이름을 외치면 퀵 액션이 가능합니다. 그 이외에 모션을 통해 발동하는 스킬도 존재합니다.

RPG 같은 것이라면 기본적으로 존재하는 마법이나 기술 같은 거랑 똑같은 거군. MMO라면 '스킬'로 통일돼 있는 경우도 있다. 그거랑 마찬가지다.

좋아, 일단 외쳐 본다.

"에어스트 실드!"

외치는 순간 나타나게 할 방향을 지시하라는 표시가 시야에 나타나고, 나타낼 수 있는 범위가 지면에 원으로 표시되었다.

일단 눈앞에 나타나도록 연상한다. 그러자 에어스트 실드는 연상한 그 자리에 출현했다.

형태는…… 약간 큼직한 방패 같다. 신비로운 힘으로 만들어진 방패다.

들 수는 없는 건가?

만져 보았다. 하지만 내가 출현시킨 위치에서 조금도 움직일 기색이 보이지 않는다. 단순하게 방패를 불러내기만 하는 스킬이라는 건가. 첫 번째로 익힌 스킬이 이거라니……. 공격력은 도저히 기대하기 힘들 것 같다.

"왜 그래?"

라프타리아가 고개를 갸웃거리며 묻는다.

"아무것도 아냐. 좀 편리한 힘을 손에 넣은 것뿐이야."

"그렇구나……. 안 가?"

"가야지."

라프타리아는 요즘 들어서 의욕을 보여주고 있지만, 이렇게 갓 적응하기 시작했을 때가 제일 위험한 법이다. 조심해야겠다.

곡괭이 방패는 채굴을 하려 하는 우리에게 딱 좋은 기술이다.

슬슬 횃불을 한 손에 들고 폐광 안으로 발걸음을 들여놓는다.

"위험한 마물이 살고 있다는 모양이니까 조심해."

"응."

내가 앞장서서 폐광 안을 나아간다.

중간까지는 나무로 보강된 동굴 같은 분위기였지만, 어느 정도 더 나아가니 종유굴처럼 변해 갔다. 완만한 각도의 작은 폭포나 샘도 있고, 어렴풋하게 빛이 올라오는 곳도 있다. 동굴 벽에 난 구멍을 통해 들어오는 그 빛에, 동굴 안의 티끌들이 환상적으로 반짝였다.

그나저나…… 어디로 가야 우리가 찾는 그 광석을 채굴할 수 있으려나.

지도를 펼치고 확인한다.

미로……는 아니군. 폭포 위로 우회해 간 지점에 x표가 그려져 있다. 거기를 목표로 가 보자.

"주인님……."

"응?"

라프타리아가 내 옷소매를 꾹꾹 잡아당긴다.

"저기…… 이거."

라프타리아가 바닥을 가리켰다.

그쪽을 보니, 뭔가…… 개 같은 것의 발자국이 찍혀 있는 것이 눈에 들어온다.

아아, 괴물이 붙어살고 있다는 얘기는 사실이었던 건가. 폐광이니까 들개 같은 게 붙어살고 있는 거겠지. 발자국으로 봐서, 내가 알고 있는 개의 크기다. 크기는 중형견 정도.

"일단은 가 보는 수밖에 없겠지."

위험을 피해 봤자 결과는 나아지지 않는다.

이것도 마물을 물리치는 일의 연장선상이다. 이 정도 사이즈라면 문제없을 것이다.

"좋아, 가자."

"으, 응."

"걱정 마, 평소처럼 해치우면 그만이니까."

"열심히 할게."

좋은 경향이군.

그렇게 계속 앞으로 나아갔더니…….

"그르르르르……."

폭포 위에 올라선 즉시 조우했다.

뭔지는 몰라도, 머리가 두 개나 달린 검은 개.

그런데 아까 그 발자국은…… 어렸을 때 다닌 흔적이었나?

내 키 정도까지 자라 있잖아!

그래도 해치우는 수밖에 없어.

"워어어어어어어어어어어엉!!"

개가 포효하며 우리를 향해 돌격해 온다.

지금까지는 적을 만나서 대미지를 입은 적이 한 번도 없었지만, 이번에도 버텨낼 수 있을까?

아니, 만약에 대미지를 받는다고 해도 즉사까지는 안 하겠지.

방패를 들어서 개의 공격에 견뎌낸다.

크윽…… 묵직하다.

"카아아아아!"

발톱으로 방패를 벅벅 할퀴어대며, 두 개 달린 머리로 나를 물려고 든다.

어림없는 짓거리!

물리지 않도록 상반신을 젖혀서 회피한다.

못 견뎌낼 정도는 아닌 위력이군.

"좋아! 억눌렀어!"

이제 빈틈을 노려서 라프타리아가……라고 생각하다가 깨달았다.

"아…… 아아아아……."

라프타리아가 바들바들 떨면서 허공을 바라보고 있다는 것을.

망했다! 밤에 비명을 내지를 때와 같은 상황이다!

"안 돼에에에에에에에에에에에에에에에에에에에에에에에에에!"

귓속이 웅웅 울릴 정도의 절규.

"깨갱!"

쌍두견은 비명을 지르면서 일단 나에게서 거리를 벌린다.

그랬다가 절규하는 라프타리아에게로 타깃을 옮겨서 다시 달려들었다.

"이게 어딜!"

재빨리 라프타리아를 밀쳐내서 보호한다. 하지만 자칫하면 라프타리아가 폭포 밑으로 떨어질 뻔했다.

"히익?! 사, 살려……."

떨어진다고 해도 죽지는 않을 것이다. 하지만 당장에라도 떨어질 것 같은 상황이니 무서운 건 당연하리라.

"싫어, 싫어! 아빠! 엄마!"

크윽……. 지금은 일단 물러나야 하는 건가.

약간 목숨을 건 행동이지만 어쩔 수 없다.

나는 개의 맹공으로부터 몸을 빼서, 라프타리아를 끌어안고 폭포에 몸을 맡긴다.

게임에서는 폭포에서 떨어지는 상황도 종종 나오지만, 현실에서 해 보니 정신없이 풍경이 뒤바뀌어서 도저히 상황을 파악할 수가 없었다.

한순간 폭포 밖으로 내팽개쳐졌지만 중력에 따라서 낙하. 폭포수로 이루어진 연못에 떨어졌다.

그 다음은…… 뭐, 물살도 느릿하니까 헤엄쳐서 뭍으로 올라온다.

"콜록……. 콜록……."

"나 원 참, 그렇게 갑자기 공황에 빠지면 어쩌자는 거야!"

"아빠?"

"아냐. 도대체 무슨 소릴 하는 거야?"

얘기하면서 위를 본다. 검은 쌍두견은 물가로 올라온 우리를 벼랑 위에서 노려보다가 발걸음을 돌린다.

분명히 이쪽으로 쫓아올 게 틀림없다.

"괜찮아? 의식은 제대로 붙어 있는 거야?"

"아……. 나는……."

"대체 왜 그러는 건데?"

"저기……."

"똑바로 얘기해."

"우…… 네."

라프타리아는 더듬더듬 얘기를 시작했다.

"나는 이 나라의 변경, 바다가 있는, 도시에서 약간 떨어진 농촌에 있는 아인 마을 출신이에요……. 이 나라에서도 유복한 형편이라고는 하기 힘들었지만요."

부모님은 다정했고 마을 사람들과도 정겹고 평화롭게 지내 왔다.

하지만 어느 날, 재앙의 파도로부터 대량의 해골 병사들이 쏟아져 나왔다고 한다.

해골 병사들은 머릿수는 많았지만, 처음에는 인근에 있던 모험가들 수준에서 대처할 수 있었다.

하지만 다시 짐승, 커다란 곤충 따위가 대량으로 쏟아져 나와서 방어선이 붕괴.

그런 끝에 머리가 세 개 달린 검은 개 같은 괴물이 나타나서 사람들은 마치 아무런 저항도 못하는 풀꽃처럼 유린당해 갔다.

라프타리아의 마을도 그 공격을 끝내 막아내지 못해서 필사적으로 괴물들로부터 도망쳐야 했다.

그러나 괴물들은 도망을 용납하지 않았고, 마치 장난이라도 치듯이 친근한 이웃사람들을 죽이고 다녔다. 라프타리아의 부모님도 다를 게 없어서, 괴물들에게 내몰리면서 함께 도망치다가 바다 위에 우뚝 솟은 낭떠러지 위까지 쫓겨 갔다. 더 이상 도망칠 수 없음을 깨달은 라프타리아의 부모님은 서로를 마주 보고는 라프타리아를 향해 웃어 보였다.

그런 상황에서도 다정하게, 겁에 질린 라프타리아의 머리를 쓰다듬어 주었다.

부모님이 목숨을 걸어서 자신을 지켜주려 하고 있다는 것을 어린 그녀도 이해할 수 있었다는 모양이었다.

『싫어, 싫어! 아빠! 엄마!』

홱!

두 사람은 살아남아 달라는 염원을 담아서, 라프타리아를 벼랑에서 바다로 떠밀었다.

라프타리아는 내팽개쳐지고 바다로 떨어지는 도중에, 괴물들이 부모님을 향해서 덮쳐드는 모습을 목격하고 말았다.

그 얘기를 하는 라프타리아의 얼굴은 파랗게 질려 있다. 얘기하기도 괴로운 기억이리라.

"그리고 저는 바다에 떨어져서, 기적적으로 근처 백사장으로 떠내려갔어요."

정신을 차린 라프타리아는 몸을 일으켜서 부모님을 찾기 위해 그 벼랑 쪽으로 발걸음을 옮겼다고 한다.

그때는 이미, 나라가 보낸 모험가와 기사단에 의해서 괴물들이 토벌된 후였다는 모양이다. 시체가 나뒹구는 황야를 걸어서 부모님과 헤어졌던 벼랑까지 가까스로 도착했다.

거기에는 끔찍한 양의 피와…… 찢겨나간 살점 조각이 점점이 나뒹굴고 있었다.

부모님의 죽음을 이해했을 때 라프타리아 안에서 뭔가가 탁 하고 끊어졌다고 한다.

"안 돼에에에에에에에에에에에에에에에에에에에에에에에에에에에에에에에에!"

그 후로, 라프타리아는 부모님의 죽음에 대한 상처를 안은 채로도 꿋꿋하게 살려 했다.

지금의 라프타리아를 보면 상상도 가지 않지만 원래는 노력가였다는 모양이다.

그것도 노예 생활을 하면서 조금씩 소모되어 간 것이리라.

나와 만날 때까지의 여정은 처절했다. 살아남은 마을 사람들과 함께 마을을 재건하려 애써 보기도 했지만 하필이면 노예 사냥꾼을 만나서 고문까지 경험했다는 모양이다.

그러다 결국 그 서커스 텐트 같은 곳에 감금당했다고 한다.

"그 검은 개가 눈앞에 있어! 도망쳐야 돼!"

다시 혼란에 빠지려 하고 있다.

트라우마가 원인이었던 건가.

"진정해!"

“그, 그치만…….”

“저건 네 부모님을 죽인 녀석이 아냐. 머리도 두 개잖아! 그리고…… 넌 나를 누구라고 생각하는 거지?”

“에…….”

“나는 방패 용사야. 지금까지도 나는 계속 너를 지켜 줬었잖아? 하지만 나는 너를 지켜줄 수는 있어도 적을 무찌르지는 못해.”

가만히 라프타리아의 뺨을 어루만진다.

“네 부모님은 돌아올 수 없어. 하지만 너와 같은 처지에 놓일 수도 있는 아이들을 구해줄 수는 있어.”

궤변이군. 나는 그저 살아남고 싶어서 강해지려고 하는 것뿐이면서. 하지만 라프타리아에게 있어서 파도라는 것은 재앙이다.

라프타리아가 더 많은 아이들이 자기와 같은 처지에 놓이기를 원한다면 말짱 도루묵이지만.

“내가 할 수 있는 일은, 네가 최대한 싸울 수 있는 환경을 만들어주는 것뿐이야. 그래도 싸우기 싫다면…… 전에도 얘기했었지?”

“으, 응!”

“커엉!”

보아하니 기어이 개가 쫓아온 모양이다.

“일단, 못 싸우겠다면 물러나서 여기서 나가.”

"주인님은?"

"나는 이 녀석을 유인하고 나서 도망치면 돼!"

"그치만!"

"다른 수가 없잖아. 나는 지킬 수는 있지만 싸울 수는 없으니까."

"가면 안 돼!"

"그럼 어쩌라는 거지? 이대로 죽을 거냐?"

"……안 돼!"

라프타리아는 검을 힘껏 움켜쥐고, 개 옆으로 우회해 들어가서 찔렀다.

"깨갱!"

개가 비명을 지른다.

"죽으면 안 돼!"

"안 죽어. 내가 죽는 건, 공격자에게서 너를 지켜주지 못했을 때가 될 테니까."

나는 죽지 않기 위해서 강해지고 싶은 거다. 이런 데서 죽을 수는 없지 않느냔 말이다!

개가 라프타리아를 물어뜯으려 달려든다.

재빨리 로프 실드로 바꾸고 외친다.

"에어스트 실드!"

그리고 곧바로 전투용 방패로 변화. 있는 힘껏 개의 몸에 달려들었다.

"캬아아?!"

라프타리아를 무는 데 실패하고 도리어 내가 달려드는 바람에 개는 울부짖는다.

다른 머리 하나가 내 어깨를 깨문다.

고통과 함께 선혈이 튄다.

"주인님?!"

"진정해! 아직 괜찮아!"

방어력이라는 건 효과가 상당한 모양이다. 그렇게 날카로운 이빨에 물렸는데도 치명상을 입지 않다니.

이것도 방패의 힘이리라. 피는 흐르지만 견디지 못할 정도의 고통은 아니다.

"네!"

라프타리아는 혼신의 힘을 실어서 빈틈을 드러낸 개의 심장이 있는 부위를 검으로 찌른다.

"이야아아아아아아아아아아아아아아아압!"

푸욱, 하는 소리를 내며 검이 개의 몸을 꿰뚫는다.

"캬아아아아아아아아아아아아아아……."

상상 이상으로 저항하는 개의 심장을, 라프타리아는 연거푸 찔러 댄다.

이윽고 검은 쌍두견은 움직임을 멈추고, 쓰러졌다.

EXP 340

라프타리아 EXP 430

강한 적이니만큼 경험치도 높아서, 나와 라프타리아의 레벨이 동시에 상승했다.

"하아…… 하아……."

"좋아, 잘 했어."

피투성이가 된 라프타리아와 나.

나는 라프타리아의 머리를 쓰다듬는다.

"주인님…… 절대로 죽지 말고, 내게…… 안식처를."

라프타리아는 더듬거리는 말로 나에게 현재 상태의 유지를 애원한다.

노예생활은 고되었을 것이다. 그때로 돌아가고 싶지 않다고 생각하는 게 당연하리라.

현재 환경에 대해서는 아무런 불만도 없으니, 자기를 높게 사 달라는 건가…….

나로서도 쉽게 포기할 생각은 없다. 그리고 내가 라프타리아에게 요구하는 건 오직 싸우는 것뿐이다.

"주인님…… 아직 이름을 안 물어봤었지?"

"아아, 그랬었지. 이와타니 나오후미. 이와타니가 성이고 이름은 나오후미야."

"나오후미…… 님……. 다시 한번, 앞으로 잘 부탁드립니다."

라프타리아가 꾸벅 고개를 숙이며 나에게 그렇게 말했다.

이름이라…….

용사님이라는 호칭보다는 훨씬 더 기분 좋게 들린다.

그럼, 이제 이 마물을 방패에 먹여 볼까.

우선 해체부터…….

개를 해체한다는 것은, 썩 기분 좋은 일은 아니군.

결과.

쌍두흑견 방패의 조건이 해방되었습니다!

쌍두흑견 방패

능력 미해방……장비 보너스, 『얼럿 실드』

전용효과 「도그 바이트」

머리 둘 달린 개의 모습을 한 방패다. 가죽 재질에, 머리 부분이 마치 살아있는 것처럼 박력이 넘친다.

능력은 그럭저럭 높군. 나쁘진 않겠는데.

얼럿 실드라는 건 뭐지?

전용효과인 「도그 바이트」라는 것도 궁금해진다.

나중에 조사해 봐야겠다.

상처 치료를 위해 힐링 환약을 어깨에 바른다. 싸늘한 감각과 함께 서서히 상처가 낫는 느낌이 든다.

여관으로 돌아가거든 회복 마법 같은 걸 쓸 줄 아는 모험가에게 돈을 주고 치료를 부탁할까.

그러고 보니 이 세계에 와서 처음 느끼는 고통이다. 역시 고통은 존재하는 모양이다.

못 싸울 정도는 아니지만…… 아무래도 아픈 건 싫은데.

해체해도 다른 부위의 방패는 안 나오는 건가……. 어쩌면 재료나 레벨이 부족한 건지도 모른다.

"그럼, 마물도 물리쳤으니까, 광석을 채굴하러 갈까."

"네!"

오? 아까보다 활달해졌는데.

방패를 「채굴 기술 1」을 보유한 곡괭이 방패로 변환한 후, 곡괭이를 들고, 폐광의 x표시가 된 지점을 판다.

나는 서서히 곡괭이질을 해 나간다. 그러자 벽에 열십자 모양의 포인트가 가느다랗게 나타난다. 뭐지? 여기에 곡괭이질을 하면 되는 건가?

"읏차!"

나는 기운차게 곡괭이를 휘둘렀다.

퍽 하는 소리와 함께 벽에 금이 간다. 그 균열은 순식간에 쩍쩍 벌어지고, 이윽고 벽이 무너져 내렸다.

"우와!"

엄청나게 물렁하잖아, 이 벽.

붕괴 위험성을 염두에 둔 채로, 광석을 찾는다.

……썩 괜찮은 건 안 보이는데.

그렇게 몇 번인가 파 나간 끝에 반짝거리는 광석을 발굴하는 데 성공할 수 있었다.

“라이트메탈?”

라이트메탈이라는 광석이 나왔다.

이게 비싸게 팔리는 광석인가……? 순도가 높아 보인다.

산출량은 많지 않았지만, 이날 저녁이 될 때까지 쉬지 않고 판 끝에 열 개 정도를 찾아낼 수 있었다.

효율은 별로 좋지 않은 것 같다.

일단 방패에 흡수시켜 본다.

필요 개수에 못 미치는 모양이다. 하나 더.

라이트메탈 실드의 조건이 해방되었습니다!

라이트메탈 실드

능력 미해방……장비 보너스, 방어력 1

전용효과 「마법방어 향상」

지금까지 나온 것 중에 방어력이 제일 높다.

그렇다면 강한 마물과 싸울 때는 이게 제일 좋겠는데.

"어때요?"

"뭐, 딱 예상했던 정도야."

"알았어요. 그럼 돌아가요, 나오후미 님."

라프타리아는 내 손을 잡고 앞장서서 걸어가려 한다.

"반드시, 살아남도록 해요."

"그래."

당연한 소리다. 나는 살아서 원래 세계로 돌아가야 한다. 이런 쓰레기 같은 세계에서 죽을 수는 없다.

류트 마을로 돌아가서, 라이트메탈을 판다.

아니나 다를까 비싼 값에 팔렸다. 이만하면 당분간의 생활 자금이나 장비 가격은 충당할 수 있을 것 같다.

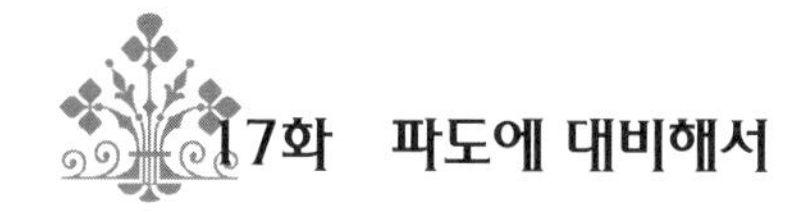

17화 파도에 대비해서

피큐피큐 실드의 조건이 해방되었습니다.

우드 실드의 조건이 해방되었습니다.

버터플라이 실드의 조건이 해방되었습니다.

파이프 실드의 조건이 해방되었습니다.

etc…

피큐피큐 실드

해방 완료……장비 보너스, 「초급 무기 수리 기능 1」

우드 실드

해방 완료……장비 보너스, 「벌채 기능 1」

버터플라이 실드

해방 완료……장비 보너스, 「마비 내성(소)」

파이프 실드

해방 완료……장비 보너스, 스킬 『실드 프리즌』

etc…

그 후로 1주일 하고도 하루.

이 주변의 마물이며 약초, 그 외 광석이며 재목 등등 이런 저런 것들을 무기에 먹인 결과, 방패는 다양한 스킬이며 기능을 익혔다.

스테이터스 부여도 각양각색이라 죄다 기억하는 게 귀찮을 정도다.

"잠깐-!"

불리함을 깨닫고 도망치는 온몸에 가시가 돋은 호저 같은 마물…… '야마아라' 라는 이름의 그 마물을 라프타리아와 함께 뒤쫓는다.

라프타리아도 순조롭게 레벨을 올려서 내 레벨은 20, 라프타리아는 레벨 25가 되었다.

라프타리아의 성장 속도가 의외로 빠르다.

……그리고 나는 아직도 천으로 된 옷만 입고 싸우고 있다.

지금까지 거의 대미지를 입지 않고 싸워 오다 보니, 이제 슬슬 내가 정말로 약한 건지 의심스러워지기 시작한다.

하지만 쓰라린 경험도 했다.

방어력을 과신해서 지금 뒤쫓고 있는 야마아라와 약한 방패로 싸웠더니 엄청난 고통이 몰아쳤다. 방심하다가 기습을 당해서 약간 부상을 당한 것이다.

얼럿 실드를 사용했는데도 이런 꼴을 당하다니.

참고로 얼럿 실드는 나를 중심으로 반경 20미터 이내에까지 마물이 침입하면 울어 대는 경보 스킬이었다. 근처에 마물이 있다는 걸 알려주는 것이다.

여러모로 미묘한 스킬이란 말씀이야. 게다가 있다는 것까지는 알려주지만 어디에 있는지까지는 알 수가 없다니 말이지.

"아-, 이건 좀 아픈데."

피가 나는 상처에 힐링 환약을 바르면서 달린다.

하긴, 가시에 찔리면 아픈 게 아픈 게 당연하지.

이 세계에 온 후로는 계속 방패가 보호해 주고 있었던 탓에 잊고 있었다.

"그래서 제가 말했잖아요. 나오후미 님도 이제 슬슬 장비를 사셔야 한다구요."

"아니……. 약한 방패로 해 두고 있었던 게 원인이야."

보아하니 내 방패는, 방패의 형태를 하고 있지만 실제로는 전신을 덮는 장비인 모양인지, 굳이 방패를 들어서 방어할 필요는 별로 없다. 일단 방패 부분이 제일 단단한 것 같긴 하지만 일부러 그 부분으로 막지 않더라도 지금까지 대미지를 입지 않았었던 것이다.

그리고 하나 더. 숫돌 방패의 효과는 역시 예상했던 대로 자동으로 연마해 주는 편리한 방패였다.

연마 시간은 8시간. 그보다 먼저 빼면 효과가 모두 사라진다. 문제는 사용 중에 상시로 SP를 소모하고 회복이 되지 않는다는 점이다.

아, 그 외에 익힌 스킬도 복습해 볼까.

"에어스트 실드!"

사정거리 5미터 정도의 범위 안에서 방패를 만들어내는 효과가 있는 스킬.

기껏해야 발을 묶는 게 고작인 정도. 효과 시간이 지나면 소멸하는 방패다.

구령과 함께라면 한층 더 효과 발군.

야마아라는 내가 만들어낸 방패에 놀라 비틀거린다. 하지만 곧 자세를 바로잡아서 도망을 재개한다.

크윽……. 5미터 정도면 따라잡을 수 있을 줄 알았는데 내빼는 게 빠른 녀석이군.

할 수 없지.

"실드 프리즌!"

사정거리 6미터 정도의 범위 안에서, 사방을 둘러싸는 우리를 만들어낸다.

이번에는 야마아라에게 타깃을 고정하고 발동시킨다.

원래는 대상을 보호하는 스킬이라지만 안에 들어있는 자를 구속하는 효과도 있다.

응, 둘 다 방어계일 뿐 역시 공격에는 사용할 수 없다.

"끼-!"

도망칠 곳이 없어진 야마아라는 실드 프리즌 속에서 날뛰어 댄다.

두 스킬 모두 효과 시간은 15초.

그 사이에 라프타리아가 프리즌 바로 앞까지 다가가서, 스킬 효과가 사라짐과 동시에, 안에 있던 야마아라에게 검을 찔러 넣었다.

"끼이?!"

"해냈어요!"

라프타리아는 야마아라를 붙잡아서 돌아온다.

"잘 했어!"

EXP 48

라프타리아 EXP 48

제법 짭짤한 수확이다.

사냥감을 잡아서 그대로 무기에 먹여도 방패가 변화하긴 하지만, 꼼꼼하게 해체하는 게 더 이득이다. 최근 1주일 동안에 발견했다. 벌룬이며 머시, 에그는 본체가 곧 소재였으니까, 그것들만 해치우던 시절에는 알 길이 없었던 사실이다.

곧바로 야마아라를 해체해서 가시와 고기와 가죽, 뼈로 분류한다. 모두 소재가 될 수 있으니 허투루 봐서는 안 된다.

방패에도 몇 개를 먹여 둔다.

뼈류는 여러 마물의 뼈가 필요하고, 가죽류는 스테이터스를 올려 주는 장비효과가 있다. 물론 스킬트리와 레벨을 충족할 때의 얘기지만.

살은 요리 계열. 그런 식으로 계통이 확실히 보이기 시작했다.

가시는 약간 기대된다. 야마아라 실드 자체는 이미 입수한 상태다.

애니멀 니들 실드의 조건이 해방되었습니다.

동물 가시 방패라. 가시 방패…… 해방 효과가 점점 더 기대되는데.

애니멀 니들 실드

미해방……장비 보너스, 공격력 1

전용효과 「가시 방패(소)」

좋았어! 공격력 상승이다아아아아아아아아아아아아아!

응. 나도 안다. 고작 1밖에 안 올랐다는 것 정도는.

전용효과, 「가시 방패(소)」가 어떤 건지는 모르겠지만, 어쨌든 이제야 겨우 공격적인 방패의 스킬트리를 찾아내는 데 성공했다.

이걸 계기로 이 트리에 이어질 법한 아이템들을 중심적으로 찾으면 나도 공격이 가능해진다.

방어력은 뭐 숫돌게 방패보다도 더 낮은 수준이지만 괜찮겠지.

"어때요?"

"아아, 공격력이 올라가는 방패 같아."

"잘 됐네요. 그런데 방어력은요?"

라프타리아는 내가 다치는 게 아무래도 불안한 표정이다.

"그럭저럭."

"그렇군요……. 저기, 검 연마를 부탁드리고 싶은데……."

"알았어. 이제 슬슬 사냥은 중단하고 마을로 돌아가자."

"네!"

방패를 숫돌 방패로 변화시키고, 라프타리아의 검을 꽂았다.

연마 중…….

정리해보면 우리의 레벨은 쑥쑥 올랐고, 1주일 가까이 광범위하게 돈벌이에 나선 덕분에 소지금은 무려 은화 200닢 이상까지 증가했다. 라이트메탈 덕분이다.

약이 그럭저럭 팔리고, 방패가 부여해 주는 기능계 스킬에 의해 벌채며 채굴 등 폭넓게 장사를 할 수 있게 된 덕이었다.

문제는 내 온라인 게임 플레이처럼 얕고 넓은 경향을 띠기 시작했다는 점 정도일까.

뭐, 수단 방법을 안 가리고 돈벌이에 매진하면 이렇게 될 수밖에 없겠지.

강해지기 위해서는 불필요한 행동이긴 하지. 하지만 살아가기 위해서는 어쩔 수 없잖아.

"그럼, 이제 슬슬 성 밑 마을로 돌아가서 라프타리아의 장비를 갈아치워 볼까."

"……나오후미 님?"

응? 뭔가 라프타리아가 등골이 얼어붙을 것 같은 미소를 지으면서 나를 쳐다보고 있잖아.

"제 장비를 사 주시는 건 정말 더없이 감사하지만, 그 전에 스스로의 차림을 좀 생각해 보시는 게 어떨까요?"
"뭐 이상한 거라도 있어?"
"방패 말고는, 마을 사람들이랑 거의 다를 게 없잖아요."
"으—응…… 필요가 없으니까……. 갈아입을 옷 정도만 있으면 되는 거 아냐?"
라프타리아가 내 어깨를 꽉 붙들고, 얼굴 가득 웃음을 머금은 채 위협한다.
"그러다가 아까 부상을 당하셨을 텐데요?"
"능력을 해방하려고 약한 방패를 쓰고 있었으니까……. 아직은 괜찮을 거야. 그보다 네 무기를 새로 마련하면 더 좋은 곳으로——."
"나오후미 님? 장난이 지나치면 죽을 수도 있어요."
"죽는다고?!"
라프타리아가 예비용 검의 칼자루를 쥐고 위협한다. 노예의 제약이 있으니 실제로 상처를 입히지는 못할 테지만…….
"이제 슬슬 스스로의 장비를 재점검해 보셔야 해요. 기한이 얼마 안 남았잖아요?"
"……하긴."
그러고 보니 그랬다. 생각해 보면 이제 며칠 후면 재앙의 파도라는 게 밀려올 가능성이 있다. 그때가 찾아올 때까지 강해져야만 했던 것이다.
그렇게 생각하면 확실히 마을 사람들과 별반 차이 없는

차림으로는 불안해질 만도 하다.

목적과 수단을 뒤바꿔 생각하고 있었다.

"하아……."

조금 더 공격력을 높여 두고 싶었는데.

"지금은 저보다 나오후미 님의 장비를 찾도록 해요."

"알았어. 일단 장비를 사고 남은 돈으로 네 무기를 사면 되겠지?"

"네."

좋게 말하자면 익숙해졌다고도 할 수 있겠지만, 요즘 꽤 기어오르기 시작했단 말씀이야…….

슬슬 서로의 입장 차이를 인식시켜 주고 싶지만 요즘 들어 설정해 둔 금칙사항에 위반하지 않는 정도의 강도를 파악한 모양이다. 굳이 말하자면 성가신 노예로 변한 것이다. 하지만 내 문제점을 지적할 수 있는 녀석이 있는 건 좋은 일이다. 앞으로의 일을 생각하면 꼭 나쁜 일만은 아니다.

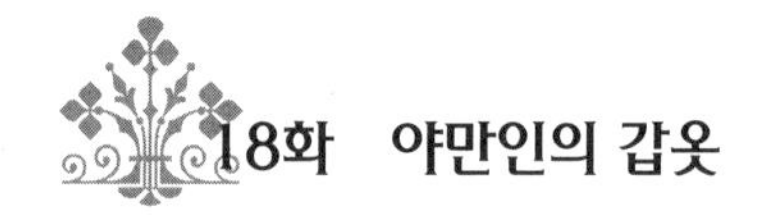

18화 야만인의 갑옷

"오, 방패 형씨잖소. 1주일 만에 보는군."

성 밑 도시에서 갈 곳이라고는 상점가 근처밖에 없는 우리.

무기 상점 아저씨는 어째선지 라프타리아 쪽을 보고 멍하니 입을 벌린다.

"한동안 못 보는 사이에 몰라보게 달라졌는데……. 이렇게 미인이 돼서 오다니."

"하아?"

무슨 소리를 하는 거람. 아저씨는 영문 모를 소리를 지껄이고 있다.

"풍채도 좋아지고 말이야……. 전에 왔을 때의 깡마른 모습이랑은 아주 딴판이야."

"살쪘다는 식으로 말씀하지 마시라구요."

라프타리아는 어째선지 꼼지락꼼지락 손을 비벼 대며 대답하고 있다.

그 태도를 보고 있으니 기분이 더러워진다! 그 망할 계집이 떠오른다.

"으아하하, 이거 정말 귀엽게 자랐는데."

"자라? 하긴 레벨이 오르긴 했지."

약 1주일 전에는 레벨 10이었지만 지금은 25다. 그에 따라서 신체적 변화가 나타났다고 생각하면, 뭐 그럴 수도 있겠지.

"흐으음……. 당신은 벽창호가 돼 가고 있군."

"또 무슨 헛소리야."

애당초 외모 연령 열 살인 여자애를 보고 귀엽다고 생각하는 건 누구나 마찬가지일 텐데. 뭐, 요즘 들어 고기만 먹이고 있으니까 좀 살이 찐 건지도 모르지만.

배가 고프면 종종 난리를 피우곤 해서 맞닥뜨린 마물의 고기를 요리해서 먹여 왔다. 영양 밸런스가 무너져서 각기병에 걸리지 않을까 하는 걱정에 약초를 무쳐서 곁들이는 식으로 신경을 쓰기도 했다.

요즘은 기침도 하지 않는다. 치료약을 먹인 게 효과를 발휘한 것이리라.

"이 1주일 동안 뭘 하고 있었던 거지? 싸움만 하고 다닌 게냐?"

"여관 사람에게 테이블 매너를 배웠어요. 나오후미 님처럼 우아하게 식사하고 싶어서요."

"잘 지내는 모양이군 그래."

어째 무기 상점 주인의 기분이 좋아 보인다. 이러면 좋은 무기를 싸게 살 수 있을지도 모르겠는데.

좀 더 비행기를 태워 주라고, 라프타리아.

"그래서, 오늘은 무슨 용건이오?"

"아아, 장비를 살까 해서."

라프타리아를 가리키며 말한다. 그러자 라프타리아가 뭔가 등골이 오싹한 미소를 지으며 내 어깨를 힘껏 움켜쥔다.

"오늘은 나오후미 님의 방어구를 살까 해서요."

"알았다고. 왜 그렇게 정색을 하고 달려드는 거야?"

"스스로의 가슴에 손을 얹고 생각해 보세요."

"으~응……. 난 그냥 파도에 대비한 것뿐인데?"

"당신 본심이 뭐고, 아가씨가 하고 싶은 말이 뭔지, 난 똑똑히 잘 알겠는데 말이지……."

도대체 무슨 소리들을 하고 있는 거야, 이 녀석들? 전부터 내 장비를 사겠다고 둘이서 짜고 있었던 거 아냐?

"자, 그럼 당신 방어구를 보여주면 되겠소? 예산은 어느 정도지?"

"은화 180닢 범위에서 부탁드려요."

라프타리아가 제멋대로 가격을 얘기했다.

이거 제법 짜증 나는데. 그러면 네 무기를 지금보다 나은 걸로 살 수가 없잖아!

"글쎄……. 그 정도 가격에 밸런스가 좋은 방어구라면 사슬갑옷이 제일이지."

"사슬갑옷…… 허엇!"

거의 무의식적으로 뱃속에서 시커먼 감정이 분출된다. 내가 뭐가 아쉬워서, 원래 내 거였던 장비를 다시 사야 된다는 건가.

"뭐……. 방패 형씨가 그렇게 싫다면 어쩔 수 없지만."

어렴풋이 사정을 이해하고 있는 아저씨는 코를 긁적거리면서 납득하고, 다른 방어구로 눈길을 돌린다.

"그렇다면 좀 버거울지도 모르지만, 철제 갑옷 정도가 타당하려나?"

그렇게 말하면서 가리킨 방어구 쪽으로 시선을 향한다.

판금한 철로 만든 풀 플레이트……. 그거다. 성 같은 곳에 장식되어 있는 갑옷이 거기 있었다.

본 적 있어. 이건 아마 풀 플레이트 메일이라는 종류의 방어구로, 내 세계에서는 입으면 제대로 움직이지도 못한다는 둥, 혼자서 일어서지도 못한다는 둥, 늪에 빠져 죽는 사람도 있었다는 둥 하는 얘기가 전해지고 있다.

"체력만 있으면 어떻게든 될 거요. 문제는 에어웨이크 가공을 하지 않았다는 점이지."

"에어웨이크 가공?"

"착용자의 마력을 흡수해서 중량을 가볍게 하는 가공이라오. 효과 하나는 확실하지."

"그렇군."

한마디로 이 세계에서는, 에어웨이크 가공을 하지 않은 전신 방어구 따위는 움직이는 표적이나 마찬가지라는 건가.

아니, 체력만 있으면 어떻게든 될 거라고 했었다.

하지만 아무리 나라도 그런 체력은 없다.

"무거운 부분을 제거하면 값도 싸지고 가벼워질 것 같은데……."

"형씨, 역시 그런 부분을 생각하고 있었군."

"당연하지."

"그렇다면 철제 가슴 보호대를 사는 게 더 저렴할 거요. 보호할 수 있는 범위는 좁지만."

"흐음……. 방어력이 필요한 건 사실이지만, 민첩성이 떨어지면 본전도 못 찾는 꼴이니까……."

내가 벽이 되는 건 좋지만, 제때 보호하지 못하면 큰 문제가 생긴다.

움직이기 힘든 장비는 되도록 사양하고 싶다.

에어웨이크 가공이라고 했던가? 그걸 하려면 돈이 얼마나 더 들어가는 걸까.

"나머지는…… 소재만 가져 오면 주문 제작을 해 줄 수도 있는데……."

"좋아, 난 그런 거 무지 좋아한다고."

"얼굴만 봐도 형씨는 그런 걸 좋아할 것 같아서 말이지…… 어디 보자……."

무기 상점 아저씨는 재료의 이름과 완성 예상도가 적힌 양피지를 펼친다.

"읽을 수가 없잖아."

나는 이 세계 문자를 못 읽는다. 무기가 모두 번역해 주는 덕분에 의사소통에는 문제가 없다.

무기 상점 아저씨는 난감해 하는 얼굴로 설명한다.

"근처에 있는 공방에서 값싼 구리와 철을 사고, 그 다음에는 우사피르와 야마아라의 가죽, 피큐피큐의 깃털을 가져

오슈."

"가죽이랑 깃털은 있어요."

라프타리아가 싱글벙글 웃으면서, 짐 보따리에 들어있던 침구용 가죽과 깃털을 꺼낸다. 그럭저럭 따뜻해서 사용하고 있던 이불&모포였지만, 뭐…… 괜찮겠지.

"질이 좀 떨어지긴 하지만, 아주 못 쓸 정도는 아니군."

"이걸로 뭘 만들 수 있는 거지?"

"야만인의 갑옷이라오. 성능은 사슬갑옷이랑 엇비슷하지만, 방어 범위도 넓고 추위에도 강하지."

"호오……."

야만인의 갑옷……. 뭔가 불길한 이름이다.

"추가 옵션으로 뼈를 넣으면 마법효과도 붙게 되지만, 그건 나중에도 할 수 있으니까 재료가 다 모이면 다시 오시구려."

"고마워. 그럼 철이랑 구리를 사러 다녀오지."

"가요! 어서 가요."

라프타리아가 뭐가 그리 좋은지 활기차게 내 손을 잡아끌고, 재료를 사러 가려 한다.

"왜 그렇게 서두르는 거야?"

"이제 나오후미 님도 남부럽지 않은 용사의 모습이 되는 거라구요. 당연히 서둘러야죠."

"음, 뭐……. 그야 그렇지만."

마을 사람들과 별반 다를 게 없는 차림이라는 소리까지 들었으니까. 좀 야만스러운 모양새의 장비가 되긴 하겠지만 없는 것보다는 낫겠지. 그렇게 결단하고 우리는 금속 공방 쪽을 찾아가서 쇠와 구리를 구입했다.

무기 상점 아저씨 쪽에서 미리 얘기를 해 두었던 듯 생각보다 훨씬 싼 값에 팔아 주었다.

듣자 하니, 듣던 대로 라프타리아가 예뻐서 값을 깎아 주었다나 뭐라나. 라프타리아를 쳐다보면서 싱글싱글 웃는 아저씨들에게 라프타리아 본인도 붙임성 좋게 손을 흔들고 있다.

이 세계에는 왜 이렇게 롤리타 콤플렉스가 많은 거냐고 설교하고 싶어질 지경이다.

"생각보다 손쉽게 재료를 모았는데."

"형씨가 노력한 덕분이겠지."

"뭐, 그보다 아저씨 지인들 중에 롤리콘이 많다는 점에 대해서 두어 가지 지적하고 싶은데."

"롤리콘? 당신 또 무슨 소리를 하는 거요?"

"롤리콘이라는 말뜻을 이해 못하는 거야? 방패에는 번역 기능이 있을 텐데."

"아니, 내 지인들 중에 소녀를 좋아하는 녀석은 없을 텐데……."

"라프타리아가 예쁘다면서 물건을 싸게 팔아 주었다고."

“형씨…… 혹시 정말로 모르는 거유?”

“뭘?”

“아저씨, 그 얘기는 그만 됐어요.”

왠지 라프타리아가 거세게 고개를 가로젓고 있다.

아저씨는 뭔가 눈치를 챈 건지 못 말리겠다는 듯 어깨를 으쓱하고 시선을 나에게로 되돌렸다.

“내일까지는 완성시켜 두지. 그때까지 기다려 주쇼.”

“빠른데. 최소한 이틀 이상은 걸릴 줄 알았는데.”

“뭐, 모르는 녀석이라면 그 정도 걸리겠지만, 이건 형씨 거니까.”

“일단, 고맙다고 해 두지.”

“하하하, 궁둥이가 근질근질해지잖아.”

괜히 고맙다고 한 것 같은 기분이 드는데.

“그래서 주문 제작 금액은 어느 정도 들지?”

“구리랑 철 구입비까지 포함해서…… 은화 130닢 정도로 타협해 주지. 그 가격에 확장 옵션까지 다 넣어 주겠소.”

“뼈라고 했던가? 그걸 가져 오면 되는 거지?”

“그래. 그 대금까지 포함해서 130닢. 더 이상 싸게는 못 하니 그런 줄 아슈.”

“알았어. 그 정도면 되겠지.”

나는 은화 130닢을 꺼내서 아저씨에게 건넸다.

“고맙수.”

"그런데 아저씨, 은화 90닢 범위 안에서 살 수 있는 무기도 필요한데."

"아가씨의 무기 말이로군."

"그래."

일단은 1주일 전에 구입한 검과 연마가 끝나서 보통 검으로 돌아온 녹슨 검을 갖고 있지만, 이건 중고로 팔아야겠다.

"라프타리아."

"네."

라프타리아는 허리춤에서 검을 뽑아 카운터에 내려놓았다.

"중고품으로 사 줘. 그리고 전에 아저씨가 줬던 검도 같이."

"흐음……. 이번에는 제대로 손질을 해 두었던 모양이군."

"내 방패가 말이지."

자는 동안 연마의 방패에 꽂아 두기만 하면 이튿날 아침에는 대개 손질이 끝나 있다.

예전처럼 날이 무뎌지는 일은 없었다.

"편리한 방패로군…… 나도 하나 있었으면 좋겠는데 말이야."

"대신 무기를 장비할 수 없지만 말이지."

나는 공격력이 너무 낮아서 그냥 벽 노릇밖에 못 한다.

그래도 괜찮다면 기꺼이 넘겨주고 싶다. 넘겨줄 수 있다면 말이지만.

"그건 좀 곤란한 문제로군."

크아하하 하는 아저씨의 웃음에 부아가 치밀면서도 중고품을 매입해 주기를 기다린다.

"그 녹슬었던 검은 진짜 몰라보겠구려. 역시 전설의 무기, 놀라운 성능이야."

아저씨는 감탄한 표정으로 녹슬었던 검을 감정하고 있었다.

"어디 보자, 이 정도라면…… 마법철로 된 검 정도는 팔아 줄 수 있겠군."

마법철이라면 아마 철로 된 검보다 상급의 무기였었던 것 같다.

"블러드 클린 코팅은 부여돼 있는 거겠지?"

"그래, 그 정도는 덤으로 해 주지. 형씨가 열심히 살고 있다는 건 나도 알고 있으니까."

마음 넓은 아저씨다. 생각해 보면 무일푼 신세가 된 뒤로도 이 아저씨는 나에게 이것저것 많이 베풀어 주었었다.

"고마워……."

나는 아저씨에게 진심에서 우러난 감사의 말을 전한다.

"당신, 처음 만났을 때와 같은 눈을 하고 있군. 아주 좋아. 좋은 구경을 했수다."

뭔가 흡족해하는 표정으로 아저씨는 라프타리아에게 마

법철 검을 건넸다.

"좋은 무기가 있으면 그만큼 강해질 수 있지. 하지만 거기에 걸맞은 능력이 없으면 무기가 불쌍하지 않겠소? 하지만 당신들이라면 제대로 쓸 수 있을 거요. 아가씨, 열심히 잘 해 봐."

"네!"

라프타리아는 초롱초롱한 눈으로 검을 받아 들어서 허리춤의 칼집에 집어넣었다.

"그럼, 내일 이맘때 다시 오슈."

"그래."

"고맙습니다!"

"괜찮다니까 그러네."

이렇게 해서 우리는 무기 상점을 나섰다.

무기 상점에서 나온 후, 점심시간도 지났으니 밥이나 먹으러 갈까 생각했다.

뭘 먹어도 맛은 느낄 수 없지만 배는 고프다.

남은 소지금은 은화 10닢이다. 최근 1주일 동안 번 돈이 순식간에 사라져 버렸다.

뭐, 상관없다. 그만큼의 성능을 기대할 수 있다면 미래에 대한 투자로서 충분하리라. 다행히도 돈벌이 수단은 얼마든지 있다.

"그래. 전에 왔을 때 갔던 가게에 밥이라도 먹으러 갈까."

"그래도 돼요?"

"오늘도 라프타리아가 먹고 싶은 걸 먹여 주지."

"그러실 거 없어요! 나 참, 저는 이제 어린애가 아니라구요!"

조금 전까지 기분이 좋았던 라프타리아가 갑자기 뾰로통하게 화를 내며 뺨을 부풀리고 있다.

어린애면서 뭐 하러 어른인 척 뻗대고 있는 건지.

어른처럼 굴고 싶어 하는 나이인가 보다.

"그래, 그래. 사실은 먹고 싶지? 알았어, 알았어."

"나오후미 님은 제 얘기를 듣지도 않고 계시네요."

"괜찮아. 괜히 어른스럽게 굴려고 할 것 없어. 역시……먹고 싶지?"

"어린애를 타이르는 다정한 눈매로, 모든 걸 다 안다는 듯이?! 전 필요 없다구요!"

나 원 참, 예민한 나이의 애들은 다루기 힘들다니까.

나는 그 어린이 런치 세트를 파는 가게로 들어간다.

"어서 옵쇼!"

오? 이번에는 붙임성 좋은 점원의 안내를 받아 테이블에 앉는다.

헤어스타일을 바꾼 덕인가? 하긴, 그 시절에는 엉망진창이었으니까.

"나는 제일 싼 정식, 애한테는 깃발이 달린 어린이용 런치 세트를.”

“나오후미 님!”

메뉴를 확인한 점원이 나와 라프타리아를 번갈아 쳐다보면서 뭔가 곤혹스러운 표정을 짓고 있다.

“저기, 저도 제일 싼 정식으로 부탁드릴게요.”

“아, 네.”

점원은 라프타리아의 주문에 고개를 끄덕이고 돌아갔다.

“도대체 왜 그러는 건데? 진짜로 싫어서 그러는 거야?”

“그러니까, 이제 됐다고 그랬잖아요.”

“으-……음.”

하는 수 없다. 이번에는 라프타리아의 고집에 꺾여 주기로 하는 수밖에.

먹고 싶은 걸 먹여 주는 것도, 주인인 나의 책무니까 말이지.

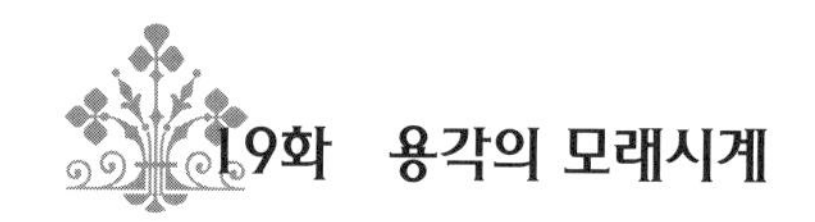

19화 용각의 모래시계

이튿날, 우리는 무기 가게를 찾아갔다.

“오, 형씨 왔소?”

“부탁한 물건은 다 됐어?”

"물론이지! 벌써 다 됐고말고."

아저씨는 그렇게 말하고 카운터 안에서 갑옷 한 벌을 가져왔다.

거기에는 거칠고 난폭해 보이는…… 그러면서 야성적이라고 할 수도 있는, 우락부락한 갑옷이 있었다.

옷깃 부분에는 푹신푹신한 양털처럼 가공된 우사피르의 가죽이 사용되어 있고, 가슴에는 금속판이 덧대어져 있다.

그리고 금속으로 보호할 수 없는 가동부는 야마아라의 가죽으로 연결되어 있다. 안에 손을 넣어 보니 야마아라의 가죽을 이중으로 붙이고, 그 사이에 피큐피큐의 깃털을 채워 넣은 걸 알 수 있었다.

"이걸 입는 거야……?"

뭐랄까, 도적단의 두목 같은 사람이 입을 것 같은 갑옷이다.

야만인의 갑옷이라면 이름은 그럴싸하지만 내가 입으면 세기말의 양아치 같은 모양새가 될 것 같다.

"왜 그러슈, 형씨?"

"아니, 엄청나게 악당 같은 갑옷이구나 싶어서."

"이제 와서 새삼스럽게 무슨 소리요, 형씨?"

음? 그건 혹시 내가 이미 속이 시커먼 악인이라도 된다는 소린가?

금전을 얻기 위해서라면 수단 방법 가리지 않을 생각인

건 사실이지만, 아무리 그래도 말이 너무 심하잖아.

"나오후미 님이라면 분명 어울리실 거예요."

"라프타리아…… 너……."

이제 아주 못하는 말이 없는데.

"어쨌든 일단 입어 보기나 하쇼."

"으…… 될 수 있으면…… 입고 싶지 않지만, 모처럼 만든 갑옷이니 어쩔 수 없지."

마지못해 가게의 탈의실로 들어가서 옷을 갈아입는다.

……사이즈도 재지 않았는데 딱 들어맞는 사이즈의 갑옷에, 놀라서 말도 안 나올 지경이다. 역시 무기와 방어구를 취급하는 무기 상점 아저씨가 만든 거라 다르긴 다르군. 눈대중만으로 내 사이즈를 파악한 것이리라.

탈의실에서 나와서 아저씨와 라프타리아에게 선보인다.

"흐음……. 얼굴에서 야만성이 느껴지지는 않지만, 눈매에서는 난폭한 느낌이 제법 풍기는군."

"엉? 그건 내 눈매가 험악하다는 말이 하고 싶은 거야?"

"형씨의 경우는 무뚝뚝하다는 표현이 적합할지도 모르겠군."

나 참, 무슨 소리를 하고 있는 건지.

"나오후미 님, 잘 어울리시고 너무 멋지세요!"

웃으며 지껄이는 라프타리아.

나는 라프타리아를 뚫어지게 노려본다.

너무 기어오르려고 들면 한 번쯤 쓰라린 맛을…….

"왜 그러세요?"

지극히 평범하게 그렇게 대꾸한다. 본심으로 한 말이었던 모양이다.

도대체 어떤 환경에서 자라 온 거람.

아, 그러고 보니 라프타리아는 아인이었지. 어쩌면 미적인 센스가 나와는 다른 건지도 모른다.

스테이터스를 확인해 보니 확실히 사슬 갑옷과 동등한 방어력을 갖추고 있는 것 같다. 오히려 약간 더 높을 정도다. 아저씨를 보며 고개를 갸웃거리니 윙크를 하고 있다. 이건 덤으로 끼워 준 부여효과라고 생각해도 되는 걸까.

"하아……. 고마워."

솔직히 말하자면 내 취향은 아니지만 파도에 대비하기 위해서라면 어쩔 수 없겠지.

그렇게 스스로를 설득할 수밖에 없었다.

"그럼 이제부터 어쩐다?"

"그러고 보니까 성 밑 도시의 분위기가 어쩐지 긴장돼 있더라구요."

"파도가 몰려올 날이 얼마 안 남았으니까 그런 걸 텐데, 그 파도라는 건 언제 어디서 오는 거야?"

"응? 형씨 아직 안 배웠수?"

"뭘 말이지?"

무기 가게 아저씨가 아는데 내가 모르다니……. 재앙에 대한 이 나라의 대처는 허술하기 짝이 없군, 하고 내심 독설을 내뱉으며 아저씨의 얘기에 귀를 기울인다.

"광장 쪽에 가면 나라가 관리하는 시계탑이 보이잖수?"

"그러고 보니 성 밑 도시 구석에 그런 건물이 있기는 했던 것 같은데."

"거기에 있는 게 용각의 모래시계요. 용사라는 자들은, 시계탑의 모래가 다 떨어졌을 때 함께 싸울 동료들과 함께 재앙이 일어난 곳으로 보내지게 된다고 그러더군."

"호오……."

이런 건 원래, 그 망할 왕이나 용사 동료들이 가르쳐줬어야 했을 정보……였으리라.

"언제쯤인지 모르겠다면, 한번 가 보는 게 어떻소?"

"그렇겠지……."

언제 어디로 보내질지도 모르는 상황이라면 내 입장에서도 곤란하다.

만전을 기하기 위해서라도 한번 가 봐야겠다.

"그럼 또 보자고, 아저씨."

"그래!"

"그럼 이만."

아저씨에게 인사를 하고 우리는 시계탑 쪽으로 향했다.

성 밑 마을 안에서도 특히 높은 곳에 위치한 시계탑은 가까이 다가가면 다가갈수록 더 크게 보이는 건물이었다.

어쩐지 교회를 연상케 하는 생김새의 돔 형태 건물 위에 시계탑이 있다. 입장은 자유인 듯 문이 열려 있고 사람들이 드나들고 있다. 안내원인 듯한 수녀복 차림의 여자가 우리를 보자마자 어리둥절한 표정을 짓는다. 얼굴을 알고 있는 것이리라.

"방패 용사님이시죠?"

"그래, 이제 슬슬 기한이 다가온 것 같아서 상황을 보러 왔어."

"그럼 이리로 오시지요."

그렇게 말하고 우리를 안내해 준 곳은 교회 한가운데 안치되어 있는 커다란 모래시계였다.

높이가 10미터 이상은 됨직한 거대한 모래시계. 장식이 되어 있어서 어쩐지 신성한 인상이 풍긴다.

……이건 뭐지? 등골이 저릿저릿하다.

보고 있기만 해도 본능의 어딘가가 자극받는 것 같은 이상한 감각이, 내 몸속을 휘젓고 다니고 있었다.

모래의 색깔은…… 붉다.

사락사락 소리를 내면서 떨어지는 모래로 시선을 돌린다.

다 떨어질 시간이 머지않았다는 건 내가 봐도 알 수 있었다.

핑 하는 소리와 함께 방패에서 뻗어 나온 한 줄기 빛이 용각의 모래시계 한가운데에 있는 보석에 가 닿는다.

그러자 내 시야 구석에 시계가 나타났다.

20:12

잠시 시간이 흐르자 12의 눈금이 11로 줄어든다.

그렇군, 이런 식으로 정확한 시간을 알 수 있게 된다는 건가. 여기에 맞춰 행동하라는 거군.

그나저나…… 20시간이라면 할 수 있는 일이 많지는 않겠는데. 오늘은 기껏해야 초원에서 약초를 따는 게 고작일 것이다. 회복약 준비도 필요하겠고.

"응? 거기 있는 거 혹시 나오후미 아냐?"

듣고 싶지도 않았던 목소리가 안쪽에서 들려왔다. 그쪽을 돌아보니 여자들을 줄줄이 거느린 창의 용사, 모토야스가 느긋하게 걸어오고 있다.

맘에 안 드는군. 지금 당장에라도 죽여 버리고 싶었지만 이성으로 억눌렀다.

"너도 파도에 대비해서 온 거냐?"

눈매가 재수 없다. 깔보는 듯한 시선으로 나를 위아래로 핥아대듯 훑어본다.

"뭐야 너, 아직도 그 정도 장비로 싸우고 있는 거야?"

뭐가 어째? 이게 다 누구 때문인데. 너와 네 뒤에 있는 망할 계집 때문에 그런 거잖아.

모토야스는 약 한 달 전과는 하늘과 땅 차이인, 뭐랄까, 척 보기에도 고레벨임을 알아볼 수 있는 장비를 갖추고 있었다.

철과는 다르다. 은처럼 번쩍이는 갑옷으로 몸을 보호하고, 그 속에는 부여효과가 달려 있을 법한 값비싸 보이는 홍색의 옷을 받쳐 입고 있다. 게다가 꼼꼼하게도 갑옷 사이에는 사슬갑옷까지 껴입고 있어서, 방어 능력 하나는 확실하다고 주장이라도 하는 것 같다.

갖고 있는 전설의 창은 처음 만났을 때의 싸구려 같은 창이 아닌, 척 봐도 맞으면 아플 것 같으면서도 근사한 디자인의 모(矛)로 바뀌어 있었다.

모는…… 뭐, 창의 일종이긴 하지.

"……."

얘기하기도 성가시다. 나는 모토야스를 무시하고 시계탑을 떠나려 한다.

"뭐야, 모토야스 님이 말을 걸어 주셨잖아! 들어야 할 거 아냐."

그러면서 내 살의의 근원이 모토야스의 등 뒤에서 얼굴을 내보인다. 노골적으로 노려보았지만, 그 녀석은 개의치 않고 여전히 나를 도발하듯 날름 혀를 내밀며 놀린다.

이 여자, 언젠가 반드시 후회하게 만들어 주겠어.

"나오후미 님? 이 분은……?"

라프타리아가 고개를 갸웃하면서 모토야스 일행을 가리킨다.

"……."

나는 대답하는 대신 이 자리를 떠나는 것을 선택하고, 걸음을 내딛으려 했다.

하지만 입구에서 이츠키와 렌이 들어오는 모습을 발견하고 말았다.

"칫."

"아, 모토야스 씨랑…… 나오후미 씨."

이츠키는 혀를 차는 나를 발견하자마자 기분 나쁜 물건이라도 보듯 쳐다보다가, 곧 다시 태연한 척 말을 건다.

"……."

렌은 쿨한 척 말없이 이쪽으로 걸어온다. 역시 장비하고 있는 것들이 처음 여행을 떠나던 때보다 훨씬 더 강해 보이는 것들로 도배되어 있었다.

둘 다, 동료들을 줄줄이 거느리고 있다.

그것만으로도 시계탑 안의 인구가 순식간에 불어났다.

4+12+1.

4는 소환된 네 명의 용사고, 12는 국가가 선발한 모험가, 그리고 1은 라프타리아다.

17명쯤 되면, 당연히 답답해지기 마련이다.

"저기……."

"누구야, 걔는? 되게 귀여운데."

모토야스가 라프타리아를 가리키며 지껄인다. 이 녀석, 여자라면 누구나 다 괜찮다는 건가?

용사가 애한테 욕정하다니……. 이 나라도 끝장이군.

게다가 거들먹거리는 태도로 라프타리아에게 다가가서 느끼하게 자기소개를 한다.

"만나서 반가워요, 아가씨. 나는 이세계에서 소환된 네 명의 용사 중 한 명인 키타무라 모토야스라고 해요. 기억해 두시길."

"아, 네에……. 용사님이셨군요."

라프타리아는 머뭇머뭇 어쩔 줄 몰라하며 고개를 끄덕인다.

"당신 이름은 뭐죠?"

"저기……."

라프타리아는 난처해하면서 내 쪽으로 눈길을 향했다가, 다시 모토야스 쪽으로 시선을 되돌린다.

"라, 라프타리아예요. 잘 부탁드려요."

내가 불쾌해하고 있는 것을 알아챈 것이리라. 라프타리아는 식은땀을 흘리고 있다.

보나 마나 이 녀석도 나보다는 모토야스 쪽으로 가고 싶어 하는 거겠지.

나 원 참, 냉큼 여기서 나가고 싶은데 이 녀석들은 또 나를 함정에 빠트릴 꿍꿍이인가?

"당신은 오늘 무슨 용건으로 여기 오셨죠? 당신 같은 사람이 살벌한 갑옷과 검을 들고 있다니, 도대체 어떻게 된 일인지?"

"그야, 저는 나오후미 님이랑 같이 싸우고 있는 몸이니까요."

"네? 나오후미와?"

모토야스가 어리둥절한 듯 나를 노려본다.

"……뭘 봐?"

"너, 이런 귀여운 애를 어디서 끌어들인 거지?"

모토야스가 거만하게 나에게 말을 걸어 왔다.

"네놈에게 얘기할 필요는 없어."

"당연히 혼자서 참전할 거라고 생각했었는데…… 보나마나 라프타리아 아가씨의 인정에 기대고 있는 거겠지."

"멋대로 망상하라지."

용사 동료보다 이세계의 암캐를 더 믿는 쓰레기와 얘기하고 있자니, 그것만으로도 짜증이 솟구친다.

나는 렌과 이츠키가 있는 입구 쪽으로 걸어간다. 그러자 두 사람과 그 동료들이 길을 터주었다.

"파도 때 만나죠."

"발목이나 잡지 마."

사무적이고 뻔한 인사를 하는 이츠키와, 대단한 용사님이라도 되시는 듯 끝 모르게 거만한 태도로 나불거리는 렌의 말에 살의를 느끼면서 등을 돌린다. 퍼뜩 뒤를 돌아보니 라프타리아가 주위를 두리번거리면서 내 쪽으로 다가왔다.

"가자."

"아, 네! 나오후미 님!"

내가 말을 거니, 그제야 제정신을 차린 듯 명랑하게 대답한다.

정말이지 불쾌해서 견딜 수가 없다.

드디어 시계탑을 나온 나는 짜증에 휩싸인 채로 성 밑 도시를 지나 초원 쪽으로 나왔다.

"나, 나오후미 님? 무슨 일 있으세요?"

"아니……."

"저기……."

"뭐야?"

"아니에요……."

내 기분이 언짢은 것을 깨달은 라프타리아는 고개를 숙인 채 내 뒤를 따라온다.

……벌룬이 다가왔다.

라프타리아가 검을 뽑는다.

"아니, 이번엔 내가 혼자서 처리하지."

"저기…… 그치만……."

"됐어!"

내가 고함치자 라프타리아는 움찔 놀라서 움츠러든다.

벌룬이 내 눈앞으로 다가왔다.

"아자아자아자아자!"

젠장! 젠장젠장젠장젠장젠장젠장!

분풀이 삼아서 벌룬을 후려치자, 조금이나마 속이 후련해졌다.

시야 구석에 나타나 있는, 남은 시간을 확인한다.

18:01

앞으로 18시간.

그때까지 할 수 있는 일이라.

결국 그 후에는, 초원에서 벌룬을 찾으면서 약초를 따는 것 말고는 아무것도 할 수 없었다.

손에 넣은 약초는, 파도에 대비해 회복약으로 조합한다.

그날 밤…… 여관방에서 쉬고 있을 때, 라프타리아가 미안해하는 표정으로 말을 걸었다.

"나오후미 님."

"뭐야?"

"낮에 시계탑에 계시던 분들이 나오후미 님과 같은 용사님들이었던 것 맞죠?"

"……그래."

불쾌한 기억을 되새기게 만든다. 기껏 분풀이를 해서 잊어 가고 있던 참이었는데.

"도대체…… 무슨 일이 있었던 거예요?"

"말하기 싫어. 정 궁금하면 술집에라도 가서 물어보고 와."

어차피 내가 진실을 얘기해 봤자 믿어주지도 않는다. 그건 이 녀석도 마찬가지겠지. 하지만 다른 녀석들과 라프타리아의 커다란 차이점은, 라프타리아는 노예라는 점이다. 내 명령을 거역하거나 도망치거나 거부하는 태도를 취하면 저주가 내릴 것이다.

라프타리아는 내가 아무것도 얘기하지 않을 생각이라는 것을 깨닫고 더 이상은 물어보지 않았다.

나는 내일에 대비해서, 잠들 때까지 계속 약을 조합하고 있었다.

20화 검

00:17

앞으로 17분 후면 재앙의 파도가 몰려온다. 성 밑 도시에도 이미 그 사실이 알려져 있는 것이리라. 기사대와 모험가들이 채비를 갖춘 채 출격에 대비하고 있고, 민간인들은 집에 틀어박혀 있다.

용사인 나는 시간이 되면 시계탑이 파도의 발생 지점으로 날려 보내 준다는 모양이다. 그것은 파티 멤버들에게도 똑같이 적용돼서 라프타리아도 같이 날아가게 된다고 한다.

방패는 현재 가장 방어력이 높은 라이트메탈 실드로 해 놓는 게 좋겠지.

"조금만 더 있으면 파도가 올 거야, 라프타리아."

"네!"

전의에 고양되어 있는지 라프타리아는 약간 흥분한 기색으로 고개를 끄덕인다.

뭐, 의욕이 있다는 뜻이니 딱히 지적할 필요는 없다.

"나오후미 님……. 잠깐 얘기 좀 해도 될까요?"

"응? 그야 상관없는데, 왜 그러지?"

"아뇨, 이제부터 파도와 싸운다고 생각하니 감회가 새로워서요."

……사망 플래그 같은 소리를 하는 건가? 죽으면 곤란하니까 지켜줘야 하겠지만……. 이런, 나도 애니메이션이나 만화의 영향을 너무 많이 받은 모양이군.

이 세계는 게임도 아니고 책 속의 세계도 아니다. 현실인 것이다.

무엇보다 망할 용사 놈들은 그렇게 좋은 장비를 차고 있었다. 내 방어구로는 파도에서 내 한 몸이나 지켜낼 수 있을지 의문이다.

어쩌면 부상을 당할지도 모른다.

부상만 당하고 넘어간다면 그나마 다행이다. 목숨을 잃을지도 모른다.

그렇게 되면, 이 나라 녀석들은 내 시체를 보고 이렇게 생각하겠지.

——범죄자의 말로.

……관두자. 나는 다른 누구를 위해서도 아닌, 나 스스로를 위해서 싸우는 거다. 한 달을 더 살아남기 위해서.

"전에도 얘기했었죠? 나오후미 님에게 팔려 오기 전의 얘기요."

그곳은…… 한마디로 말해서 지옥이었다.

매일같이 누군가가 팔려나가고 되돌아온다. 라프타리아도 마찬가지였다.

처음에는 하녀로라도 삼을 작정이었는지 풍채 좋은 귀족이 그녀를 사서 이것저것 가르치려고 했다.

이때는 이미 기침이 나오기 시작한 후였고, 밤중에 잘 때는 그 악몽을 꾸고 절규했다.

그 때문에 이튿날에 바로 되팔렸다.

다음 주인도 마찬가지로 라프타리아에게 일을 가르치려

다가, 다음날에 바로 다른 노예상에게 팔아 넘겼다.

내 바로 전의 주인이 제일 악질이었다고 한다.

구입한 바로 그날 밤부터 그녀를 실컷 채찍질하고, 그녀가 빈사지경이 되자 다시 팔아치웠다고 한다.

이 나라에 가학적인 취향을 가진 악질 변태가 있었다는 것은 딱히 놀랄 일도 아니다.

그렇게 병에 괴로워하고 악몽에 마음이 망가져 가면서, 몇 번째로 팔려 다닌 건지도 잊어 갈 무렵에 나에게 팔려 왔노라고…… 그녀는 얘기했다.

"저는 나오후미 님을 만나서 다행이라고 생각하고 있어요."

"……그랬군."

"왜냐하면 저한테 살아갈 길을 가르쳐주셨으니까요."

"……그랬군."

나는 라프타리아의 얘기를 반쯤 사무적으로 흘려듣고 있었다.

그 정도로 이렇다 할 관심이 없었기 때문이다.

지금은 살고 싶다는 일념만으로 가득했다.

"그리고 저에게 기회를 주셨어요. 그 파도에 맞설 수 있는 기회를."

"……그랬군."

"그러니까, 최선을 다할 거예요. 저는 나오후미 님의 검이에요. 어디든 따라갈 거예요."

"그래……. 잘해 봐."

내가 생각해도 좀 심했다고 훗날 후회했다. 하지만 이때의 나는 이런 대응밖에 할 수가 없었다.

00:01

이제 1분도 남지 않았다.

나는 자세를 가다듬고 전송에 대비한다.

00:00

찌잉!

온 세계에 메아리치듯 울려 퍼지는 소리.

다음 순간 별안간 풍경이 순식간에 돌변한다. 전송된 것이리라.

"하늘이……."

하늘은 마치 거대한 균열이 생겨난 것처럼 금이 가고, 섬뜩한 와인색으로 물들어 있다.

"여기는……."

어디로 날아왔는지를 확인하려고 주위를 둘러보고 있자

니 그림자 세 개가 기세 좋게 뛰어가는 모습이 보였다. 그리고 그들을 뒤따르는 열두 명.

그 망할 용사 놈들이다.

그야 나와 같이 전송되어 왔을 테니 당연한 거지만 어디로 가고 있는 거지?

그들이 달려가는 쪽을 쳐다보니 균열 속에서 적이 우글우글 솟아나고 있었다.

"류트 마을 부근이에요!"

라프타리아가 초조해하며 어디로 전송되었는지를 분석한다.

"여기는 농촌이라서, 사람들도 꽤 많이 살고 있어요."

"이미 피난은 다 마쳤을——."

이 시점에서 퍼뜩 깨닫는다.

재앙의 파도는 어디서 일어날지 아무도 모르잖아? 피난 같은 게 가능할 턱이 없다.

"거기 너희, 잠깐 기다려 봐!"

제지하는 나의 말 따위는 조금도 귀담아듣지도 않고 세 용사와 그 일행들은 파도의 근원이 있는 쪽으로 달려간다.

그러는 사이에도 왈칵왈칵 솟구쳐 나온 괴물들이 거미 새끼들처럼 마을 쪽을 향해 몰려가는 모습이 보였다.

그러자 용사 일행이 어떤 행동을 했느냐 하면, 조명탄처럼 빛나는 무언가를 하늘로 쏘아 올린 게 전부였다.

기사단에게 이곳의 위치를 알리기 위해서라거나 대충 그런 것이리라.

"칫! 라프타리아! 마을로 가자!"

류트 마을 녀석들에게는 여러모로 많은 신세를 졌다.

그들이 파도 때문에 죽어 버린다면 그야말로 꿈자리가 뒤숭숭할 것이다.

"네!"

우리는 망할 용사 놈들과는 다른 방향으로 달려갔다.

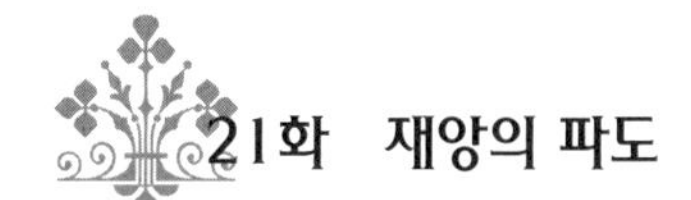

21화 재앙의 파도

우리가 마을에 도착한 것은 파도에서 솟아 나온 괴물들이 날뛰기 시작한 바로 그때였다.

마을에 주둔하고 있던 기사와 모험가들이 가까스로 괴물들과 싸우고 있었지만 중과부적……. 방어선은 궤멸 직전이었다.

"라프타리아는 촌민들의 피난을 유도해!"

"네? 나오후미 님은……?"

"나는 적들을 유인해야 돼!"

방어선을 향해 달려가서, 메뚜기 떼 같은 마물들을 방패로 후려친다.

물론 금속으로 후려치는 소리가 날 뿐 대미지는 전혀 들어가지 않는다.

하지만 주의를 끄는 정도는 할 수 있다. 지금까지 라프타리아와 함께하던 싸움과 조금도 다를 게 없다.

"구엑!"

메뚜기 같은 작은 마물이 무리를 지어 나를 향해 덮쳐든다. 그 외에 벌, 좀비 등, 괴물들의 종류는 한정되어 있는 모양이다.

깡! 깡! 깡!

야만인 갑옷 덕분인지 아니면 방패의 효과인지 대미지는 받지 않는다.

"요, 용사님?"

"그래…… 다들, 내가 주의를 끌고 있는 사이에 빨리 전열을 정비해!"

류트 마을 사람들 중에는 나와 안면이 있는 녀석들도 많다.

"아, 네!"

기다렸다는 듯 큰 부상을 입지 않은 자들까지 물러나고, 방어선에는 나 혼자만 남게 되었다.

"어이……."

도대체 무슨 생각들을 하고 있는 건가.

반쯤 황당해하고 있는 동안에도 괴물들은 나를 해치우려

고 이빨이며 바늘, 발톱으로 공격해 온다.

깡깡 하는 소리가 나고는 있지만 나는 간지럽지도 않다. 다만 마물이 온몸을 뒤덮고 있는 감각은 불쾌해서 견딜 수가 없었다.

괴물을 후려친다.

까앙!

나 참, 이 세계 사람들은 왜 이렇게 사사건건 남들에게 의존하기만 하는 거지? 재앙의 파도가 시작된 지 얼마 되지 않았건만, 벌써부터 짜증이 솟구쳐서 견딜 수가 없었다.

"사, 살려—!!"

신세를 졌던 여관 주인이 뒤쪽에서 괴물의 공격을 받고 있다.

괴물의 발톱이 여관 주인을 꿰뚫으려 한 순간, 나는 재빨리 외쳤다.

"에어스트 실드!"

스킬을 외쳐서 여관 주인을 보호하는 방패를 불러냈다.

여관 주인은 갑자기 나타난 방패를 보고 놀랐지만 곧 내 쪽을 돌아본다.

"빨리 도망쳐!"

"고, 고맙습니다."

겁에 질린 주인은 감사를 표하고 가족들과 함께 그 자리를 떠났다.

"꺄아아아아아아아아아아아아아아아아아아!"

비단을 찢어발기는 것 같은 비명.

그쪽을 돌아보니 미처 도망치지 못한 여자 쪽으로 마물들이 무리 지어 다가가고 있었다.

나는 사정거리 안까지 다가가서,

"실드 프리즌!"

여인의 사방을 둘러싸서 보호하는 방패를 불러낸다.

갑작스럽게 방패가 출현하자 괴물들은 타깃을 나에게로 변경한다.

그래, 이쪽으로 와라. 나만 표적으로 삼으면 돼.

실드 프리즌의 효과가 사라지기 전에 괴물들을 이끌고 이동한다.

"하아…… 하아…… 이제 다 도망친 건가——!"

달려가면서 주위를 둘러보고 있자니 별안간 앞쪽에서 괴물 한 마리가 공격을 시도해 왔다. 반사적으로 방패를 들어서 공격을 막아낸다. 그러자 요란한 불꽃이 튀었다.

"좀비잖아……."

방패의 해석에 따르면, 명칭은 차원의 시식귀(屍食鬼).

지금까지 끌고 다녔던 메뚜기나 벌 같은 괴물들과는 수준이 다르다.

양손에 무기를 들고 있고 몸에는 갑옷을 입고 있다.

"크윽! 싸울 수밖에 없나……."

최소한 라프타리아가 마을 사람들을 모두 피난시킬 때까지는 이 녀석의 주의를 끌어 둬야 돼.

하지만 기왕이면 망할 용사 놈들이 싸우고 있는 쪽으로 가서 싸우자.

적들은 아직도 솟구쳐 나오고 있다. 새로 나타난 괴물들이 한 마리라도 더 내 쪽으로 이목을 집중하면 내 일거리도 줄어든다.

"따라와라, 좀비 놈들! 네놈들 냄새가 얼마나 구린 줄 알아?!"

속도를 높여서 달린다. 메뚜기, 벌, 좀비 등 각기 다른 종류의 괴물들을 끌고 다니고 있으니까. 제각각 속도가 다르다 보니 행군 속도도 달라지기 마련이다.

그나마 다행인 건 괴물들의 지능이 그다지 높지 않다는 점. 모두 가장 가까이 있는 나만 노리고 덤벼든다.

"쳇! 앞에도 있잖아."

방패 덕분에 튼튼해졌다고는 해도, 가능한 한 공격을 받는 건 피하고 싶지만 어쩔 수 없다.

여기서 적의 행군을 멈춘다.

먼저 앞에서 덤벼 오는 괴물들의 공격을 방패로 막아내고, 곧바로 흘려보내면서 회전.

지금은 라프타리아가 없으니까 구태여 모든 공격을 다 받아 줄 필요는 없다.

공격 수단을 보유하지 못하고 있는 이상 없으면 없는 대로 싸우는 방법을 강구하는 수밖에.

"에어스트 실드!"

공중에 에어스트 실드를 전개했다.

내 주위에는 괴물들이 원을 그리듯이 밀집해 있다. 괴물들의 파도에 휩쓸리면 아무리 나라도 무사할 수 있을 거라는 확증은 없다.

그렇다면—.

"영차!"

시식귀를 발판 삼아서 에어스트 실드에 뛰어서 올라탔다. 그리고 괴물들이 적은 위치에 착지해서 방패를 든다.

크윽…… 메뚜기 같은 괴물이 내 몸에 달라붙어 있다. 뿌리쳐 봐도 달랑 몇 마리만 나가떨어지는 게 고작이라 기분이 더럽다. 무엇보다 몸이 좀 무거워졌다.

젠장! 또 아까처럼 포위되면 뛰어서 도망치는 작전이 어려워진다.

뿌리칠 수 없다면 이건 어떠냐!

"애니멀 니들 실드!"

이 방패는 전용효과로 「가시 방패(소)」가 붙어 있다. 이건 방패 부분에 공격을 받으면 가시가 진동해서 적에게 대미지를 안겨 준다. 문제는 조금 전까지 쓰던 방패보다 방어력이 낮다는 점이다. 게다가 대미지 자체도 보잘것없는 수준이다. 하지만 내가 가진 공격 수단은 이것뿐이다.

마찬가지로 역공 효과가 있는 방패가 하나 더 있긴 하지만, 이 방패와는 달리 다수의 적에 대한 상성이 좋지 않다.

"받아라!"

방패로 펀치를 날리듯 괴물을 공격한다.

깡!

이렇게 아까와 다를 바 없는 소리가 울려 퍼졌다. 역시 내 공격으로 대미지를 주는 건 기대하기 힘들 것 같다.

곧 역으로 괴물들이 공격해 오고, 그것을 방패로 막아낸다. 그러자 바늘이 날아가서 괴물들에게 명중한다. 대미지는 적지만 공격을 가하면 조금이나마 적에게 빈틈이 생긴다. 그 틈을 이용해서 시간을 버는 수밖에 없다.

"이 녀석은……."

눈에 들어온 것은, 시식귀가 무기를 쳐드는 모습.

손에 들고 있는 커다란 도끼는 공격을 방패로 막아내기도 전에 내 어깨를 찍어 버렸다.

"컥!"

열기를 동반한 격통이 어깨를 덮치고, 피가 분출되었다.

선혈을 보고 몇 발짝 뒤로 물러선다.

아프다. 왜 내가 이런 꼴을 당해야 한단 말인가.

나를 우습게 아는 녀석들을 피를 흘려 가면서까지 지켜 주다니 우스운 짓이다.

진정하자……. 냉정하게 생각하자.

이건 방패로 막아내지 못한 것만이 아니라 공격용 방패를 사용한 탓도 있었을 것이다. 하지만 방어력이 더 높은 방패를 쓰려 하면 이번에는 반격 수단이 사라진다.

정말이지, 뭐 이렇게 까다로운 방패가 다 있어?!

"용사님!"

"뭐야! 왜 여기에 있는 거냐! 거치적거리지 말고 당장 도망쳐!"

거기에는 무기를 든—그래 봤자 농기구가 고작이었지만—마을 남자들이 서 있었다.

그중에는 아까 내가 구해 준 녀석들도 있다.

"하지만 방패 용사님이 혼자 계시지 않습니까!"

네놈들 때문에 그렇게 된 거잖아! 나도 혼자가 되고 싶어서 혼자 싸우는 게 아니라고!

전선을 유지하라고 했는데 후퇴한 건 네놈들이었잖아.

……도망친 모험가 녀석들은 여기에는 없네.

"이 마을은 저희의 마을입니다! 도망만 칠 수는 없습니다!"

"크윽! 알았어. 내가 방패 노릇을 하지. 피난이 끝날 때까지 전선 유지에 협조해 줘. 너희는 공격을 당하지 않도록 진형을 짜서 공격해!"

"알겠습니다!"

솔직히 고맙다. 공격 수단이 없는 이상, 조금이라도 전력이 있으면 전투 능력이 현격하게 상승한다. 라프타리아의 예를 통해 확실히 증명된 것이다.

나는 곧바로 라이트메탈 실드로 전환하고, 마을 사람들의 진형에 맞추어 적의 주의를 끌었다.

"한 방 공격을 먹이면 바로 떨어져. 내가 괴물 놈들의 진행 방향을 막고 공격을 받아낼 테니까."

"네!"

마을 사람들을 보호하듯 앞장서서 방패로 공격을 막아낸다. 그리고 마을 사람들은 그 틈을 이용해서 농기구를 꽂아 댔다.

아무래도 한 발로는 어림도 없었지만, 열 발 스무 발 계속 공격을 가하다 보니 괴물들도 거꾸러져 간다.

"히익!"

마을 사람들에게 공격이 날아가면 내가 방패로 막아내고 목청을 높인다.

"걱정 마! 공격은 내가 모조리 받아낼 테니까. 너희는 적을 해치우는 것에만 전념해!"

마을 사람들의 얼굴에 안도한 표정이 나타난다.

적어도 내가 자신들을 보호해 주고 있다는 사실은 전해졌다고 봐도 좋으리라. 재해가 일어났을 때에는 목소리 큰 사람에게 이끌리는 자가 있기 마련인데, 그런 경우인지도 모르겠다. 하지만 지금은 그거면 충분하다. 말 그대로, 내 편을 드는 자라면 얼마든지 보호해 주지.

"그나저나 수가 너무 많잖아……. 피난은 아직 안 끝난 거야?!"

"다른 용사님들은 다들 어디 계십니까?"

"헛! 파도의 근원 쪽에서 싸우고 있다! 너희를 무시하고 말이야!"

"어, 어떻게 그럴 수가……."

내 말에 마을 사람 하나가 의기소침해 하고 있다.

순간, 그 밑에 커다란 그림자가 생겨나는 것이 보였다.

재빨리 그 남자를 떠민다.

"쿠왓……."

거기서 나타난 것은 거대한 시식귀. 장비도 다른 자들보다 호화스러운 갑옷을 착용하고, 커다란 도끼를 들고 있다.

그 공격을 방패도 없이 막아낸 탓에 시야가 뒤흔들린다.

이런 곳에서 죽을 순 없지!

나는 이를 악물고 의식을 붙잡는다. 여기서 쓰러지면 진짜로 죽는다.

다른 녀석들과는 확실히 다르다.

정통으로 얻어맞은 점을 고려하더라도, 방패 용사인 내가 대미지를 입은 것이다. 상당히 강한 녀석이리라.

"괜찮냐?!"

"괘, 괜찮습니다……. 요, 용사님은……."

"그만 됐어! 너희는 후퇴해. 저 녀석을 상대로 너희까지 지켜 줄 자신은 없어!"

"하지만!"

후퇴하라는 말에 반론을 제기하려 하는 마을 사람들.

바로 그때——

"나오후미 님!"

이미 전투 준비를 마친 라프타리아가 검을 들고 나타났다.

"라프타리아! 마침 잘 됐어. 저 녀석을 해치우는 거다!"

"네!"

거대한 시식귀와 마주 서듯이 이동해서 방패를 움켜쥔다.

"공격은 내가 막아내지. 지금까지 했던 대로 검을 찔러 넣어."

"알았어요."

덩치는 커도 시식귀의 지능은 다른 녀석들과 별반 다를게 없을 것이다.

눈에 들어온 나에게 방패를 휘두르는 시식귀의 공격을 정면으로 받아낸다.

피하지 않는 건 공격이 아군에게로 날아가지 않게 하기 위해서이기도 하다. 피하면 공격이 분산될 수 있으니, 라프타리아가 공격에만 전념할 수 없게 되는 것이다.

시식귀가 도끼를 휘두르는 동시에 라프타리아는 검을 찔러 넣었다.

그 영향으로 방패가 받는 충격이 약간 감소했다.

좋아! 이대로 가면 이길 수 있어.

"라프타리아, 이 녀석들은 가까이 있는 녀석부터 공격하는 습성이 있어. 검을 찌르면 바로 물러서서 거리를 벌리고, 나한테 공격이 날아오면 똑같은 요령으로 다시 찌르는 거야."

"네!"

"괴, 굉장해……."

우리의 연대 공격에 마을 사람들이 감상을 토해낸다.

그딴 감상은 필요 없으니 이 녀석들을 빨리 대피시켜야 한다.

"아직도 거기 있었냐?! 빨리 후퇴해. 협조는 고맙지만 지금은 솔직히 방해만 된다고! 나는 너희가 죽지 않도록 하려고 여기 있는 거란 말이다!"

"아, 알겠습니다!"

험하게 고함친 덕인지 마을 사람들은 고분고분 발걸음을 돌리고 경계하면서 거리를 벌려 나간다.

그리고 마을 사람들이 어느 정도 후퇴했을 때, 불길한 느낌이 등줄기를 타고 스쳐 지나갔다.

"라프타리아!"

나는 검을 쥐고 있는 라프타리아를 감싸듯이 끌어안고, 망토를 펼쳐서 그 안에 숨겼다.

"나오후미 님?!"

방패를 제일 방어력이 높은 라이트메탈 실드로 전환한다.

그 직후에 쏟아져 내린 불의 비.

괴물 무리 속에서 바깥쪽을 내다보니 어느새 기사단이 도착해 있고, 그중 마법을 쓸 줄 아는 자들이 이쪽을 향해서 불의 비를 쏟아 붓고 있었다.

"어이! 이쪽에는 아군이 있다고!"

눈 깜짝할 사이에 인화되어 불타오르는 괴물들. 곤충이 많은 탓인지 화염 마법에 손쉽게 불타오른다.

아무래도 나는 물리방어력뿐만 아니라 마법방어력도 높은 모양이군. 아니, 라이트메탈 실드의 전용효과인 「마법방어력 향상」 덕분인가.

거대한 시식귀도 타오르는 불의 비를 얻어맞고 커다란 소리와 함께 고꾸라진다.

그 모습을 확인하기가 무섭게, 아군을 향한 오인 공격에 대한 분노가 타올랐다. 새빨갛게 타오르는 방어선을 나와 기사단을 노려보며 저벅저벅 다가가서, 망토를 나부껴 불꽃을 흩뿌린다.

"흥, 방패 용사잖아……. 튼튼한 녀석이군."

기사단 대장인 듯한 녀석이 나를 보자마자 내뱉었다. 직후, 망토 속에서 뛰쳐나오다시피 하며 검을 치켜드는 라프타리아. 말을 지껄인 녀석도 검을 뽑아서, 챙 하는 소리를 내며 칼을 맞대고 맞선다.

“나오후미 님에게 무슨 짓을 하시는 거죠? 대답 여하에 따라서는 용서 안 할 줄 아세요!”

라프타리아가 살의를 담아서 쏘아붙인다.

“방패 용사의 동료냐?”

“네, 저는 나오후미 님의 검! 무례한 짓은 용서 못 해요!”

“아인 주제에 기사단에게 대들기라도 하겠다는 거냐?”

“지켜야 할 백성을 소홀히 여기고, 아군인 나오후미 님까지 통째로 불살라버리는 녀석은 제아무리 기사라 해도 용서 못 해요!”

“무사했으니까 됐잖아.”

“되긴 뭐가 돼요?!”

끼릭끼릭 검으로 힘겨루기를 계속하는 라프타리아를 기사들이 에워싼다.

“실드 프리즌!”

“뭐냐, 이놈이?”

힘겨루기를 하던 상대를 방패의 감옥으로 가두고, 나는 적 아군 할 것 없이 무차별적으로 공격한 기사들을 노려본다.

“싸워야 할 적은 파도에서 기어 나온 괴물일 텐데? 정신 똑바로 차려!”

내 질책에 기사단 녀석들은 머쓱한 듯 고개를 돌린다.

“범죄자 용사 주제에 잘도 지껄이는군.”

"그럼…… 나머지 놈들은 너희끼리 상대하겠나?"

괴물들은 불타는 전선 속이 마치 제 안방인 양 꿈틀거리면서 최전선에 있는 나를 덮쳐 온다. 그 모든 공격을 견뎌내고 있는 내 모습에 기사들의 얼굴이 새파랗게 질렸다.

어찌 됐건 난 방패 용사다. 나 없이 이 녀석들의 힘만 가지고 견뎌낼 수 있을 리가 없다.

"라프타리아, 피난 유도는 다 끝났어?"

"아뇨……. 아직 안 끝났어요. 조금 더 시간이 걸릴 것 같아요."

"그래? 그럼 빨리 피난시켜 둬."

"하지만……."

"아군의 마법 공격을 뒤집어썼지만 난 간지럽지도 않아. 다만…… 내가 공격할 수단이 없다고 우습게 보고 있다면……."

라프타리아의 어깨를 두드려 주면서 기사단을 쏘아본다.

"……죽여 버릴 거다. 수단 방법을 안 가리고. 최악의 경우 네놈들을 괴물의 먹이로 던져 주고 나 혼자 도망치면 그만이니까."

내 협박이 통했는지 기사단 놈들은 숨을 죽이고 마법 영창을 멈춘다.

"그럼 라프타리아, 싸움을 시작하는 건 훼방꾼 놈들이 다 도망친 다음이야. 걱정 마, 적은 얼마든지 있으니까. 그 후에 싸워도 충분해."

생각보다 견딜 만한 것 같으니까 말이지. 이 정도면 해 볼 만한 것 같다.

"아, 네!"

라프타리아는 지시에 따라서 마을 쪽으로 달려간다.

"젠장! 방패 용사 주제에!"

감옥의 효과 시간이 끝나기가 무섭게, 대장으로 보이는 바보가 나에게 고함친다.

"그래, 너는…… 죽고 싶나?"

내 등 뒤에 닥쳐든 괴물들.

내가 없으면 자신들에게 어떤 일이 닥칠지를 그 바보도 이제 깨달았는지 말없이 물러난다.

나 원 참, 하나같이 제대로 된 놈이 없다니까.

내가 지키는 것밖에는 할 수 없는 방패 용사였기에 망정이지 안 그랬다면 이딴 녀석들을 누가 좋다고 지켜 주겠는가.

그 후, 발을 묶는 작전이 효과를 거둔 덕분에, 균열 속에서 넘쳐 나온 괴물들에 대한 처리는 어느 정도 완료되었다.

귀찮은 녀석들을 다 피난시킨 라프타리아가 전선으로 복귀하자 나는 공세로 나섰다.

기사단 녀석들의 엄호를 이용하면서 몇 시간이나 싸운 끝에 하늘의 균열이 닫혔다.

"뭐, 이 정도면 됐겠지."

"그래, 이번 보스는 별 볼 일 없었군."

"네, 이 정도면 다음 파도도 식은 죽 먹기겠네요."

파도의 근원에서 싸우던 용사들이 이번 파도의 최종 보스라는 키메라의 시체를 앞에 두고 잡담 섞인 대화를 나누고 있다.

민간인 피난은 기사단과 모험가에게 떠맡겨 둔 주제에 무슨 소리를 지껄이는 건지……. 한 달이나 지났는데도 아직 게임 기분을 벗지 못한 놈들이다.

주의를 주는 것도 귀찮았으므로, 나는 그딴 쓰레기 용사 놈들을 무시한 채 파도를 극복한 것에 안도하고 있었다.

하늘의 색깔은 평소의 색깔로 돌아왔다가 이윽고 저녁노을에 물들어 가고 있다. 이제 최소한 한 달은 살아남을 수 있다.

대미지를 별로 입지 않은 건 아직 파도가 약하기 때문일 것이다. 다음 파도도 견뎌낼 수 있을지는 솔직히 나도 모르겠다.

언젠가 내가 견뎌낼 수 없을 만큼의 파도가 몰려오면, 그때는…… 어떻게 될까.

"잘했다, 용사 제군. 이번 파도를 이겨낸 용사 일행에게 임금님께서 연회의 자리를 마련하셨다고 한다. 보수도 제공할 테니 와 주기 바란다."

마음 같아서는 가고 싶지 않다. 하지만 난 돈이 없다. 그래서 나는 철수하는 녀석들을 따라서 같이 따라갔다.

내 기억에, 아마 준비금과 동등한 금액을 일정 기간마다 준다고 했었던 것 같다.

은화 500닢. 지금의 나에게는 큰돈이다.

"저, 저기……."

류트 마을 사람들이 나를 보자마자 말을 건다.

"뭐야?"

"고맙습니다. 용사님이 안 계셨더라면, 우리는 살아남지 못했을 겁니다."

"그냥 원래 그렇게 될 운명이었던 거야."

"아닙니다."

다른 녀석이 내 대답을 반박한다.

"당신이 있었기에, 저희는 이렇게 살아남을 수 있었던 겁니다."

"그렇게 생각하고 싶으면 좋을 대로 해."

"""네!"""

마을 녀석들은 나에게 고개를 숙이고 돌아갔다.

마을의 소모는 엄청나다. 앞으로 복구할 걸 생각하면 눈앞이 깜깜하겠지.

목숨을 구해줬으니 인사하는 것뿐이다. 평소에는 나를 그렇게 깔보던 주제에……. 속물적인 놈들이다.

그래도……. 악마라고 욕지거리를 듣던 것보다는 훨씬 낫군.

"나오후미 님."

오랜 싸움 끝에 먼지와 땀으로 범벅이 된 라프타리아가 웃으며 다가온다.

"해냈어요. 모두 고마워하고 있어요."

"그러게."

"덕분에 저 같은 사람들이 늘어나는 걸 막았어요. 이게 다 나오후미 님 덕분이에요!"

"그래."

전후의 흥분 때문인지, 아니면 자신의 출신과 마을의 사정이 겹쳐 보였는지, 라프타리아는 눈물을 머금고 있다.

"저도…… 열심히 싸웠어요."

"그래, 너는 잘 싸웠어."

라프타리아의 머리를 쓰다듬고 칭찬해 주었다.

그렇다. 라프타리아는 내 지시대로 충실하게 움직이고 싸운 것이다.

그 점은 올바르게 평가해 주어야만 한다.

"괴물들을 잔뜩 물리쳤어요."

"그래, 덕분에 살았어."

"에헤헤."

해맑게 웃는 라프타리아의 모습에 약간 어리둥절해 하면

서, 우리는 성으로 향했다.

"이것 참! 역시 용사들이야! 지난번의 피해와는 천지 차이라 나도 놀라움을 감출 수가 없군!"

해도 지고, 밤이 된 후에 성에서 열린 대규모 연회에서 임금님은 목청 높여 선언했다.

참고로 지난번에는 사상자가 어느 정도나 발생했는지 모르지만, 이번에 발생한 사상자는 한 자릿수에 머무르는 정도였다는 모양이다.

……누구의 활약이었느니 하면서 자기주장을 할 생각은 없다.

균열에서 튀어나오는 괴물들을 그 용사 놈들이 해치운 건 사실인 모양이니, 전부 다 내 공이라고 생각하지는 않는다.
하지만 언젠가 이 정도로 넘어갈 수 없는 날이 올 거라는 생각이 드는 건 사실이다.

모래시계에 의해 전송된 곳이 가까운 곳이었기에 망정이지, 기사단이 바로 바로 올 수 없는 범위에서 파도가 생겨나면 어떻게 할 작정인가.

과제가 한둘이 아니군…….

도움말을 불러내서 확인한다.

『파도에서의 싸움에 대하여』

모래시계에 의해 소환될 시, 사전에 준비하면 등록된 인원을 동시에 전송할 수 있습니다.

그렇다면 기사단 녀석들도 등록해 두면 같이 갈 수 있었던 것 아닌가?

하긴 아까 그 태도를 보면 나에게 등록해 달라고 할 녀석은 없을 테지만.

그런데…… 저 망할 용사 놈들은 이 기능을 안 썼단 말이지.

도대체 왜?

알고 있는 게임이라면 미리 알아봐 뒀다 해도 이상할 게 없을 텐데.

……아마 그렇게 큰일이라고 생각하지 않았던 것이거나, 확인을 게을리 했다거나, 대강 그런 것이리라.

말하는 것도 귀찮다. 나는 연회가 열리는 동안 구석 쪽에서 대충 밥을 먹는다.

"진수성찬이네요!"

평소에는 먹을 수 없었던 음식의 산을 보고 라프타리아가 눈을 초롱초롱 빛내고 있다.

"먹고 싶으면 마음껏 먹어도 돼."

"네!"

별로 좋은 음식은 못 먹여줬으니까…… 이런 때야말로 먹고 싶어 하는 걸 마음껏 먹여줘야 하겠지. 라프타리아는 그에 합당한 전과를 올렸으니까.

"아…… 그치만 먹으면 살찔 텐데."

"아직 한창 자랄 나이잖아."

"우—……."

라프타리아는 뭔가 난처해하며 고민하고 있다.

"먹으면 될 거 아냐?"

"나오후미 님은 살찐 애를 좋아하세요?"

"엉?"

무슨 소릴 하는 거야.

"관심 없어."

여자 얘기만 나와도 그 망할 계집이 떠오른단 말이다. 좋아하느니 마느니 하는 감정 자체가 떠오르지 않는다.

애당초 여자라는 생물 자체가 생리적으로 마음에 안 든다.

"그러시겠죠. 나오후미 님은 원래 그런 분이시니까요."

라프타리아는 반쯤 체념한 듯 진수성찬에 손을 뻗는다.

"맛있어요, 나오후미 님."

"잘 됐네."

"네."

후우…… 연회라는 것도 귀찮네. 보수는 언제 주는 거야.

이 쓰레기들의 모임, 보고 있기만 해도 열불이 솟구친다.

……잘 생각해 보면 보수는 내일 줄 가능성도 있다. 헛걸음을 한 건가? 아니, 식비가 굳으니까 상관없지. 본인은 괜

히 눈치를 보는 것 같지만 라프타리아는 아인인 데다 성장기다. 식비도 무시할 수 없는 수준이다.

"반찬통 같은 게 있으면 싸갈 수 있었을 텐데."

보존성이 없는 음식이니 기껏해야 내일까지밖에 못 먹겠지만 돈을 생각하면 아깝다……. 나중에 요리사한테라도 부탁해서 싸 달라고 해야지. 그 외에도 남는 식재료를 받아 가는 것도 괜찮을지도 모르겠다.

그런 생각을 하고 있자니 모토야스가 분노에 찬 표정으로 사람들을 헤치고 우리 쪽으로 다가온다.

나 원 참, 도대체 또 왜 저 난리야.

상대하는 것도 귀찮아서 피하려고 인파 쪽으로 걸어가자 모토야스 녀석은 나를 노려보며 쫓아온다.

"어이! 나오후미!"

"또 뭐야……."

아니꼽게 생긴 장갑을 한쪽만 벗어서 내 쪽으로 내던진다.

이건 아마 결투를 뜻하는 거였던가.

모토야스가 다음으로 내뱉은 말에 주위가 술렁거렸다.

"결투다!"

"밑도 끝도 없이 또 뭔 소리야, 너는."

기어이 머리가 맛이 간 건가?

잘 생각해 보면 이 녀석은 게임뇌를 가진 바보였다. 구해야 할 사람들을 내팽개치고 보스에게 돌격하는 멧돼지 같은 놈이니까. 망할 놈의 창 용사님.

“다 들었어! 너랑 같이 다니는 라프타리아는 노예라는 얘기를!”

의지를 불태우며 나를 삿대질하고 규탄한다.

“헤?”

라프타리아가 얼빠진 소리를 흘렸다.

……당사자는 진수성찬을 접시에 가득 담고 먹음직스럽게 식사 중이라고.

“그래서 어쩌라고?”

“ ‘그래서 어쩌라고’ ……? 뭐가 어째? 너 이 자식, 제정신으로 하는 소리냐?”

“그래.”

노예를 쓰는 게 뭐가 나쁘다는 건가.

나와 같이 싸워 줄 녀석은 없다. 그러니까 나는 노예를 사서 부리고 있다.

애당초 이 나라에서는 노예 제도가 금지되어 있지도 않을 터였다.

그런데 뭐가 잘못이란 말인가?

“저 녀석은 내 노예야. 그게 어쨌다는 거지?”

“사람이…… 사람을 예속시켜서는 안 돼! 하물며 이세계인인 우리 용사들은 더더욱 그런 짓은 용납될 수 없어!”

“새삼스럽게 무슨 소리를…… 우리 세계에도 노예는 있

잖아."

모토야스의 세계가 어땠는지는 모른다. 하지만 인류의 역사에서 노예가 존재하지 않았던 시대는 별로 없다.

조금만 달리 생각해 보면 회사원도 회사의 노예다.

"용납될 수 없다고? 네 머릿속에서나 그렇겠지. 네 머릿속에서나!"

제멋대로 규칙을 만들고 강요하다니……. 역시 머리가 맛이 갔어, 이 자식.

"미안하지만 여기는 이세계야. 노예도 존재하지. 내가 그걸 쓰는 게 뭐가 나쁘지?"

"이…… 자식!"

모토야스는 척 하고 창을 들어 나를 겨눈다.

"대결이다! 내가 이기면 라프타리아를 풀어 줘!"

"왜 대결 같은 걸 해야 되는 건데? 내가 이기면 어쩔 거지?"

"그러면 라프타리아를 네 마음대로 해도 된다! 지금까지 그랬던 것처럼."

"말할 가치도 없군."

나는 모토야스를 무시하고 떠나려 한다. 왜냐하면 대결해 봤자 나에게는 이득이 없으니까.

"모토야스 공의 얘기는 잘 들었다."

모세의 기적처럼 인파가 갈라지고 임금님이 나타난다.

"명색이 용사라는 자가 노예를 부려먹다니……. 소문으

로만 듣던 얘기였는데 설마 사실이었을 줄이야……. 역시 방패 용사는 죄인이었다는 건가."

죄인이라니, 나한테 누명을 씌워 놓고 무슨 소릴 하는 거냐.

게다가 노예는 이 나라에서도 용인되고 있는 제도 아닌가. 이 자리에 있는 자들 중에도 노예를 부리는 녀석이 있을 텐데 왜 나만 붙잡고 시비를 거느냔 말이다.

"나오후미 공이 불복한다면 내가 명령하노라. 결투하라!"

"알 게 뭐야. 냉큼 보수나 내놓으시지. 그러면 이딴 곳은 내 발로 알아서 나가 줄 테니까!"

임금님은 한숨을 내쉬며 손가락을 튕긴다. 어디선가 병사들이 나타나서 나를 둘러쌌다. 주위를 둘러보니 병사들이 라프타리아를 보호하고 있었다.

"나오후미 님!"

"……뭐 하는 짓거리지?"

나는 보란 듯이 눈동자에 힘을 주고 임금님을 노려본다.

이 자식은 내 말을 조금도 믿지 않았다. 아니, 믿기는 고사하고 나를 방해하기만 했었다.

"이 나라에서 내 말은 절대적이다! 내 말에 거역한다면 강제로라도 방패 용사의 노예를 몰수하면 그만이다."

"칫……!"

나라의 마술사쯤 되면, 노예에게 걸려 있는 저주를 푸는 방법 정도는 알고 있을 것 같다. 한마디로 싸우지 않으면 라프타리아는 내 곁을 떠나가게 된다는 뜻이 된다.

말도 안 되는 소리! 이제야 좀 쓸 만하게 큰 노예란 말이다!

얼마나 많은 시간과 금전을 투자했는지 알기나 하는 건가?

"대결 같은 건 필요 없어요! 저는— 후웁!"

라프타리아가 소란을 피우지 못하도록 천을 감아서 입을 틀어막는다.

"본인이 주인의 편을 들지 않으면 고통을 받도록 하는 주문이 걸려 있을 가능성이 있으니까. 당분간 노예의 입은 막아 두겠다."

"……결투에는 참가시킬 수 있겠지?"

"결투의 상품을 왜 참가시켜야 하지?"

"이봐! 이 자식——."

"그럼 성의 정원에서 결투를 개최한다!"

임금 자식, 내 반박을 차단하고 결투 장소를 선언해 버렸다.

젠장, 나한테는 공격력이 없다고. 완전 짜고 치는 고스톱이잖아!

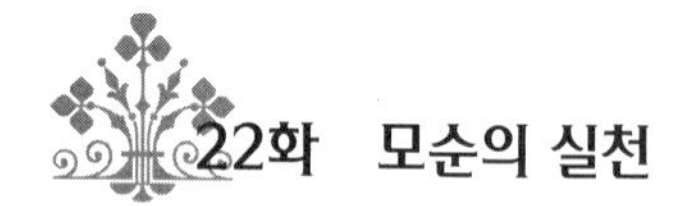

22화 모순의 실천

성의 정원은 지금 결투장으로 변해 있었다.

주위에는 횃불이 켜지고, 연회를 즐기고 있던 자들 모두가 용사들의 싸움을 기대하고 있다.

하지만 승부가 어떻게 판가름 날지는 이미 주지의 사실이 되어 있는 것이다.

공격할 수단이 없는 나와 창의 용사인 모토야스의 싸움.

방패 용사 일행과 창의 용사 일행의 싸움……이 아닌, 나와 모토야스의 1대1 대결이 되었다.

일행까지 모두 동원해서 싸우는 건 아무리 모토야스라도 자존심이 허락지 않았던 모양이다.

결과는 누구나 상상할 수 있다.

실제로도 이런 장면에서는 흔히 있게 마련인 도박 행위를 하는 목소리가 전혀 들리지 않는다. 뭐, 성에 있는 이들 중 많은 이들이 귀족인 탓도 있긴 하겠지만 여기에는 파도에 맞서 싸운 모험가들도 있는 것이다. 상식적으로 도박이 행해지지 않을 리가 없다.

한마디로 다들 결과를 알고 있으면서도 나에게 패배를 요구하고 있는 것이다.

렌과 이츠키도 이쪽의 싸움을 방관한 채 성의 테라스에서 웃고 있다.

내가 패배하고 노예를 잃는 순간을 기대하며 보고 있는 것이다.

젠장! 젠장젠장젠장젠장!

여기 놈들은 하나같이 내 것을 뜯어낼 궁리만 하고 있다.

파도와 싸울 때도 내 쪽으로 불의 비를 퍼붓는다.

온 세계의 모두가 나를 비웃는 적으로밖에 보이지 않는다.

……그래, 좋아. 나에게 주어진 선택지는 패배뿐이다. 하지만 공짜로 져 주지는 않을 거다.

두고 보라고, 모토야스. 너한테는 주체할 수 없을 만큼의 원한이 있으니까.

"그럼, 지금부터 창의 용사와 방패 용사의 결투를 개시한다! 승패 판정은 숨통을 끊기 직전까지 상대를 몰아붙이거나, 패배를 인정하는 것."

나는 손목이 제대로 돌아가는지를 시험해 보고, 손가락 관절을 꺾으며 준비 태세를 취한다.

"창과 방패가 싸우면 어느 쪽이 이기느냐 하는 얘기가 있지만……. 이번에는 보나 마나군."

모토야스는 얕잡아보는 태도로 나를 업신여기듯 노려보고 있다.

웃기고 자빠졌군.

"그럼——."

모토야스, 싸움이란 상대방을 쓰러트리는 것만이 전부가 아니라는 걸 가르쳐주마.

모순이란 최강의 창과 최강의 방패를 팔려 하던 상인에게 주위 사람들이 그럼 어느 쪽이 최강이냐고 물었다는 일화에서 나온 얘기다. 이치에 들어맞지 않는 일을 가리키는 말이다.

하지만 이 모순이라는 말 자체가 모순이라는 걸 나는 알고 있다.

애당초 무엇을 가지고 승부를 판가름한다는 건가.

한쪽은 장기로, 다른 한쪽은 바둑으로 대결하는 거나 마찬가지 아닌가.

그런데도 굳이 대결을 하겠다면 무기들의 주인에게 주목해 보는 게 어떤가?

창은 상대방을 죽이는 것을 목적으로 하는 무기. 방패는 주인을 지키는 것을 목적으로 하는 방어구.

여기까지 시야를 넓혀 보면 최강의 창으로부터 주인을 지켜낸 방패의 승리라고 생각할 수도 있다.

근본적으로 목적이 다른 것이다. 창과 방패는.

"대결 시작!"

"우오오오오오오오오오오오오오오!"

"으랏차아아아아아아아아아아아아!"

나는 텔레폰 펀치의 자세를 취한 채 모토야스 쪽으로 달려간다. 모토야스도 창을 움켜쥔 채 달려들어서 나를 한 번에 찔러버릴 작정이다.

거리가 단숨에 좁혀지고, 모토야스는 자신의 사정거리 안으로 들어선 나를 향해서 힘차게 창을 내지른다.

어디서 나오는지 뻔히 아는 공격을 대처하는 건 어렵지 않다.

"찌르기 난무!"

모토야스의 창이 순식간에 여러 개로 갈라져서 날아온다.

스킬인가! 기습으로 한 방 먹이다니 제법이다.

내 돌진은 멈추지 않는다. 방패로 머리를 보호하면서 쉬지 않고 달린다.

큭……. 날카로운 창끝에 두 방을 찔려서 어깨와 옆구리에 고통이 몰려왔다.

스친 상처지만 역시 용사의 공격이니만큼 완전히 막아낼 수는 없다. 하지만 모토야스의 스킬은 거기서 한 번 끊어지고 쿨타임에 들어간 모양이었다.

"받아라!"

그럼에도 모토야스는 나를 향해 창을 내지른다.

창, 혹은 모의 약점은 그 사정거리에 있다. 중거리의 싸움을 특기로 하는 긴 무기는 상대방이 사정거리 안으로 파고들면 다루기가 힘들어지는 것이다. 원래는 상대가 접근하기 전에 적을 해치우면 그만이다. 하지만 나는, 방패는 일격에 쓰러지지 않는다. 나는 모토야스가 내지른 창을 종이 한 장 차이로 피하고, 모든 체중을 실어 돌진해서 깔아 눕힌다.

그리고 모토야스의 안면에 주먹을 꽂아 넣었다.

깡!

칫! 역시 내 힘으로는 대미지를 줄 수 없다.

하지만 내 공격을 그 정도로 끝낼 수는 없다.

모토야스 녀석은 내 공격이 간지럽지도 않다는 걸 알고 깔보듯 쳐다보고 있다.

언제까지 그런 얼굴을 유지할 수 있을 것 같아?

나는 망토 속에서 필살 무기를 꺼내서 모토야스의 얼굴에 처박는다.

"아야!"

파도 때는 불의 비를 맞아서 전멸해 버렸던, 하지만 성에 오는 도중에 주워 온 협박 도구다.

"뭐야? 뭐냐고?!"

크크크……. 모토야스 녀석, 엄청나게 당황해서 비명을 지르고 있군.

공격할 상대를 바꾼 벌룬이 죽을 둥 살 둥 모토야스를 물고 늘어진다.

"아야, 아야!"

모토야스는 그 소중한 얼굴을 물려서 고통에 발버둥 쳤다.

그렇다, 내 공격 수단은 맨손이 전부가 아니다. 벌룬이라는 편리한 인간 전용 무기가 있단 말이다!

"으랏차으랏차으랏차!"

얼굴에 두 마리, 그리고 일어나지 못하도록 다리로 모토야스를 짓누르면서 사타구니에 벌룬을 내던진다.

"어, 어째서 벌룬이?!"

관중들이 비명을 지른다.

알 게 뭐야!

이제 온 체중을 실어서 사타구니 깊숙이 벌룬을 물린다.

"크윽……. 이 자식! 뭐 하는 짓이냐!"

"어차피 이기지도 못할 거, 최대한 괴롭혀 주지! 표적은 인기남의 생명인 얼굴과, 남자의 증거인 사타구니다! 얼굴이랑 불알만 없으면, 너는 그냥 별 볼일 없고 재수 없는 오타쿠라고!"

"뭐야?! 그만해애애애애애애애!"

"고자가 돼 버려라아아아아아아!"

나는 벌룬을 떼어내려 발악하는 모토야스의 손을 맹렬히 방해한다.

모토야스는 얼굴에 달라붙은 벌룬을 떼어내는 게 고작이었고 쓰러진 자세로는 창을 힘껏 휘두를 수도 없었다. 그래서 얼굴에 있는 벌룬을 터뜨릴 때마다 내가 추가 벌룬을 던져 버리면 또 대처하는 데 시간을 소모할 수밖에 없었다. 물론 벌룬뿐만이 아니라 에그그 등도 끼워 넣어서. 모토야스는 그야말로 바늘방석에 드러누운 꼴이 되었다.

이 틈에 최대한으로 괴롭혀 둔다.

어차피 나는 지게 돼 있다. 그렇다면 모토야스에게 최대한의 트라우마를 새겨 주는 거다.

"아자아자아자!"

"크윽! 이 자식이이이이이!"

있는 힘껏 일어서려 하는 모토야스를 체중으로 짓누르고 벌룬 공격을 계속해 나간다.

그래. 어차피 질 거라면 이 기회에 시험이나 해 보는 것도 괜찮겠지.

방패를 쌍두흑견의 방패로 변화시킨다.

그리고 짓눌려 있는 자세 때문에 힘을 주지 못하는 모토야스의 창끝을 방패로 받아냈다.

칠판을 할퀴는 것 같은 소리가 울려 퍼진다.

전용효과인 「도그 바이트」가 작동해서, 방패에 장착되어 있던 개의 박제가 모토야스를 향해 울부짖으며 물어댄다.

「도그 바이트」는 공격을 받았을 때 발동하는 카운터 효과다.

이 효과에 의해서 방패의 개 부분이 움직여서 적을 물고 늘어진다. 효과 시간은 30초.

통상적인 사용 용도는 적에게 약간의 대미지를 줘서 움직임을 묶는 것이지만 이렇게 사용하는 방법도 있다.

"아, 아야!"

오? 제대로 대미지가 들어가잖아. 어쩌면 이길 수 있을지도 모르겠는데?

그렇다면 다른 방법도 써먹을 수 있다.

"에어스트 실드!"

위치는 모토야스의 배다.

방패가 출현해서 모토야스의 배 위를 짓누른다. 스킬에는 이런 사용법도 있다!

"크윽……. 이, 이거 놔!"

"벗어날 수 있으면 벗어나 봐! 이 비겁한 놈!"

나에게 공격 수단이 없다고 얕잡아 보니까 이런 꼴을 당하는 거다.

쌍두흑견의 방패를 모토야스의 안면에 들이댔다가 얼굴을 드는 타이밍에 맞추어 부딪힌다.

도그 바이트가 작동해서, 모토야스의 얼굴을 물어 댄다.

"크윽……. 이 자식! 두고 보자!"

"알 게 뭐야!"

이런, 에어스트 실드의 효과 시간이 다 끝나겠군.

"실드 프리즌!"

"크윽————!"

이번에는 커다란 방패 감옥이다. 그 자세에서 탈출하기는 힘들걸. 움직이지 못하는 틈을 타서 벌룬과 에그그가 한층 더 거세게 물어 댄다.

이거 이길 수도 있겠어! 이 자식, 사람이랑은 싸워 본 경험이 없는 거 아냐?

"커헉!"

프리즌이 깨진다. 그 타이밍에 맞춰서 쿨타임이 다 찬 에어스트 실드를 모토야스의 배에 재소환.

벌룬이 터지지 않고, 거기에 빈틈이 생길 때마다 도그 바이트로 공격하면 이길 수 있어!

"냉큼 패배를 인정하시지. 이렇게 속이 뻔히 보이는 대결에 이긴다고 기쁠 것 같아?"

"방패 주제에 창의 용사님께 무슨 짓이냐—!"

야유가 들려온다. 알 게 뭐냐. 승부조작이나 다름없는 시합을 시키는 걸 가만히 구경만 하고 있던 제삼자가 웬 소란이냐 말이다.

"이, 이러다가 방패가 이기는 거 아냐?"

"설마……. 이럴 리가 없어!"

이럴 거라고는 예상도 못 했겠지.

"자, 모토야스, 항복해. 네가 졌어."

"누, 누가 항복할 줄 알고?!"

"그럼 더 이상 못 견딜 때까지 짓눌러 주는 수밖에. 실제로 내 승리인 것 같은데 말이지……."

심판을 맡고 있는 왕에게로 시선을 돌리자, 노골적으로 여유를 부리며 쳐다보고 있다. 없었던 일로 할 꿍꿍이군.

그렇다면 이대로 벌룬과 에그그로 모토야스의 얼굴과 팔다리를 공격시켜 줄까.

안 그러면 저 녀석들은 누가 이기고 있는지 이해를 못할 것 같으니까.

그렇게 생각하고 있으려니――.

"우왁……!"

갑자기 무언가에 거세게 떠밀려서 비틀거린다.

영문을 알 수 없어서, 충격이 온 방향으로 추정되는 쪽을 비틀거리며 돌아본다.

그러자 거기에 있던 건 바로 그 지뢰녀!

마인이 인파 속에 숨어서 이쪽을 향해 손을 내뻗고 있었던 것이다.

아마 바람의 마법이리라.

필시 윙 블로우라는 주먹만 한 공기 덩어리를 내쏘는 마법.

공기 덩어리인 만큼 생김새도 투명해서 자세히 보지 않으면 보이지 않는다.

마인 녀석, 득의양양한 웃음을 짓고는 눈꺼풀을 까뒤집으며 도발하고 있다.

"이 자식이이이이이이이이!"

내 고함 소리는 일어선 모토야스의 반격에 지워졌다.

모토야스는 일어서자마자 창으로 벌룬을 섬멸하고, 나에

게 창날을 겨눈다.

이미 벌룬은 다 떨어졌다. 이제 반격 효과가 있는 방패로 적당히 받아넘기는 수밖에 없다.

젠장! 모토야스……! 이렇게 비겁한 놈이 어디 있단 말인가.

그 후로는 일방적인 싸움이었다.

반격효과가 있는 도그 바이트로 막는 것 말고는 공격 수단이 없었기 때문이다.

이윽고 맹공에 쓰러진 나의 목덜미에 모토야스가 거칠게 숨을 몰아쉬며 창을 들이댄다.

"하아…… 하아…… 나의, 승리다!"

재앙의 파도와 싸울 때보다도 더 고통스러워 보이는 표정으로, 모토야스는 창을 치켜들며 선언했다.

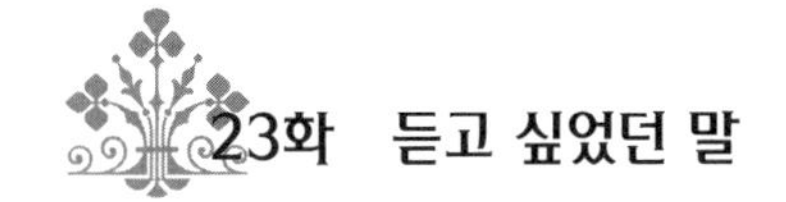

23화 듣고 싶었던 말

"승리 좋아하시네, 비겁한 놈! 1대1 대결에 패거리를 끌어들인 주제에!"

"무슨 헛소리를 지껄이는 거냐. 네가 내 힘을 제대로 못 억눌러서 내가 일어나도록 허용한 게 패인이잖아!"

……진심으로 이딴 소리를 지껄이는 건가, 이 자식은?

용사 좋아하시네! 용사에게 노예는 용납될 수 없다니, 잘도 그런 헛소리를 지껄이는군!

짜고 치는 고스톱도 제대로 못 주워 먹는 놈이 용사 기분만 내고 자빠졌다니!

"네 동료가 결투에 찬물을 끼얹었어! 그래서 내가 비틀거린 거란 말이다!"

"헛! 패배자의 마지막 발악이 고작 거짓말이냐?"

"헛소리 마! 이 비겁한 놈!"

내 말을 무시한 비겁자, 모토야스는 득의양양한 태도로 나를 굽어본다.

정말로 옆에서 끼어들었단 말이다. 그런데도…… 이 자식은!

"그랬었나?"

모토야스는 관중들에게 눈길을 돌리고 묻는다.

하지만 관중들은 그 사실을 아는 건지 모르는 건지…… 침묵만이 지배한다.

"죄인 용사의 말 따위 믿을 필요 없다. 창의 용사여! 그대의 승리다!"

이 자식! 양심도 없는 건지, 주관자인 임금님이 당당하게 선언하고 나섰다.

모토야스가 질 것 같은 분위기일 때는 모른 척하던 주제에, 내가 밀리니까 기다렸다는 듯이 이렇게 나오기냐!

이쯤 되니 주위 사람들도 약간은 찔리는 구석이 있는 모양이다. 뭔가 하고 싶은 말이라도 있는 듯 시선이 이리저리 방황하고 있다. 하지만 여기서 가장 높은 권력자인 임금님이 단언해 버린 이상, 그걸 뒤엎을 수 있는 자는 아무도 없다.

말 그대로 임금님의 손에 말살당할지도 모르는 일이니까.

여기는 무슨 독재 국가란 말이냐!

"역시 대단하세요, 모토야스 님!"

일의 원흉인 망할 계집이 뻔뻔스럽게 모토야스에게 달려간다. 그리고 성의 마법사가 모토야스에게만 회복마법을 걸어서 부상을 회복시켜 주었다.

나에게는 회복마법 따위 걸어 줄 생각도 없는 모양이다.

"흠, 역시 내 딸, 마르티가 선택한 용사로군."

임금님은 그러면서 마인의 어깨에 손을 얹는다.

"뭐, 뭐라고……?!"

마인이 임금님의 딸?!

"정말이지……. 나도 그때는 깜짝 놀랐다니까. 마인이 왕녀님이고, 가명을 써서 잠입해 있었던 거였다니."

"네……. 세계 평화를 위해서 입후보한 거였답니다♪"

……그랬군. 그렇게 된 거였었군.

피해자의 증언만 가지고 나에게 범죄자 딱지를 붙여 버리는 게 어째 좀 이상하다고는 생각했었어.

미복잠행한 왕녀님이 점찍은 용사를 최고로 만들기 위해, 용사들 중에서 제일 열등한 나를 미끼 삼아서 돈을 뜯어낸다. 그 아버지는 멍청한 딸의 응석을 관대하게 용서하고, 증거까지 날조해서 누명을 뒤집어씌웠다.

그렇게 해서 범죄자로부터 왕녀를 구한 용사가 된 모토야스는 결과적으로 미복잠행하던 왕녀와 친해지고, 다른 여자들보다 더 깊은 관계를 갖게 됐다.

처음 준비금을 나만 더 많이 받았던 이유도 이제야 설명이 된다.

결과적으로 왕녀는 합법적으로 좋은 장비를 손에 넣고, 맘에 드는 용사인 모토야스를 우대한다.

처음부터 다른 모험가들보다 훨씬 더 값비싼 장비를 착용하고 있었더라면, 모토야스도 미심쩍게 생각하고 거리를 두려 했으리라.

어디까지 계산에 넣고 있었던 건지는 본인한테 물어보지 않는 이상 알 길이 없지만, 이런 짓까지 벌이는 놈들이다. 증거는 절대로 남기지 않을 터. 요컨대, 결과적으로 남는 것은 범죄자에 밥버러지인 방패 용사와 멋들어지게 왕녀를 구해낸 창의 용사뿐.

감자 덩굴처럼 줄줄이 이어지는 추리.

대미지는 받지 않았을지언정 나를 비틀거리게 만들 정도

의 위력을 지닌 윙 블로우를 쏠 수 있었던 건, 그만큼 좋은 교육을 받고 자랐다는 증거다. 다시 말해 이 나라의 왕녀라는 의심할 수 없는 증거.

짜고 치는 고스톱을 추진한 끝에 개입에 대한 이의 제기를 억지로 묵살한 것에는 그런 속사정이 있었다는 건가.

그야 딸이 결투를 방해하면, 딸이 마음에 들어 하는 모토야스를 감싸는 게 인지상정이겠지.

그렇다면 모토야스가 나에게 결투를 신청한 것 자체도 애초에 사주한 일이라고 보는 게 타당할 것이다.

……뭐, 그쯤은 식은 죽 먹기겠지. 여자라면 사족을 못 쓰는 저 모토야스 녀석의 귓가에 대고 이렇게 속삭여 주기만 하면 그만이니까.

『저 여자아이는 방패 용사에게 강제로 예속당한 노예예요. 어서 빨리 구해주세요.』

미래의 남편에 대한 좋은 평판과 자신의 인정 많은 이미지를 동시에 얻을 수 있는 기회다. 이런 짓까지 벌이는 저 녀석들이 그런 기회를 놓칠 리가 없다.

최종적으로 모토야스가 왕녀와 결혼하면 범죄자에게서 노예 소녀를 구해낸 영웅담이 완성된다.

전설이란 악이 강대하면 강대할수록 영웅이 돋보이기 마련이다.

훗날의 사람들에게는 못된 용사를 물리친 전설의 영웅과

그 아내의 이름이 영원토록 전해져 내려가는 것이다.

젠장! 뭐 이런 쓰레기 왕과 암캐 같은 왕녀가 다 있단 말인가!

아니, 잠깐……. 왕녀가, 암캐……?

이 전개, 어딘가에서 본 기억이 있다.

어디였지? 도대체 어디서 그런 얘기를 들었었더라?

……기억났다. 사성무기서를 읽었을 때였다.

그 책 속의 왕녀는 모든 용사들에게 추파를 던지는 암캐였다.

만약에 망할 용사 놈들이 그들이 하던 게임과 연관이 있는 것과 마찬가지로, 내가 도서관에서 읽었던 사성무기서가 이 세계와 모종의 관계가 있는 거라면 왕녀가 암캐라는 것도 납득이 된다.

몸속 깊은 곳에서 끓어오르는 듯한 분노가 솟구쳐 올라서 온몸을 헤집고 다닌다.

두근…….

방패에서, 뭔가…… 고동이 느껴졌다.

커스 시리즈

——의 방패의 조건이 해방되었습니다.

마음속에서 넘쳐 나온 시커먼 감정이 방패에 침투하고,

시야가 일그러진다.

“자, 모토야스 공, 방패 용사가 부리던 노예를 데려왔다.”

사람들의 울타리가 열리고, 라프타리아에게 걸려 있던 노예의 저주가 나라의 마법사들에 의해 당장에라도 풀리려 하는 모습이 눈에 들어왔다.

마법사가 들고 온 잔에 든 액체가 떨어져서, 라프타리아의 가슴에 새겨져 있던 노예문에 스며든다.

그러자 내 시야에 비치고 있던 노예 아이콘이 깜박이며 사라진다.

이리하여 라프타리아는 정식으로 내 노예라는 신분에서 벗어나 버렸다.

마음속에서 꿈틀거리는 검은 감정이 마음을 지배해 가는 것을 느낀다.

이 세계는 나를 비웃고, 깔보고, 그리고 괴로워하는 모습을 보고 즐기는 것으로만 보인다.

그렇다. 이제 내 시야에는…… 시커먼 웃음을 짓고 있는 그림자밖에 보이지 않게 되어 가고 있었다.

“라프타리아!”

모토야스가 라프타리아 쪽으로 달려간다.

입을 결박한 천을 풀어 주자 라프타리아는 다가오는 모토야스를 향해 뭔가를 말하려 하다가, 눈물을 흘리며 모토야스의 뺨을…….

—때렸다.

"이…… 비겁한 놈!"

"……엉?"

얻어맞은 모토야스는 어안이 벙벙한 표정이었다.

"비겁한 수단도 용서 못 하지만, 애초에 제가 언제 구해 달라고 부탁이라도 했나요?!"

"하, 하지만 라프타리아는 저 녀석에게 혹사당하고 있었잖아?"

"나오후미 님은 항상 제가 할 수 없는 일은 시키지 않으셨어요! 저 자신이 겁을 내거나 싫어했을 때만 싸우도록 저주를 사용하셨을 뿐이었어요!"

내 의식은 어렴풋해서 무슨 소리를 하는 건지 알아들을 수도 없었다.

아니, 들리고는 있다. 하지만 더 이상 누구의 말도 듣고 싶지 않았다.

한시라도 빨리 이딴 곳에서 떠나고 싶다.

원래 세계로 돌아가고 싶다.

"그게 잘못 아냐?"

"나오후미 님은 마물을 물리치실 수가 없어요. 그러니까 누군가가 물리치는 수밖에 없잖아요!"

"그걸 네가 할 필요는 없어! 넝마가 되도록 저 녀석에게 혹사당하게 될 거라고!"

"나오후미 님은 지금까지 제가 마물의 공격에 부상을 당하는 일이 한 번도 없도록 보호해 주셨어요! 피곤할 때는 쉬게 해 주셨어요!"

"아, 아니……. 저 녀석은 그렇게 배려심이 있는 녀석이……."

"당신은 지저분한, 병을 앓고 있는 허름한 노예에게 손을 내밀어 주시나요?"

"뭐?"

"나오후미 님은 저를 위해서 많은 일들을 해 주셨어요. 먹고 싶은 걸 먹게 해 주셨어요. 기침 때문에 괴로워하는 저에게 자기 뼈를 깎는 심정으로 귀중한 약을 나눠주셨어요. 당신은 그렇게 할 수 있나요?"

"하, 할 수 있어!"

"그렇다면 당신 옆에 저 아닌 다른 노예가 있을 거예요!"

"?!"

라프타리아가…… 내 쪽으로 달려온다.

"오, 오지 마!"

여기는…… 지옥이다.

악의로 만들어진 세계다.

여자는, 아니, 이 세계의 모든 녀석들은 나를 깔보고 괴로워하도록 내몰아 댄다.

그들과 접하면 또 참혹한 감정만 느끼게 될 것이다.

라프타리아는 그런 내 태도에 다시 한번 모토야스를 쏘아본다.

"소문 들었어요……. 나오후미 님이 동료와 강제로 관계를 가지려 한 최악의 용사라는 얘기를."

"마, 맞아. 그 녀석은 성범죄자라고! 너도 성노예가 돼 있었으니까 알 거 아냐?"

"왜 그렇게 생각하시는 건데요?! 나오후미 님은 한 번도 저를 덮치지 않았다구요!"

그리고 라프타리아는 내 손을 붙잡았다.

"이, 이거 놔!"

"나오후미 님……. 제가 어떻게 하면, 나오후미 님의 신뢰를 얻을 수 있죠?"

"손을 놔!"

온 세계 모든 사람들이 있지도 않은 죄로 나를 몰아댄단 말이다!

"나는 안 했어!"

뭉클…….

격앙되어 있는 나를, 무언가가 덮는다.

"부디 분노를 가라앉히세요, 나오후미 님. 부디, 당신이

저를 믿을 수 있도록, 제 얘기를 들어 주세요."

"뭐……?"

"거역하지 못하는 노예가 아니면 못 믿으시겠나요? 그렇다면 당장 우리가 처음 만났던 그곳으로 가서 다시 저주를 걸어 주세요."

"거, 거짓말이야! 그렇게 말해 놓고 또 속여먹을 꿍꿍이겠지!"

뭐야. 내 마음속에 억지로 비집고 들어오는 이 목소리는 뭐냐고!

"저는 무슨 일이 있어도 나오후미 님을 믿고 있어요."

"닥쳐! 네놈들은 또 나한테 죄를 덮어씌울 작정이면서!"

"저는…… 소문처럼 나오후미 님이 누군가에게 성관계를 강요했다고 생각 안 해요. 나오후미 님은 그런 짓을 하실 분이 아니에요."

이 세계에 와서…… 처음으로 듣고 싶었던 말이 들려왔다.

세계를 뒤덮은 검은 그림자가 하늘하늘 흩어져 가는 것 같은 기분이다.

사람의 온기가 전해져 왔다.

"세상 모든 사람들이 다 나오후미 님이 한 짓이라고 몰아세운다고 해도, 저만은 아니라고…… 나오후미 님은 그런 짓을 하실 분이 아니라고 몇 번이라도 얘기할 거예요."

고개를 들어 보니, 거기에는 지금까지 내 눈에 비치던 소녀가 아닌 열일곱 살 정도의 여자아이가 있었다.

그 얼굴 생김은 어딘가 라프타리아를 연상케 하지만 그 둘을 비교하자면 실례처럼 느껴질 정도로 어여쁜 소녀.

지저분하고 탁한 색을 띠고 있던 머리카락은 아름답게 정돈되어 있고 거칠었던 피부는 건강한 살결로 변해 있다.

앙상하게 뼈가 드러나 있던 몸에도 튼실하게 살이 붙어서, 외견에 어울리는 건강한 모습.

무엇보다 나를 바라보는 눈동자가, 모든 것을 체념한 탁한 빛이 아니라 굳은 의지가 담긴 눈으로 변해 있다.

난생 처음 보는 여자였다.

"나오후미 님, 당장 저한테 저주를 걸어 달라고 부탁하러 가요."

"누, 누구야?"

"네? 무슨 말씀을 하시는 거예요? 저예요, 라프타리아라구요."

"아니아니아니, 라프타리아는 어린애잖아?"

라프타리아라 자처하는, 날 믿는다고 얘기해 주었던 여자아이가 난감한 듯 고개를 갸우뚱한다.

"정말이지, 나오후미 님은 아직도 저를 어린애로만 보시는군요."

목소리는…… 확실히 귀에 익은 라프타리아의 목소리다.

하지만 생김새가 전혀 다르다.

아니아니아니, 아무리 그래도, 만약에 정말 라프타리아라고 해도 이상하잖아.

"나오후미 님, 이 기회에 가르쳐 드릴게요."

"뭐지?"

"아인은 말이죠, 어린 시절에 레벨을 올리면 그에 비례해서 육체적인 효율이 제일 좋을 때까지 몸이 급성장한다구요."

"엉?"

"아인은 인간이 아니에요. 마물과 똑같다고 단죄당하는 이유가 바로 이 점에 있는 거예요."

라프타리아라 자처하는 여자아이는 부끄러운 듯 말을 잇는다.

"전 확실히…… 저기, 정신적으로는 아직 어린애지만, 몸은 거의 어른이 됐다구요."

그리고 라프타리아는 다시 내 얼굴을…… 자세히 보면 풍만한 그 가슴속에 품으며 말한다.

"부디 믿어 주세요. 저는 나오후미 님이 아무런 죄도 저지르지 않았다고 확신하고 있어요. 귀중한 약을 나눠주고, 제 목숨을 구해주고, 살아갈 방법과 싸우는 방법을 가르쳐 주신 위대한 방패의 용사님……. 저는 당신의 검, 그 어떤 고난의 길이라도 함께할 거예요."

그건…… 줄곧 누군가에게서 듣고 싶었던 말.

라프타리아가 나와 함께 싸우기를 맹세한 뒤부터 줄곧 해왔던 말.

"제발, 정 못 믿으시겠다면 저를 노예로 만드시든 뭐로 만드시든 마음대로 하세요. 매달려서라도 절대로 끝까지 따라갈 테니까요."

"크으…… 으…… 우우……."

이 세계에 와서 처음으로 듣는 다정한 말에 저도 모르게 오열이 흘러나온다.

울면 안 된다면서 억눌러 보지만 흐르는 눈물을 멈출 수가 없었다.

"우우우…… 우우우우우우우우우우."

라프타리아에게 안긴 채로, 나는 울음을 터뜨리고 말았다.

"아까 그 결투…… 모토야스, 네 반칙패야."

"뭐엇?!"

렌과 이츠키가 인파를 헤치고 나와서 통고한다.

"위에서 똑똑히 다 보고 있었어. 네 동료가 나오후미를 향해서 바람 마법을 쏘는 모습을."

"아니, 그치만…… 다들 아니라고……."

"임금님 때문에 제대로 말을 못 하는 거죠. 척 보면 모르겠어요?"

"그런 거야……?"

모토야스가 관중들에게 시선을 돌리자 모두 고개를 돌린다.

"하지만 이 녀석은 나한테 마물을……."

"공격력이 없잖아. 그 정도는 인정해 줘야지. 애초에 공격 수단도 없는 녀석에게 결투를 신청한 네가 잘못이야."

렌은 이제 와서 정의의 사도라도 되는 양 모토야스를 규탄한다.

"하지만…… 이 자식! 내 얼굴이랑 사타구니를 집중적으로 노리고?"

"승산 없는 싸움을 강요받았으니까 최대한 괴롭혀 주기라도 하려는 생각이었죠. 그 정도는 좀 봐주자구요."

이츠키의 제안에 투덜대면서도, 모토야스는 체념한 듯 어깨에서 힘을 뺀다.

"아무래도 방금 싸움에서는 너한테 잘못이 있는 것 같군. 포기해."

"칫…… 뒷맛이 영 찜찜하잖아. 라프타리아가 세뇌당해 있다는 의혹도 있다고."

"저 모습을 보고도 아직도 그런 소리를 하시다니 참 대단하시네요."

"그러게 말이야."

용사들이 머쓱한 표정으로 자리를 뜨자 관중들도 덩달아서 성으로 돌아간다.

"쳇! 재미없어!"

"흐음…… 참으로 유감스러운 결과로군."

불쾌함의 화신인 두 사람도 짜증을 내며 돌아가고 정원에는 우리 둘만 남게 되었다.

"괴로우셨죠? 저는 아무것도 모르고 있었어요. 앞으로는 제게도 그 괴로움을 나누어주세요."

다정한 그 목소리에…… 내 의식은 스르륵 멀어져 갔다.

그 후로 한 시간 정도, 나는 라프타리아에게 안긴 채 잠들고 말았다.

정말로 놀랐다. 설마 라프타리아가 이렇게 성장해 있을 줄은 생각도 못 했었다.

어째서 알아차리지 못했던 걸까……. 아마도, 여유가 없었기 때문이리라.

내 눈에는 라프타리아의 성장을 알아챌 여유가 없었던 것이다. 모든 것을 스테이터스 마법으로 계측해서, 그것만으로 라프타리아를 평가해 왔기에.

에필로그

연회는 한참 전에 끝났다. 그날은 성에서 마련해 준, 지금은 사용하지 않아서 약간 먼지가 쌓여 있는 사용인의 방에서 본격적으로 휴식을 취한다.

처음 성에 묵었을 때와는 대우가 하늘과 땅 차이이다. 그 쓰레기 같은 왕은 끝까지 나를 불우하게 만들 작정인 모양이다.

이제 그 녀석은 그냥 쓰레기라고 불러도 되겠지.

마인은 그 암캐 같은 행동거지 때문에, 내 머릿속에서의 이름은 빗치(Bitch)로 확정!

모토야스는 난봉꾼이라고 불러 줄까? 아니…… 어릿광대도 괜찮을 것 같다.

그저 이용당하고 있을 뿐이라고 해석할 수도 있으니까……. 일단은 보류해 주자.

밥을 별로 안 먹은 나를 걱정해서 라프타리아가 방 밖으로 나갔다.

"성 주방에서 폐기하려던 음식을 받아 왔어요."

"그래, 고마워."

라프타리아가 가져다준 재료들만 가지고 만든 샌드위치 같은 걸 먹는다.

"우……. 맛이 별로 없네요."

어차피 맛은 안 느껴지니까, 나는 뭐든지 먹을 수 있다. 그렇게 생각하고 한 입 베어 물었다.

"어, 어라?!"

아무 맛도 나지 않는 퍼석퍼석한 느낌을 상상하고 있었건만, 이 세계에 처음 왔을 때 느꼈던 맛이 떠오른다.

그냥 기분 탓인가? 한 입 더.

"왜 그러세요?"

"있잖아……. 맛이 느껴져."

"네?"

"함정에 빠진 뒤로 뭘 먹어도 맛이 안 느껴졌었는데."

왜 이런 걸까. 그렇게 울었는데, 또 눈물이 복받쳐 오른다.

음식의 맛이 느껴진다는 게…… 이렇게 따스한 기분인 줄은 미처 몰랐었다.

"그거 잘됐네요. 나오후미 님이 만들어 주신 요리는 정말 맛있었는데, 정작 음식을 만든 나오후미 님이 즐기지 않으시는 것 같아서 저도 아쉬웠거든요."

라프타리아는 가만히 웃고 샌드위치를 베어 문다.

"앞으로는 같이 맛있는 거 많이 먹어요."

"……그래."

누군가가 나를 믿어 준다. 단지 그것만으로도 조금이나마 마음이 가벼워진 것 같은 기분이 들었다.

마인에게 배신당한 뒤로는 전혀 느낄 수 없었던 미각이 돌아왔다.

이것도 모두 라프타리아가 곁에 있어 준 덕분일 것이다.

누군가가 나를 믿어준다는 게 이렇게 가슴이 홀가분해지는 일이었구나…….

"내일은 뭘 하러 갈까요? 레벨을 올릴까요? 아니면 돈벌이를 하러 갈까요?"

"글쎄……. 파도에 대한 보상금으로 장비를 갖추고 싶은데. 그 녀석들한테는 한 달이나 뒤처졌지만, 거기서 다시 시작해야 되니까. 더 돈벌이가 잘 되는 곳을 찾아본다든지."

앞으로 나는 이 세계에서…… 유일하게 나를 믿어주는 둘도 없는 동료와 함께 세계를 구하는 싸움을 계속해 나가야만 한다.

지금까지 싫다고 수도 없이 되뇌었었지만, 나를 믿어 주는 라프타리아를 위해서라도 적극적으로 싸워 나가자고 결심한다.

"나오후미 님."

"뭐지?"

"우리 열심히 해요."

"오오!"

단지 살아남기 위해서만이 아니라…… 날 믿어 주는 사람을 위해서…… 앞으로 나아가자.

애니메이션 같은 곳에서의 이세계는 꿈이 가득한 모험이 펼쳐지지만, 내가 온 세계는 이런…… 냉혹하기 짝이 없는 세계다. 하지만 그래도 나는…… 열심히 살아가고 싶다.

날 믿어 주는 라프타리아를 위해서라도.

"라프타리아."

"왜 그러세요?"

실례일지도 모르지만, 나는 나를 믿어준 아이의 뺨에 가볍게 키스한다.

"고마워."

"아, 아아아아아……."

"이런……. 미안. 이런 거 싫어하나 보지?"

"아, 아뇨아뇨아뇨아뇨!"

"억지로 부정할 것 없어. 내가 무례했으니까. 다시는 안 할게."

"괜찮아요!"

사명감에 불타오르고 있는 여자아이에게 이런 짓을 하는 건 실례되는 짓이고, 화를 사고 마는 게 당연하다. 큰 교훈을 얻었다.

이런 류의 애니메이션에서는 종종 이런 상황에서 육체관계를 맺었다는 걸 연상케 하는 묘사가 나오곤 하지만, 실제로는 그럴 여유도 없군.

그렇게 생각했다가 또 나쁜 버릇이 튀어나온 것을 반성한다.

여기는 꿈과 희망 가득한 이세계가 아닌, 현실의 이세계인 것이다. 애니메이션이나 게임을 하는 감각으로 굴다가는 쓰라린 맛을 보게 된다. 좀 더…… 똑바로 앞을 바라보며 나아가지 않으면 살아남을 수 없다.

라프타리아가 내 손을 잡고, 나도 그 손을 마주 잡는다.

괜찮아……. 분명 이겨낼 수 있을 거다. 날 믿어 주는 사람이 있으니까, 걸음을 내디딜 수 있다.

나의 싸움은 이제야 막 시작된 것이다. 한 발짝씩, 조금씩이라도 좋으니 앞으로 나아가자.

번외편 어릿광대 창 용사의 길

내 이름은 키타무라 모토야스.

어쩌다 보니 내가 아는 게임의 세계와 비슷한 세계로 도약해 오게 된 대학생이다.

나는 전설의 무기인 창의 소유자로서 이 세계에 소환되어, 용사로서 이 세계를 구해 달라는 부탁을 받았다.

……운이 좋다고 생각한다. 내가 알고 있는 게임의 지식만 가지고 경험치만 쌓아도, 세계를 구하고 하렘을 형성할 수 있으니 말이다.

"오! 거기 아가씨, 지금 한가해? 시간 있으면 나랑 데이트나 할까?"

지금 내가 있는 곳은 국가로부터 내려온 의뢰를 알선하는 길드라는 곳이다.

게임 속이라면 하루의 퀘스트나 이벤트, 에피소드를 받기 위한 장소이지만, 이 세계에서는 모험가가 돈을 손에 넣는 장소이기도 하다.

"으응…… 어쩌지?"

귀여운 여자애가 내 등에 짊어진 창으로 눈길을 향한다.

"창을 다루는 분이세요?"

"그래, 그야 나는 창의 용사니까."

창을 꺼내서 눈앞에서 변화시킨다. 이것이 바로 용사의 특권!

이 변화 기능으로 신분을 증명하는 것이다.

"꺄—! 진짜 창의 용사님이세요? 소문은 저도 들었어요. 너무 멋있어요!"

여자아이는 흥분해서 들뜬 목소리로 환호하며 말한다.

헤헤, 오늘도 즐거운 하루가 되겠는데.

"모토야스 님! 길드의 의뢰를 가져왔어요!"

꼬시는 중인 여자애를 떠밀면서, 빨간 머리가 특징인 미소녀가 의뢰 내용이 적힌 두루마리를 나에게 가져왔다.

"미안해요. 모토야스 님은 지금부터 중요한 일을 해야 하니까 그만 돌아가 주세요."

"그, 그치만!"

지금 나에게 의뢰를 가져다준 것은 마인이라는 여자애다.

본명은 마르티 S 메르로마르크라고 한다.

실은 이 나라의 왕녀님으로, 방패 용사인 나오후미를 동정해서 따라갔다가 그 신뢰를 배신당하는 바람에 내 동료가 된 것이었다.

나 참, 뭐 그런 형편없는 오타쿠 놈이 다 있담.

이세계에 오자마자 하반신에만 온 정신이 팔려 버리다니 말이다.

"뭐야? 당신도 모토야스 님이랑 동행하고 싶어서 그래?"

뒤이어 여자아이에게 물어본 것은 레스티. 마인의 학창시절 친구라는 모양이다. 마인을 동료로 받아들이고 며칠쯤 지났을 때 동료가 되고 싶다면서 나타난 아이다. 얼굴은 마인보다 약간 떨어진다. 뭐, 미소녀의 부류에는 가까스로 들어간다고 볼 수 있지만. 마인을 90점이라고 치면 대충 80점 정도라고나 할까.

"모토야스 님과 함께하는 모험은 고되다구. 당신이 뒤처지지 않고 따라갈 수 있을까?"

그렇게 지원사격을 하는 아이의 이름은 엘레나. 모험을 개시한 지 1주일 뒤에 동료가 된 여자아이이다. 마인과 레스티와 함께, 나와 오랜 시간 동료로서 활동하고 있는 아이이다.

그 외에는 꽤 많은 멤버들이 들락날락하고 있다.

이 세계에 온 후로 고작 3주일 정도밖에 안 됐건만, 멤버 변화가 상당히 심한 것이다.

뭐, 온라인 게임에서의 만남도 이런 식이니까 일일이 신경 써 봤자 의미 없는 짓이지만.

처음 며칠은 몇 명인가가 동료가 되고 싶다고 지원해 왔지만, 가입한 후 며칠 만에 도망치듯 사라져 버렸다. 남자들이야 어찌 되든 알 바 아니지만 기껏 신경 써서 대해 줬던 여자애들까지 나가 버리는 것이다. 몇 명이 드나들었는지 다 헤아리지도 못하겠다. 일단 탈퇴 이유는 성격에 안 맞고 불편해서라고들 했다.

뭐, 어차피 괜히 집착하는 여자는 질색이지만 말이다.

그래, 오늘은 내가 이세계에 소환된 지 3주일째가 되는 기념비적인 날이다.

그렇다면 그녀들과 함께 축하를 해야 한다. 그래, 당연히 그래야 하고말고.

"너도 나와 함께하겠어?"

"아, 네!"

"그럼 시작해 볼까? 이름이 뭐지?"

"라, 라이노예요."

"그래? 그럼 라이노, 우리 앞으로 같이 가자."

나는 라이노의 손을 잡고 파티 신청을 보냈다.

라이노는 거기에 동의해서 파티에 가입한다.

"……."

어쩐지 마인이 라이노를 노려보는 것 같은 기분이 들어서 돌아보았지만, 마인은 그런 표정은 짓고 있지 않았다. 도리어 다정한 미소를 머금고 있다. 하긴, 마인이 그런 표정을 지을 리 없지.

"그나저나 마인, 다음 의뢰는 어떤 거지?"

"으음, 남서쪽 마을에서 기근이 발생했는데 거기로 식량을 배달하는 마차를 호위하는 일이에요."

오? 이 의뢰는 들어 본 적이 있는데.

게임 속에도 있었던 길드의 퀘스트. 발주 시간은…… 그러고 보니 딱 이 레벨 정도였지 아마.

"알았어. 마차는 언제 어디에서 기다리고 있지?"

"내일 아침에 출발한다나 봐요. 위치는 이 길드의 창고

앞이래요."

"좋아. 그럼 그때까지는 딱히 할 일이 없다는 거네. 조금 레벨을 올리고 밤에는 화끈하게 놀아 보자고."

"""꺄-!!"""

마인과 여자애들이 찢어질 듯 환호하며 기뻐한다.

하하, 어느 세계에서나 여자애들은 노는 거라면 사족을 못 쓴다니까.

그리고 오늘은 작은 이벤트를 열어 주려던 참이었기도 하고.

"그럼, 다 함께 가 볼까?"

"""네-에!"""

이 근방에 있는 효율 좋은 사냥터로 가볍게 도착.

마물이 무리 지어 사는 지역을 중점적으로 돌면서 사냥을 시작한다.

곧바로 마물이 나타났다.

스카이블루 윙이라는 새 모양의 마물이다.

비행 능력도 낮고, 같은 조류 마물인 필로리알처럼 빠른 속도도 없다. 그러면서도 경험치를 꽤 짭짤하게 준다.

레벨 30에서 40까지는 상당히 효율이 좋은 상대다.

"그럼 너희는 물러서 있어."

"""네! 응원할게요."""

"응?"

라이노는 내 파티가 아직 익숙하지 않은 듯 어리둥절한 표정으로 멍하니 서 있다.

"귀여운 너희는 피비린내 나고 더러운 레벨업 싸움에는 안 어울려. 그러니까 거기서 응원하고 있어 줘."

"하, 하아……."

얍! 에어스트 자벨린을 내쏘아서 스카이블루 윙을 해치운다.

"""꺄—! 모토야스 님 멋져요—!"""

마인 일행의 응원 덕분에 의욕이 솟구쳐 간다.

"아, 모토야스 님! 또 나타났어요."

"오우!"

"이번에는 이쪽이에요!"

"오우!"

"모토야스 님, 목말라요."

"오우!"

"모토야스 님, 과자 좀 주세요."

"오우!"

"모토야스 님, 저는 앉아서 쉬고 있을게요."

"오우!"

그렇게, 오늘도 즐겁게 사냥터에서 레벨업을 했다.

내 레벨이 43으로 오르고, 마인의 레벨이 39가 되었다.

레스티가 현재 38이고 엘레나는 35.

새로 들어온 라이노는 아직 20이다.

"후우. 오늘은 이 정도로 해 두고 돌아갈까."

적당히 땀을 흘린 나는, 해가 지기 전에 사냥을 마치고 마을로 돌아간다.

"오늘도 힘든 하루였네요."

"그래, 너희의 응원이 없었다면 버거웠을 거야."

"……?"

라이노가 고개를 갸웃거리고 있다. 뭘 하고 싶어 하는 거지?

설마 너저분한 레벨업 같은 걸 하고 싶었던 건가? 아니, 여자아이가 그런 걸 원한다는 건 기본적으로 말도 안 되지.

"그럼 해가 지면 여관에서 만나자고."

"알았어요. 그럼 저희는 피부 관리실에 다녀올게요."

"네, 또 봬요."

"그럼 이만."

"하아……."

라이노는 내켜하지 않는 것 같았지만, 이제부터 여자애들끼리 친분을 쌓아 나갈 것이다.

나도 동성 친구들끼리의 우정에 참견할 만큼 눈치 없는 놈은 아니란 말씀.

자, 오늘은 미리 준비를 해 둬야 한다. 서둘러 시장에 가서 식료품을 사 와야지.

그렇게 시장에서 식료품을 사 모으고, 여관 주방을 빌려서 준비를 마쳤을 무렵에는 이미 해도 다 저물어 있었다.

"아, 모토야스 님, 저희 돌아왔어요."

마인 일행이 오거든 주방으로 보내 달라고 여관 주인에게 미리 귀띔해 두었던 것이다.

"저기, 주방에는 무슨 일로……?"

"아아, 깜짝파티를 좀…… 어라, 라이노는?"

"그게, 듣자 하니 오늘의 마물 퇴치를 보고 우리 파티랑은 잘 안 맞는다는 걸 이해했는지, '오늘 고마웠어요. 또 기회가 있으면 잘 부탁드릴게요.' 라면서 떠나가 버렸지 뭐예요."

"그, 그랬어?"

이번에도 그건가. 아무래도 다들 파티에 적응을 못하는 것 같단 말이야.

마인과 그 동료들이 원래 왕녀님이나 귀족 출신들이라서 취향이 맞지 않은 건가? 아니면 나와 특별히 친하게 지낼 수 있기를 기대했다가……. 아니, 내 파티는 평등하다고! 모두 동등하게 사랑해 주고 있고 말이야.

"그런데 오늘 밤에는 무슨 일이세요?"

"아아, 오늘이 내가 이 세계에 소환된 지 3주째 되는 날이거든. 그래서 다 함께 축하할까 하는 생각에 요리를 하고 있었어."

"헤에……."

마인이 내가 만든 요리를 쳐다본다.

원래 내가 살던 세계의 요리이니 마인이나 동료들의 입에 맞을지는 모르지만 맛 하나는 보증할 수 있다.

태어나서 지금까지 내가 만든 요리를 먹고 맛없다고 한 사람은 아무도 없었다.

이래 봬도 나는 천재적인 요리 실력을 갖고 있고, 뭐든 못하는 게 없고, 여자들한테도 인기 폭발이란 말씀이다.

"요리도 할 줄 아신다니 대단하네요! 뭐든 못하는 게 없으시다니, 모토야스 님은 정말 존경스러운 분이세요!"

"네, 훌륭한 재능, 역시 용사님이세요!"

"맞아요! 보고만 있어도 배가 꼬르륵거리는 것 같아요!"

"그렇지? 그럼 마음껏 먹어."

내 자랑스러운 요리를 모두 맛있게 먹어 주었다.

하지만 좀 지나치게 많이 만들었나? 꽤 많이 남았잖아.

"그럼, 안녕히 주무세요."

식사와 목욕을 마친 후 가볍게 잡담을 나누고, 마인과 동료들은 나와 다른 방에서 취침한다.

하지만 내 밤은 아직 끝나지 않았다 이거야.

마인이랑 동료들은 아무래도 밤놀이를 즐길 여유가 없는

것 같으니, 술집으로 놀러 가야지.

여관을 나와서 도시의 뒷골목을 걷고 있자니 환락가의 어둠침침한 지구를 지나치게 되었다.

"아……. 아, 그, 그만……."

한창 플레이 중인 목소리가 오두막에서 들려온다. 엄청나게 번성하고 있군.

음란한 것들을 기꺼이 구경거리로 삼는 가게는 어디에나 존재하는 모양이네. 뭐, 어쩔 수 없는 일이겠지. 정의의 사도랍시고 쳐들어가 봤자 어차피 구경거리가 되고 있는 여자아이도 다 먹고 살자고 하는 일일 테니까.

뭔가 라이노의 목소리와 비슷하지만 보나 마나 잘못 들은 걸 거다. 명색이 모험가고, 생각이 똑바로 박힌 아이인 것 같았으니까 이런 곳에 있을 리가 없지.

"아, 안 돼에에……. 누가 좀, 누가 좀 살려줘요!"

오늘의 플레이는 연기의 요소까지 가미돼 있군. 그런 생각을 하면서 가게에서 들려오는 목소리를 흘려듣고, 괜찮아 보이는 술집을 물색하기 시작했다.

"으랏차아아아아아아아아아아아아아아!"

"우, 우와아아아아!"

"이, 이거 강한 놈이야! 그리고 저 창은……."

"설마, 창의 용사 아냐?"

“악당에게 댈 이름 따위가 있을쏘냐!”

이튿날부터 시작된, 식료품 운반으로부터 시작되는 기근 마을 부흥 퀘스트.

그 화물을 운반하는 도중에 조우한 도적들을 내가 물리친다.

“역시 모토야스 님이세요! 멋지세요!”

“네, 도적들을 어린애처럼 쓰러뜨리는 굉장한 창 놀림에 전 반해 버렸지 뭐에요.”

“멋져요!”

“하하하, 너무 그렇게 띄워 주지 마.”

도적들을 결박해서 그대로 인근 마을의 자경단에게 넘겼다. 여긴 아마 류트 마을이라고 그랬던가.

“응?”

나오후미처럼 생긴 녀석이 좀 지저분한 여자애를 데리고 산 쪽으로 걸어간 것처럼 보였는데.

내가 잘못 본 건가?

그나저나 같이 있던 애는, 뭐 그렇게 지저분하고 촌스러운 애가 다 있지?

뭐, 내 알 바 아니지. 출발이나 하자.

그리고 우리는 기근에 처해 있던 마을에 도착했다.

“오오……. 식량이다. 고맙습니다. 창의 용사님.”

“별로 대단한 일도 아닌데, 뭐. 자, 다들 골고루 나눠 가지라고."

마을 사람들은 우리가 가져온 짐으로 몰려든다.

굶주려서 앙상하게 마른 어린아이도 있다.

보고 있자니 마음이 아픈데. 역시 이 마을의 퀘스트는 꼭 성공시켜야겠어.

하지만 그러기 전에.

"너희, 귀엽게 생겼는데. 잠깐 나랑 차나 한 잔 할까?"

"하아……."

역시 어느 세계에서나 여자애들은 귀엽다니까. 좀 피곤하니까 그날은 여관에서 하룻밤을 묵고 가기로 했다.

이튿날, 아침 일찍 일어난 나는 잠들어 있는 마인 일행의 방에 침입.

"응……. 우우……. 꼴좋……다."

잠든 마인의 얼굴을 감상. 이상한 잠꼬대를 다 하네.

기왕 침입한 김에 얼굴에 낙서를 해 두자. 일어나면 깜짝 놀랄걸.

"창의 용사님, 어디로 가시는지?"

마인에게 장난을 친 대가로 얼굴에 손바닥 자국이 아로새겨진 나에게 촌장이 묻는다.

"이 기근을 끝내러 좀 다녀올 거야."

"모토야스 님, 오늘은 어디로 가실 거예요?"

“근처에 있는 던전이야. 거기에 이 마을을 구할 아이템이 잠들어 있거든.”

“역시 모토야스 님, 박학다식하시네요!”

“그렇게 너무 띄워 주지 마. 곧바로 가자고.”

그렇다. 이 마을의 퀘스트는 근처에 있는 던전, 그 유적에 해결의 실마리가 잠들어 있다.

원래는 성에 있는 도서관까지 가서 해결 방법을 조사해야 하지만, 간접적으로 공략법을 알고 있는 나라면 그런 성가신 일을 할 필요가 없다.

그리고 피해가 더 커지기 전에 여기를 클리어하면 피해자를 최소한으로 줄일 수 있다.

그렇게 해서 이윽고 목적지인 유적에 도착했다.

유적은 전부 합쳐 3층. 공략 레벨은 솔로로 30. 비교적 초반 퀘스트라 할 수 있다.

물론 게임이라면 여기는 인스턴트 던전 취급이라 직접 난이도를 설정할 수 있다. 인스턴트 던전이라는 건 파티원들끼리만 도전할 수 있는 맵 같은 것이다. 이 던전 안에서는 다른 플레이어와 조우할 일이 없어서 처음에 같이 들어간 멤버들끼리 공략할 수 있다. 솔직히 현재 레벨이라면 클리어하는 것 자체는 어려울 것 없다.

유적은 마을에서 걸어서 한 시간 정도 거리에 있었으며, 돌로 이루어져 있다. 약간 풍화된 붉은 흙 색깔의 낭떠러지

다. 게임을 통해 알고 있던 지식 그대로다.

먼지가 낀 유적 안으로 들어가서, 입구의 촛대에 불을 붙인다. 이 던전에는 약간의 장치가 있단 말씀이지.

"이 던전에는 그다지 위험한 마물도 안 나오니, 우리가 지금 가진 실력이면 식은 죽 먹기야."

"""네!"""

참고로, 이 던전에 설치되어 있는 장치라는 건, 침입했을 때 켠 촛불이 중요한 포인트다. 퀘스트의 성패는 모두 거기에 달려 있다.

실패하면 처음부터 다시 시작해야 한다.

어떤 장치인가 하면, 그 촛불이 꺼지기 전에 던전 가장 깊은 곳에 있는 수호자 골렘을 물리쳐야 한다는 것이다.

게임 속이라면 3분이다. 그 안에 최하층까지 내려가야만 한다.

뭐, 미로라고 해도 내 머리에 든 지식에 따라서 가기만 하면 길을 잃을 일은 없다.

몇 가지 패턴이 있기는 하지만 전부 암기하고 있는 나에게는 누워서 떡 먹기다.

그렇게 생각했지만 몇 번인가 막다른 골목에 맞닥뜨렸다.

이상하네. 게임에서는 이 루트로 가면 정답이었을 텐데.

그래도 어쨌거나 제 시간 안에 유적 최하층에 도착. 서늘한 공기가 주위를 지배하고 있다. 벽의 돌도 파랗고 투명한 색조로 이루어져 있어서, 마치 물로 만들어진 것 같은 환상적인 광경을 자아낸다.

"와아……."

마인과 동료들이 주위를 둘러보며 탄성을 토해낸다.

"자, 저기에 보물상자가 있잖아?"

나는 유적 가장 안쪽에 있는 호화로운 보물 상자를 가리킨다.

"네. 저 안에 뭐가 들어있는 거요?"

"그 마을을 구할 기적의 씨앗이 있어. 하지만 그 전에, 씨앗을 지키는 수호자가 있지."

"네? 그런가요?"

"그래. 보석 상자에 다가가면 그 위에 있는 벽돌 덩어리가 떨어져서 골렘으로 변할 거야. 걱정 마, 그렇게까지 강한 녀석은 아니니까 너희는 마법으로 엄호만 해 주면 돼."

"알았어요!"

"응원할게요!"

"역시 모토야스 님! 마치 모든 걸 다 알고 계셨던 것 같아요!"

"하하하, 그렇게 너무 띄워 주지 마."

그렇게 이야기를 맞춘 우리는 보석상자로 다가간다. 참고로 내가 선두에 서고, 마인과 동료들은 약간 떨어져서 뒤따르고 있다.

그리고 예상대로 골렘이 떨어져 내렸다.

"쿠오오오오오오오……."

돌로 만들어진 골렘이 드높게 팔을 치켜들어서 나를 겨냥한다.

"어딜 감히! 윙 블로우!"

"에어스트 아쿠아 샷!"

"힘내세요!"

마인과 동료들의 마법 지원과 나의 필살 스킬, 찌르기 난무로 골렘을 한 번 분해한다. 그러자 골렘이 있던 자리에 골렘의 핵이 남았다.

"으랏차!"

나는 골렘이 재생하기 전에 창으로 그 핵을 두 동강 냈다.

"좋아, 식은 죽 먹기라고!"

"역시 굉장하세요, 모토야스 님!"

"맞아요, 그렇게 커다란 골렘을 그렇게 손쉽게……."

"근사하세요!"

모두가 나를 치켜세운다.

"아하하, 이 정도야 뭐 별로 대단한 것……이긴 하지 뭐! 핫핫하-!"

자, 그럼 바로 보물 상자를 열어서 기적의 씨앗을 손에 넣어 보자고.

그렇게 생각한 순간.

쿠쿠쿵 하는 땅울림과 함께, 발밑이 흔들린다.

"이, 이건 뭐예요?!"

"지진?"

"이, 이건……."

불길하기 짝이 없는 예감이 몰려온다.

"뭔가 이상해. 실패했을 리는 없는데."

"어, 어떻게 된 거예요?"

"실패했을 경우, 유적이 함몰돼서 떨어지게 돼 있어. 물론 탈출 루트는 있지만, 그래도 처음부터 다시 던전을 공략해야 돼. 탈출할 때까지, 페널티 던전을 깨야 하지만."

물론 그 던전에서만 구할 수 있는 아이템도 있긴 하지만, 굳이 그걸 얻자고 억지로 할 필요까지는 없는 물건이다. 옛날에 내가 하던 MMO의 베타판에서는 이 이벤트를 일으켰을 때 출현하는 적에게서 입수할 수 있는 레어 아이템이 최강 장비이던 때도 있었지만, 이제 그 아이템은 하급 장비에 불과하다.

"어라?"

나는 고개를 갸웃거린다. 이상하네. 공략 시간은 충분했을 텐데.

"실패 조건은 뭐에요?"

"유적에 들어갔을 때 처음 방에서 촛불을 켰잖아? 그게 켜져 있는 동안 골렘을 무찌르지 못하면 실패가 돼."

물론, 시간제한 내에 꺼져 버렸다면 다시 불을 붙이러 가도 상관없는 구조였다. 난이도를 올렸을 경우에는 전투 시간 관계상 그 과정이 꼭 필요하다.

"어……?"

마인의 목소리가 뒤집어졌다.

"왜 그래?"

"아, 필요 없는 건 줄 알고 꺼트리고 왔지 뭐예요."

"뭐, 뭐라고오오오오오오-?!"

내가 말하는 것과 동시에 바닥이 꺼져서 모두가 밑으로 곤두박질쳐 떨어지고 말았다.

"우와아아아아아아아아아아아아아!"

"""꺄아아아아아아아아아아아아아아아아아아!"""

미끄럼틀처럼 만들어진 분절 트랩. 우리는 사다리타기를 하듯이 미끄러져 내려간다.

"마, 마인!"

"모토야스 님-!"

미처 손을 뻗기도 전에 벽에 가로막혀서 우리는 따로따로 미끄러져 내려가고 말았다.

"여기는……."

미끄러져 떨어진 곳에서 횃불에 불을 붙여 주위를 확인한다.

이 패턴이라면, 합류 포인트는…….

맵을 머릿속에 떠올리며 달려간다.

이 던전에 마인과 다른 동료들의 힘으로 무찌를 수 없을 정도의 마물은 없다. 그렇다 해도, 역시 최대한 빨리 합류하는 게 상책일 것이다.

"……그런데 말이야?"

목소리가 들려온다.

"나 참, 그 껄렁한 녀석은 왜 그렇게 항상 설명이 부족한 거야?"

"틈만 나면 우리 가슴이나 엉덩이만 쳐다보고 있잖아. 소름이 다 끼치지 뭐야."

"오늘은 내 얼굴에 낙서까지 했다니까. 주제 파악도 못하고 말이야."

"그래도 바보니까 이용해 먹기는 딱 좋잖아. 돈도 주고, 용사니까 호화찬란하게 살 수도 있고."

"그치?"

"아무리 그래도 어제 그건 좀 너무하지 않았어?"

"그치?"

"나는 고급 입맛인걸. 촌스러운 이세계 음식 따위를 주다니 미친 거 아냐?"

"그치?"

"그나저나 요전에 우리 동료가 되려고 했던 그 계집애,

진짜 볼만하더라니까."

"그러게 말이야. 자기가 팔려 넘어갔다는 건 꿈에도 모르고, 피부 관리실이라고 알려준 가게에 수갑을 차고 들어가다니. 웃음 참느라 죽는 줄 알았다구."

그러고 보니 이 동굴의 테마 중에는 '배신'이라는 것도 있었지 아마.

30%의 확률로 동료들의 목소리를 흉내 내는 보이스 갱어라는 그림자 마물이 출현했었지. 듣는 사람 입장에서는 믿기 힘들 만큼 불쾌한 얘기를 마치 진실인 양 믿게 만든다는 설정이다.

물론 게임에서는 목소리가 들리지는 않고 상태이상으로 혼란에 빠지게 되는 식으로 구현된다.

그것이 현실의 내 귀에는 마인과 동료들의 목소리로 터무니없는 소리를 하는 것처럼 들리는 것이다.

모퉁이를 돌아서자 거기에는 약간 넓적한 방이 있었다.

거기서 마인과 동료들이 박쥐 모양의 보이스 갱어를 물리치고 쉬고 있었다.

"아, 모토야스 님!"

"아아, 다들 괜찮았어? 여기 이 마물은 사람을 유혹하는 위험한 마물이었는데."

"네!"

그래, 내가 도착하기 전에 모두 해치웠단 말이지. 그거 다행이다.

"이제 어떻게 하면 좋죠?"

"걱정 마, 이쪽이야."

나는 탈출용 통로를 가리키고, 통로를 통해 일단 밖으로 나왔다.

던전 안에 들어가 있었던 건 고작 몇 시간뿐이었건만 태양 빛이 너무나도 눈부시게 느껴진다.

"일단, 너희는 유적 입구에서 촛불을 지키고 있어 줘. 내가 후딱 공략하고 올 테니까."

"알았어요, 모토야스 님!"

"네, 저희 목숨을 바쳐서라도 촛불을 지켜낼게요!"

"저희만 믿으세요!"

"오우!"

이렇게 해서 나는 한 번 더 던전에 도전해서, 기적의 씨앗을 획득했다.

덤으로 골렘의 핵이며 바위를 창에게 흡수시킨다. 해방된 창은 본래 마물에게서도 드롭 되는 물건이다. 별로 좋은 물건은 아니지만.

장비 보너스는 스테이터스 상승. 이건 나중에 해방시켜도 되겠군.

마을로 돌아온 우리는 촌장에게 기적의 씨앗을 건네준다.

"이건 뭡니까?"

"심기만 하면 쑥쑥 자라는 기적의 씨앗이야. 이 마을의 기근을 해결하는 데 한몫 단단히 해 줄 거야."

"그, 그런 씨앗이?"

"그래, 이 마을 근처에 있는 유적에 잠들어 있었어. 소중히 잘 키우라고."

"분명 그 유적은 흉악한 연금술사가 봉인한……."

"뭐지?"

"아뇨, 아무것도 아닙니다. 창의 용사님께서 하신 말씀이니 틀림없겠지요!"

촌장은 웃으며 씨앗을 밭에 심는다.

밭에 심은 씨앗은 순식간에 쑥쑥 자라나서 열매를 맺었다. 마을 사람들이 감탄 어린 탄성을 내지른다.

"""감사합니다! 창의 용사님!"""

"핫핫핫, 이게 다 사람들을 위한 일, 용사는 세상을 구하는 존재니까!"

사람들을 돕는다는 건 참으로 뿌듯한 일이다.

"아, 모토야스 님, 저, 레벨 40이 됐어요."

"오? 그래? 그럼 다른 두 사람도 레벨이 40까지 올라가면 클래스 업을 하러 성 밑 도시로 돌아가자고!"

용사는 게임과는 달리 딱히 클래스 업을 할 필요가 없지만, 마인과 동료들은 다르다.

클래스 업이라는 건 한계 레벨에 다다른 자가, 대폭적인 능력 향상을 위해 치르는 의식이다.

용각의 시계탑에서 할 수 있다.

마인은 마법이 특기니까 게임으로 따지자면 분명 마법사일 터. 그렇다면 상급직인 마술사로 만들자. 지식이 풍부한 내 선택에 따르는 게 가장 확실하게 강해질 수 있을 테니까.

"네!"

"그래요! 드디어 클래스 업을 할 수 있게 됐네요."

"이제 저희도 더더욱 강해져서, 모토야스 님에 대한 응원에도 힘을 불어넣을 수 있겠네요!"

"오우!"

나는 주먹을 드높이 치켜들고, 모험의 성공을 자축한다.

그리고 마인의 엉덩이로 손을 돌려 주물렀다.

"이…… 나 참, 모토야스 님도 장난은 좀 정도껏 하시라구요."

"하하하."

정말이지, 이세계의 나날은 즐겁다니까.

게임 지식으로 뭐든지 마음먹은 대로 할 수 있고, 여자애들에게도 인기 폭발이고.

이 세계에 오기 전에 나를 죽였던, 그런 음습한 여자 따위는 어디에도 없다.

너무나도 즐거워서 웃음이 그칠 줄을 모른다.

파도가 오기까지 남은 날은 6일. 파도를 잠재우는 일이 기대되기 시작했다.

이렇게 우리는 레벨을 올리고 하루하루를 즐기면서 성 밑 마을로 향했다.

자신에게 유리하면서도 자극적인 이상의 세계. 그는 그런 이세계에 온 탓에 자만했다.

사성무기서에 나온 창의 용사의 특징은 동료에 대한 배려.

동료에 대한 배려와 맹신의 차이를 이해하지 못한 채 나아간 그 길 끝에는 어떤 운명이 기다리고 있을까.

지금의 그는 진정한 용사가 아니다.

창의 용사의 몸을 가진 어릿광대다.

자신에게 불리한 의견은 흘려듣고, 그러면서도 동료들을 믿고 있는 그는, 거대한 장해에 휘말려 들어간다.

그의 행동에 의해 구원받은 마을이 그 후에 어떻게 되었는지는, 그의 이야기에는 끝내 그려지지 않았다.

이 이야기를 이어받는 것은 신의 새를 거느린 성인이다.

그리고 그조차 거대한 파도를 막아내기엔 역부족이었나니.

이윽고 모든 것이 멸망의 파도 속에 지워져 간다…….

방패용사
성공담

번외편 어린이 런치 세트의 깃발

"다녀오겠습니다!"

"점심시간 전까지는 꼭 돌아와야 돼."

"네—에."

오늘은 아주 날씨가 좋아!

나는 엄마에게 출발 인사를 하고 마을 광장에서 기다리고 있는 키르 군 일행에게로 향한다.

"오오, 제때에 왔네."

"응."

키르 군은 개를 닮은 귀를 쫑긋쫑긋 움직이면서 나를 기다리고 있었다.

이미 다른 아이들도 모여 있다.

"오늘은 사디나 누나가 없으니까 바다에 가면 안 된대……. 별 탈 없을 테니 괜찮다고 얘기했는데."

"그치만 키르 군, 요전에 물에 빠질 뻔 했잖아."

"시, 시끄러워. 그러니까 오늘은 초원 쪽으로 놀러 가자."

"응!"

다 함께 고개를 끄덕인다.

"그럼 출발하자! 너도 잘 따라와야 돼."

"내가 누군지 알고 그러는 거야? 이래 봬도 달리기 하나는 자신 있다구!"

모두가 앞을 다투어 초원을 향해서 내달린다.

이래 봬도 나는 뜀박질이 주특기. 달리기를 하면 이 중에서 제일 빠른 키르 군이랑 거의 똑같은 빠르기로 달릴 수 있다구.

힘껏 달려가자 모두가 내 뒤를 따라온다.

"역시 빠르다니까, ——는."

"팔을 앞으로 내밀어서 조금이라도 더 앞으로 나가려고 의식하면 빨리 달릴 수 있게 된다구."

발이 느린 아이에게 빨리 달리는 요령을 가르쳐주면서 이동한다. 얼마 안 가 근처 초원에 도착했다.

어른들은 마물이 나오니까 조심하라고 그랬지만, 위험한 마물을 만난 적은 지금까지 한 번도 없었는걸.

"오늘은 뭐 하고 놀까?"

"젠장. 졌잖아. 다음에는 꼭 따라잡고 말 거야."

키르 군이 기를 쓰면서 나를 노려본다.

흐흥. 오늘 나는 컨디션이 최고로 좋은걸.

"그럼 오늘의 놀이는 술래잡기로 할까?"

"그거 좋지!"

"응!"

모두 내 제안에 고개를 끄덕였다.

"술래는 내가 할래! 내가 무슨 일이 있어도 붙잡아 줄 줄 알아."

"누가 질 줄 알구?"

키르 군은 승부욕이 너무 넘친다니까. 그치만 그 점이 매력적이란 말이야.

"아하하하하!"

"젠장. 거기 서-!"

왠지 키르 군이 엄청나게 기를 쓰고 나만 쫓아온다.

이윽고 두 사람 모두 지쳤을 즈음에, 다 함께 한숨 쉬어 가기로 했다.

"다음에는 뭐 하고 놀래?"

"다들 아직 더 놀 수 있지?"

"오늘은 집안일 안 도와줘도 되니까."

이런저런 사정 때문에 집안일을 돕느라 바빠질 때가 있다. 나도 엄마랑 같이 밥을 짓는 일을 도와주고 있는걸.

"술래잡기 한 번 더 해."

"난 지쳤다구. 좀 쉬고 싶단 말이야."

키르 군이 기운이 남아돌아서 탈이다. 역시 남자애는 다르다니까.

"칫……. 그럼 아직 힘이 남아있는 녀석들끼리 술래잡기 하자."

"좋아!"

남자애들이 모조리 일어나서 놀이를 재개한다.

"팔팔하네-."

"그러게-."

이웃에 사는 리파나가 나랑 같이 남자애들을 흐뭇하게 쳐다보면서 동의했다.

"있잖아, 마을 애들 중에 좋아하는 애 있어?"

"으응……."

어느덧 우리도 연애라는 것에 관심이 갈 나이에 접어들었다.

마을에서는 우리보다 나이가 위인 언니들이 누구랑 사귀고 있다느니 누구랑 결혼할 거라느니 하는 얘기가 떠돌아다니고 있으니, 자연스럽게 우리도 흥미가 솟구치기 시작한 것이다.

"난 우리 아빠 같은 사람이 좋아."

"그런 거 말구, 우리 또래 애들 중에서 말이야."

"으-응."

술래잡기에 푹 빠져 있는 키르 군과 남자애들에게 시선을 돌린다.

어찌 됐건 멋있는 건 키르 군이지. 이목구비도 가지런하고. 그렇지만, 내 입으로 말하는 것도 좀 그렇지만, 나는 거울 속에 비치는 내 외모에 별로 자신이 없다.

근처 도시로 가면 또래 애들 중에서도 귀여운 애들이 잔뜩 있고, 그 차이는 커 가면서 점점 더 여실하게 드러날 것이다.

내 종족은 원래 그렇게 예쁜 얼굴이 아니라는 모양이기도 하고…….

하지만 아빠는 멋있고, 얼굴도 잘 생겼다. 나도 아빠를 닮아 갔으면 좋겠는데.

엄마도 사람들이 다들 예쁘다고 그런다. 다정하고, 음식 솜씨도 좋고…….

어른이 되면 나도 예뻐질까? 그렇게 엄마한테 물어본 적이 있었다.

그랬더니 엄마는 다정하게 고개를 끄덕여 주었다.

그러니까 나도 크면 미인이 될 게 분명하다구.

그러고 나서 내가 '남자를 좋아한다는 건 어떤 감정이야? 내가 느끼는 좋아한다는 감정이랑은 다른 거야?' 라고 물어봤더니 엄마는 난처해했다.

아마 내가 느끼는 좋아한다는 감정은 그런 거랑은 다른 모양이다.

"좋아한다는 것도 종류가 많은 모양이라, 나도 잘 모르겠어. 내가 느끼는 '좋아한다.' 라는 거랑은 다르다고 엄마가 그랬는걸."

"그렇구나. 난 있지, 전설 속에 나오는 방패 용사님 같은 사람이랑 결혼하고 싶어!"

리파나는 마을에서 나랑 제일 친한 친구인데, 나보다 훨씬 더 여자답고 연애나 애인 이야기를 좋아한다. 특히 옛날 얘기 속에도 나오는 전설의 용사님 네 분…… 그분들 중에서도 아인을 소중히 여겨 주었다는 방패 용사님을 동경하고 있다.

"난 있지……."

그런 얘기를 하던 바로 그때.

그때까지 나는, 이런 평화로운 나날이 영원토록 이어질 거라고 믿어 의심치 않고 있었다.

쩌억!

그런 거대한 소리가 주위에 울려 퍼졌다.

뭔가 싶어 어리둥절해 하고 있으려니 공기가 뒤흔들리고 바람이 몰아쳐서 하마터면 날아가 버릴 뻔했다.

"와!"

"꺅!"

"우오!"

모두가 엎드린 채로 바람이 잦아들기를 기다렸다.

한동안 그러고 있으니 바람이 멎고 고요해 진다.

"바, 방금 그거 뭐야?"

"야, 저기 좀 봐."

키르 군이 하늘을 가리켰다.

나도 그 손가락을 따라 하늘을 보았다가 말문이 막혀 버렸다.

마치 하늘을 나이프로 후벼 판 것처럼 새빨간, 섬뜩한 균열이 하늘 쪽으로 뻗어 있었다.

"어쩌지?"

"무슨 일 생기면 마을로 돌아오라고 아빠가 그러셨어."
"지금 조사하러 안 가면 언제 가겠다는 거야?"
"그럼 안 돼, 키르 군!"
나를 비롯한 모두가 키르 군을 붙잡아서 서둘러 마을로 돌아가기로 한다.

"라프타리아!"
"아빠!"
이웃 도시에 갔던 아빠가 돌아와 있었다. 나는 허겁지겁 아빠 쪽으로 달려갔다.
"다친 데는 없고? 걱정했잖아."
"응. 무슨 일 생기면 마을로 돌아오라고 아빠가 그랬으니까, 그 말대로 서둘러서 돌아왔어."
"착하기도 하지."
아빠는 내 머리를 쓰다듬어 준다.
에헤헤…….
그리고 아빠는 마을 어른들과 이야기를 시작했다.
"잘들 들어. 내가 영주님과 얘기하고 왔어. 듣자 하니 하늘에 난 저 균열 뿌리 쪽에서 대량의 마물들이 쏟아져 나오고 있다는 모양이야."
"그럼 마을 사람들 중에 싸울 수 있는 녀석은 전투에 차출 되는 건가?"

"일단은 그렇게 되겠지."

하늘의 균열 쪽에서 소름 끼치는 포효 소리가 들려왔다.

그 포효에 내 꼬리가 쭈뼛쭈뼛 곤두선다. 무지하게 무서운 목소리였다.

"괜찮을까?"

"으음……."

"이, 이봐! 큰일 났어! 도시 쪽에 마물들이 바글거리고 있어! 벌써 생지옥이야!"

마을로 뛰어온 이웃 아저씨가 새파랗게 질린 채 말했다.

"뭐, 뭐라고?! 이건 빨라도 너무 빠르잖아!"

"영주님도 너무 빠른 사태 확산에 놀라서 한시라도 빨리 도망치라고 말씀하셨어! 이미 성에 증원부대를 요청하셨다나 봐."

"영주님은 어떻게 되셨지?"

"나도 모르겠어……. 다만, 한 명이라도 더 많은 사람들이 도망칠 수 있도록 피난 유도를 하러 떠나시는 건 봤어."

"크윽…."

아빠랑 어른들은 무서운 얼굴로 뭔가 얘기를 나누고 있었다.

"하필 이럴 때 사디나나 마을의 장정들이 고깃배를 타고 멀리 나가 있다니……."

"바다 쪽도 풍랑이 장난이 아냐. 그쪽도 돌아올 수 있을

지 장담 못 할 지경이야."
하늘의 상황이 점점 더 악화돼 가고 있다.
그리고…… 달그락 하는 이상한 소리가 들려와서 마을 사람들은 소리가 난 쪽으로 눈길을 돌린다.
"뭐야, 저거…?"
뭔가…… 사람의 뼈 같은…… 무언가가 어기적어기적 이쪽을 향해 한가득 걸어오고 있었다.
그 사람의 뼈 같은 무언가는 손 부분에 무기를 들고 있고 탁하게 빛을 뿜고 있다.
무서워……. 본능적으로 그렇게 생각했다.
—괴물.
그렇다, 그 말과 끔찍하게 잘 들어맞았다.
"우, 우와아아아아아아아아!"
아저씨가 끔찍한 비명을 지르며 도망쳤다.
덩달아서 다른 마을 사람들도 비명을 지른다.
그런 가운데, 아빠가 괴물 앞을 막아선다.
『힘의 근원. 내 명하노라. 빛이여 내 앞의 적들을 물리쳐라!』
"퍼스트 홀리!"
번쩍 하고 아빠가 내쏜 마법이 해골에 맞아서 부수어 버린다.
"모두 당황하지 말고 내 얘기 잘 들어. 한시라도 빨리 여기서 도망쳐야 돼. 아무리 신체능력이 뛰어난 종족인 우리라도 저렇게 많은 마물들을 상대로 싸워서는 승산이 없어."

"맞아."

엄마가 한 손에 든 손도끼로 해골을 해치우고 말했다.

하지만 해골들은 여전히 우글우글 줄지어서 마을을 향해 몰려들고 있다.

"여기는 우리가 맡지. 자, 다들 가!"

"으, 응."

"그래. 당신이 그렇게 말한다면 그래야지."

모두 평정을 되찾고 피난을 시작했다.

일단 아직은 괜찮을 거라 생각하고, 약간 떨어진 곳에 있는 항구도시를 향해서 떠나기로 결정했다.

거기로 가면 최악의 경우 폭풍우를 감수하고 바다로 도망칠 수 있을지도 모른다. 균열에서 거리도 떨어져 있으니 괜찮을 거라는 판단이었다.

"그아아아아아아아아아아아아아!"

하지만 우리의 바람은 이루어지지 못했다.

"크윽……. 뭐 저런 괴물이 다 있어!"

세 개의 머리를 가진, 엄청나게 큰 개 괴물이 마을로 달려왔다.

아빠와 엄마가 선전하기는 했지만 결국은 당해내지 못했다. 움직임이 너무 빨라서 아빠의 마법도 엄마의 손도끼도 전혀 맞지 않는다.

"크아아아아!"

붕 하고 난폭하게 휘두른 그 거대한 발톱에 아빠와 함께 싸우던 마을 사람이 나가떨어졌다. 허리뼈가 이상한 방향으로 꺾인 채 땅바닥에 내팽개쳐진다.

어? 어라?

거짓말……이지?

"와, 와아아아아아아아아아아아아아아아아아악!"

"꺄아아아아아아아아아아아아아아아아아!"

마을 사람들도 공황상태에 빠져서 피난이 아닌 무질서한 도주를 시작한다.

게다가 마을 사람들은 아빠 엄마의 제지도 듣지 않고 바다 쪽으로 도망치고 말았다.

나는 공황상태에 빠진 마을 사람들에게 떠밀려 넘어지고 말았다.

"다들 좀 기다려!"

"괜찮니?"

엄마가 나를 안아 일으켜 주었다.

하지만 그 안색은 창백하다.

그 머리 셋 달린 거대한 개는 발톱이며 이빨을 휘둘러서, 미처 도망치지 못한 마을 사람들의 숨통을 끊어 나간다.

"무, 무서워……."

내가 겁을 내자 엄마가 머리를 쓰다듬어 주었다.

"걱정 마. 도망칠 수 있으니까 넌 마음 놓으렴."

"으, 응."

엄마가 그렇게 말했으니까 괜찮……겠지?

"가자."

아빠가 도망치는 마을 사람들의 뒤를 따른다. 나도 엄마의 손에 이끌려 그 뒤를 쫓았다.

마을 사람들은 앞을 다투어 벼랑 쪽으로 도망쳐서 낭떠러지에서 몸을 던진다.

그들을 한층 더 몰아붙이듯 커다란 개가 쫓아온다. 그리고 믿을 수 없게도, 바다로 도망쳐서 이제 살았다며 안도하고 있는 마을 사람들을 쫓아 바다에 뛰어들어 그들을 물어뜯었다.

순식간에 바다가 빨갛게 물든다.

"와, 와아아아아아아아아아아아아아아아!"

"느, 늦었어!"

아빠의 말투가 평소보다도 더 무섭게 들렸다. 나는 겁에 질려, 마을 사람들을 지키기 위해 커다란 개를 공격하는 아빠와 엄마 뒤에 숨는다.

"크아아아아아!"

머리 셋 달린 큰 개가 포효하며 바다에서 뛰쳐나와서 우리 앞을 가로막았다. 도망치지 못하도록 낭떠러지를 등지게

한 채.

"크……."

머리 셋 달린 거대한 개의 발톱이 덮쳐든다.

아빠가 마법을 내쏘아서 발톱을 쳐냈지만, 아빠의 어깨에서는 피가 솟구쳤다.

어?

"여보, 괜찮아요?"

"그래, 난 괜찮아. 하지만……."

뒤에는 이미 낭떠러지. 낭떠러지 아래 바다에는 이미 마을 사람들이 있다. 아까 그 공격에 반 이상이…….

"흐윽……."

나는 겁에 질려서 엄마의 등을 붙들고 있었다.

모두 필사적으로 헤엄치고 있다. 하지만 파도가 너무 거세서 제자리에 멈춰 있지 못한다. 이러다가는 빠져 죽을 것이다.

"여기서 이 녀석을 그냥 내버려 두고 도망가 봤자 어차피 추격해 오겠지. 그러면 아직 살아있는 사람들까지 전멸할 거야."

"네……."

"평생 폐만 끼치는군."

"무슨 소릴 하는 거예요. 다 각오하고 있는걸요."

아빠와 엄마는 얘기를 나누고, 뒤이어 나를 쳐다본다.

"라프타리아."

"왜, 왜에?"

엄마는 나를 다독이듯 등을 쓰다듬어 준다.

"항상 웃으면서 마을 사람들이랑 정답게 지내야 해."

"그래. 네가 웃어서, 마을 사람들도 같이 웃게 만드는 거다."

아빠가 내 머리를 쓰다듬는다.

"라프타리아…… 앞으로 너는 아마 힘든 일을 많이 겪게 될 거다. 어쩌면 죽게 될지도 모르지."

"하지만 라프타리아. 그래도 우리는 네가 살아가 줬으면 좋겠어……. 그러니까 제멋대로인 엄마 아빠를 용서해 주렴."

이 순간 내 가슴은, 아빠 엄마랑 다시는 만날 수 없게 될 것 같은 그런 불길한 예감에 격렬하게 두근거렸다.

"싫어! 아빠! 엄마!"

헤어지기 싫다.

그렇지만 아빠도 엄마도, 지금까지 한 번도 본 적 없는 슬픈 얼굴을 하고 있다.

필사적으로 손을 뻗는다. 하지만…….

홱 하고, 엄마가 나를 있는 힘껏 떠밀어서 낭떠러지 밑 바다로 떨어트렸다.

보글보글 거품이 내 시야를 가득 채우고 나는 허겁지겁

바다에서 고개를 내민다.

그리고…… 그 머리 셋 달린 거대한 개가 아빠와 엄마를 향해 덮쳐드는 순간을 보고 말았다.

"안 돼에에에에에에에에에에에에에에에에에에에에에에에에!"

해류에 떠밀리면서도 나는 필사적으로 발버둥 쳤다.

가까스로 물가에 다다른 것은, 이미 하늘이 어둑어둑해졌을 무렵이었다.

"하아…… 하아……."

물가에는 나처럼 살아남은 마을 사람들이 있다. 다만…… 죽은 사람들까지 물살에 떠밀려 온 모양이었다.

하늘은 이미 평소와 다름없는 색으로 돌아와 있었다.

무슨 일이 벌어졌던 건지, 이때의 나는 모르고 있었다.

한시라도 빨리 아빠 엄마를 만나고 싶다는 일념으로 아까 헤어졌던 낭떠러지를 향해 발걸음을 서둘렀다.

그 주위에는 엉망으로 널브러진 뼈들이 나뒹굴고 있다. 성에서 온 원군이며 모험가들이 이미 마물들을 퇴치해 준 것 같았다.

그리고…… 나는…… 그 낭떠러지로 돌아왔다.

그 자리에는……. 살점들과…… 그 괴물의 시체가 나뒹굴고 있었다. 기사와 모험가가 그 시체를 운반하고 있다.

무슨 일이 있었던 건지, 어렴풋이 짐작이 갔다.

"나 참, 약해져 있었기에 망정이지……."

"부상을 당한 상태라서 그럭저럭 잡아냈군."

모험가와 병사가 넋이 나가 있는 나를 발견한다.

"뭐야, 이 꼬마는? 붙잡아 가 버릴까?"

"기다려. 여기는 아인의 영지라고."

"무슨 소리야. 그 영주는 죽었어. 아까 보고가 들어왔다니까."

"그래?"

"그래도 함부로 손대지는 마. 일이 어떻게 될지 모르니까."

내가 앞으로 나가자 병사들과 모험가들은 길을 터준다.

그리고 나는 벼랑 앞으로 가서…… 한때는 부모님이었던 물체를 보면서, 바들바들 떨면서 울었다.

"안 돼에에에에에에에에에에에에에엥에에에에에에에에에!"

얼마나 시간이 흘렀을까.

정신이 들었을 때, 나는 아빠와 엄마의 무덤을 만들고 있었다.

『항상 웃으면서, 마을 사람들이랑 정답게 지내야 해.』

『그래. 네가 웃어서, 마을 사람들도 같이 웃게 만드는 거다.』

"응……."

아빠와 엄마는, 자신들이 목숨을 걸고 구해 준 사람들을 나에게 맡겼다.

그러니까…… 기필코, 아빠 엄마가 시킨 대로 지켜내고 말 거야!

여기서 울고만 있으면 아빠랑 엄마한테 꾸중을 들을 테니까.

"이제 안 울게……. 그만 갈게."

나는 마을 쪽으로 발걸음을 옮겼다.

"으아아아아아앙……."

"아빠, 엄마."

마을에는 바다로 도망쳐 살아남은 사람들이 모여 있었다. 어른은 적고 아이들이 많다.

"너, 라프타리아냐?"

"응……."

"아버지와 어머니는 무사하시고?"

이웃에 살던 할아버지가 걱정스러운 얼굴로 말을 건다.

나는 나오려는 눈물을 애써 참고 고개를 가로젓는다.

"그랬구나……. 그것 참……."

아저씨가 말꼬리를 흐린다. 더 이상 말하면 내가 울음을 터뜨릴 거라고 생각하는 거겠지.

"괜찮아. 아빠랑 엄마가 말했는걸. 이럴 때일수록 내가 사람들을 격려해 나가야 한다구."

"그랬구나……. 넌 참 굳센 아이구나."

"에헤헤."

난 제대로 웃고 있는 걸까?

괜찮아, 내가 울면 아빠랑 엄마한테 꾸중을 듣는걸.

"얘들아!"

나는 커다란 목소리로, 울고 있는 아이들의 이목을 집중시킨다.

"슬픈 마음은 이해해. 나도…… 그렇긴 하지만, 아빠랑 엄마, 형제, 친구들이, 우리 보고 여기서 울고만 있으라고 그랬니?"

내 말에 마을 아이들이며 어른들의 얼굴이 고통스레 일그러진다.

나는 가슴에 손을 대고 앞으로 나선다.

"아직 안 죽었을 거라고 믿고 있는 사람들도 마찬가지야. 그 사람들이 돌아왔을 때 마을이 계속 이 모양이라면 어떻게 생각할 것 같아?"

맞아. 여기는 모두의 마을인걸. 그냥 이대로 내버려 두는 게 괜찮을 리가 없다.

마을은 모두가 함께 만든 가족이라고 아빠나 영주님이 얘기했었는걸.

"많이 슬프다는 건 나도 알아. 그러니까 더더욱 살아남아서 모두 함께 여기를 다시 일으켜야 한다고 생각해. 왜냐하면 우리는 모두 가족이니까."

그래, 아빠는 입버릇처럼 말했었다. 마을 사람들을 가족처럼 소중히 여기라고 말이다.

그러니까 나는 아빠의 말을 이어받아서 마을 사람들을 소중히 여기려 한다.

"응? 부탁이야."

최대한 미소를 지으며 나는 모두를 설득했다.

"라프타리아……."

"라프타리아는 슬프지도 않아?!"

"부모님이 돌아가셨는데 왜 웃고 있는 건데?!"

그 말에 나는 잠깐 웃음을 멈춘다.

안 울어. 왜냐면 한 번 울면 멈출 수가 없는걸.

"응……. 하나도…… 안 슬퍼."

울면 안 돼. 왜냐하면 내가 한 번 울기 시작하면 아무도 말릴 수가 없으니까.

"그, 그래."

"이런 조그만 어린애도 힘을 내고 있잖아. 모두 기운을 내서 이 시련을 극복해 나가자고!"

"응!"

"네!"

"맞아! 라프타리아! 우리도 기운을 낼게!"

조금 전까지 울고 있었던 키르 군이 활기차게 외쳤다.

"응!"

영주님이 선물로 하사해 주신, 마을의 심벌인 깃발이 내 앞에 하늘하늘 떨어져 내린다.

마치 내가 한 말이 옳다고 얘기해 주기라도 하는 듯이.

응, 이건 뭔가…… 나를 지켜봐 주는 아빠랑 엄마가 보내 준 선물일 거야.

내가 깃발을 집어 들자, 마을 어른들이 커다란 봉을 가져와서, 나에게서 깃발을 받아 들어 봉에 매달았다.

"이것은 하늘의 뜻! 자, 모두 마을을 다시 일으켜 세워 보자고!"

"""오-!"""

이렇게 해서, 모두 힘을 모아 마을을 다시 일으키자는 데 마음이 하나로 모였다.

"싫어어어어어어어어어어어어어어어!"

나는 화들짝 놀라 일어난다. 여기는…… 마을의 가설 텐트 안이었다.

우리 집은 흔적도 없이 불타 버렸기에 다른 사람들이랑 같이 자고 있었던 것이다.

꿈을 꾸었던 것 같다.

"바, 방금 엄청 큰 목소리가 들렸던 것 같았는데?"

할아버지가 내 쪽으로 다가와서 물었다.

"그랬어?"

"라프타리아가 엄청난 목소리로 비명을 질렀는데 말이지."

"그랬었구나……."

미소를 지어야 돼. 안 그러면 사람들이 기운을 잃게 될 테니까.

"괜찮아! 좀 안 좋은 꿈을 꾼 것뿐인걸."

"그, 그렇다면 다행이지만. 너무 무리하지는 말거라."

"무리 같은 거 안 하니까 걱정 안 해도 괜찮아!"

아빠, 엄마. 나, 기운 낼게. 반드시…….

이튿날 아침.

부서지고 불타 무너진 집은 일단 뒤로 미뤄 두고, 수리하면 다시 살 수 있을 것 같은 집을 중점적으로 수리하기로 했다.

그리고…… 파도에 실려 물가로 올라온 마을 사람들의 무덤을 만드는 일에 인원을 배분했다.

어른들이 기운을 내서 재건에 힘을 쏟아 주고 있다.

아이들도 힘을 모아서 일을 거든다.

다만, 남은 식량의 양이 약간 불안한 상태에 다다라 있다.

일단은 어획을 통해서 식량을 조달하기로 의견이 모아지긴 했지만 파도가 너무 거칠어서 뒤로 미뤄진 상태다.

"그리고……."

살아남은 사람 수를 다 함께 헤아린다.

마을에 살던 사람들의 4분의 1밖에 남지 않았다.

이웃집 할아버지는 그래도 이 정도면 많이 살아남은 편이라고 얘기했다.

"그래도 우리는 살아있어. 라프타리아가 한 얘기대로 말이야."

"응!"

그런 우리의 노력이 무자비하게 내팽개쳐질 거라는 걸, 이때의 나는 알 도리가 없었다.

"와악! 무슨 짓이야!"

험악한 인상의 사람들이 마을로 줄줄이 몰려와서 먼저 어른들에게 검을 휘둘러댔다.

"흐윽?!"

"뭐, 뭐냐 네놈들은!"

"하하하, 아인 놈들이 살아남아 있다고 들었는데 정말이었군."

"그래, 여기는 이제 보호 구역도 아니니까 짭짤한 돈벌이가 되겠지?"

"그러게 말이야! 으랏차!"

할아버지가 한 발짝 앞으로 나서서 고함을 지른다.

"이런 짓을 하면 영주님이 용서치 않으실 거다! 성에서 온 병사들이 아직 이 근처에 있을 텐데!"

그 말에, 인상 험악한 사람들이 일제히 웃음을 터뜨린다.

"벌써 죽어 버린 영주 따위를 겁내서 어쩌라는 거야. 그리고——."

푹 하고…… 한순간의 일이었다. 나는 겁에 질린 나머지 무슨 일이 일어났는지도 제대로 이해할 수 없었다.

할아버지의 배에 인상 더러운 사람의 칼이 박혀 있었다.

"어……?"

"커헉?"

"그 병사들이 바로 우리라는 걸 알고는 있는 거냐?"

"이 녀석들이 알 턱이 있나."

"알 리가 없지."

"""하하하하하!"""

할아버지가 피를 토하며 쓰러지고…… 더 이상은 꼼짝도 하지 않았다.

내 발밑에는 피 웅덩이가 생겨나고…….

"으, 으아아아아아아아아아아아아아아!"

순식간에 공황상태에 빠졌다. 나는 영문도 모른 채 그 자리에서 도망쳤다.

"놓치지 마라! 노인들이나 남자들은 죽여 버려! 여자와 꼬마들은 팔아넘길 수 있으니 생포해!"

그 후로 일어난 일은 별로 기억이 나지 않는다.

"싫어어어어!"

"얌전히 굴어! 이걸 그냥!"

"아, 끄으……."

다만 누군가가 내 머리칼을 틀어쥐고 있는 힘껏 후려쳤던 것 같은 기분이 들 뿐이다.

그 후로 일주일. 아빠와 엄마의 죽음이 매일같이 악몽 속에서 되풀이되었다.

그날 나는 노예로 붙잡혀서 팔려 나갔다.

처음에는 좀 착해 보이는 사람이었다. 심부름꾼으로 쓰려고 나를 산 모양이었다. 하지만…… 무엇 때문인지는 모르지만 다시 팔려 넘어갔다.

그다음은…….

"이년이!"

"끄으……."

도대체 왜? 왜 이렇게 잔인한 짓을 하는 거야?

험악한 인상의 뚱뚱한 남자였다. 나는 처음 가 보는 도시의 커다란 저택 지하에 있는 감옥에 갇혔다.

나와 마찬가지로…… 아니, 나보다 더 먼저 리파나가 이 남자에게 팔려와 있었던 모양이었다.

그리고 매일같이 남자는 마음 내킬 때마다 나를 쇠사슬로 공중에 매달고 채찍질을 해댔다.

수도 없이 얻어맞아 피부에서 피가 터져 나왔지만, 그런데도 인정사정없이 때려 댔다.

조금이라도 말대답을 하거나 아파하지 않거나 하면 가슴에 새겨진 노예문이라는 이상한 문양에서 고통이 몰아쳤고, 거기에 또 채찍질을 당하면 아파서 머리가 어떻게 돼 버릴 것만 같았다.

하지만 지지 않을 거야.

아빠도 엄마도, 그리고 여기에는 없는 다른 친구들도 견디고 있는걸.

그러니까 무슨 일이 있어도 지지 않을 거야.

"라프타리아…… 콜록."

"걱정 마. 분명히 분명히 마을로 돌아갈 수 있을 거야!"

리파나는 나와 재회했을 때는 이미 감기에 걸려 있었다. 그런데도 남자는 리파나에게 채찍질을 계속한다.

"그렇, 겠지? 응."

이 남자는 우리에게 뭘 원하고 있는 걸까? 이렇게 채찍으로 우리를 때려 대는 게…… 뭐가 재미있다는 거지?

"헛! 아직도 그런 꿈같은 소리를 지껄이는 거냐!"

짜악 하고 내 등에서 빨간 피가 용솟음쳤다.

고통에 눈물이 방울방울 흘러나온다.

"더 울부짖어!"

"으윽!"

이날은 평소보다 한층 더 심하게 고문을 당했다.

엉망이 된 몰골로 간신히 풀려난 나는 진흙탕 같은 땅바닥을 기어 다니며 리파나를 간병한다.

냄새도 고약하기 짝이 없고 맛도 형편없는 곤죽 같은 수프가 유일한 식사.

"하아…… 하아……."

그것을 리파나에게 먹여서 오늘도 목숨을 이어 나간다.

괜찮아. 그래, 틀림없이 마을로 돌아갈 수 있을 거야. 왜냐하면…… 모두가 기다리고 있으니까.

"기다려. 내가 반드시 구해 줄 테니까."

석벽의 돌로, 너무 큰 소리가 나지 않을 정도로 쇠창살 밑의 돌을 때려서 조금씩 부숴 가며 탈출을 준비 중이다. 다 부수면 몰래 빠져나갈 수 있을 거다. 그러면 도망칠 수 있다!

"고마, 워……."

"응! 모두가 기다리고 있으니까!"

아빠랑 엄마가 마을 사람들을 나한테 맡기고 갔는걸.

그리고 틀림없이 마을 사람들이 구해 줄 것이다.

사디나 언니는 분명 모두를 구하러 와 줄 테니까 그때까지만 살아남으면 될 거야.

"아아……. 그날이, 그립지, 않아? 라프, 타리, 아."

라피나는 드러누운 채 떨리는 손을 천장으로 뻗는다.

"있잖아……. 영주님의…… 깃발…… 기억……나?"

"응……. 응."

나는 리파나가 뻗은 손을 양손으로 힘껏 움켜쥔다.

기억한다. 모두에게 기운을 불어넣어 주었던 깃발.

그 시절, 아무 일 없이 평화로웠던 나날이 그립다.

하지만 이제 두 번 다시 그날로 돌아갈 수 없다.

그러니까 그날의 평화를 내 손으로 되찾고 말 거야…….

"콜록! 콜록……."

사흘째…….

저벅저벅, 또 그 남자의 발소리가 들려 왔다.

"리파나! 콜록!"

또 그 지옥 같은 시간이 시작된다. 나한테도 리파나의 감기가 옮고 말았다. 하지만 괜찮아.

나는 부수고 있던 쇠창살을 젖은 짚으로 가린다.

"……."

리파나는 아무런 대답이 없다.

"리파나?"

저벅저벅 소리를 내며 다가온 남자가 감옥 문을 열고 리파나에게 손을 뻗는다.

"……죽었잖아. 성가시게 됐군."

난폭하게 리파나의 한쪽 팔을 들어 올려서 상태를 확인한 남자가 험악하게 내뱉었다.

축 늘어진 리파나는 공허한 눈으로 아무런 반응도 보이지 않는다.

"이제 슬슬 반납 기한인데 이렇게 뒈져 버리다니. 위약금이 날아가잖아!"

그리고 마치 장난감을 다루듯 남자는 리파나를 걷어찼다.

나중에 안 일이지만, 아인 노예를 고문해서 괴로워하는 모습을 보며 즐기는 오락이 있다는 모양이다.

우리는 그 개인적 사용 목적으로 대여된 비명 노예였다.

"흐윽—!"

어? 어? 리파나?

뭐야……. 거짓말이지?

떨리는 손으로 리파나를 어루만진다.

무시무시하리만치 싸늘한 그 체온에 내 마음이 바들바들 떨린다.

이럴 리 없어, 리파나!

슬픔과 공포, 불합리한 현실에 대한 분노, 절망.

수많은 부정적인 감정들이 탁류처럼 뒤섞여서 내 마음을 엉망으로 휘저어 놓는다.

어째서? 리파나는 나쁜 짓이라고는 아무것도 한 적 없잖아!

"네년도 밤마다 비명을 질러 대서 얼마나 시끄러운 줄 알아? 내가 잠을 못 잔단 말이다!"

"이, 으윽……. 리파나……!"

남자는 나를 매달고 채찍질을 시작했다. 그날의 고문은 유난히 더 길었다.

하지만 내 눈은 줄곧 리파나에게만 못 박혀 있어서, 아픔 같은 건 전혀 느끼지도 못했다.

"아, 맞아, 맞아. 너는 돌아갈 마을이 있다고 입버릇처럼 지껄였었지?"

"……."

대답할 필요 따위 없다. 왜냐면 모두가 기다리고 있을 테니까.

"그 마을은 벌써 폐촌이 돼 버렸다더군. 이게 그 증거다."

그렇게 말하면서 남자는 수정구슬을 들어 보인다.

그러자 수정구슬에서 빛이 뿜어져 나와서 벽에 마을의 모습을 비춘다.

거기에는…… 내가 알고 있던 마을의 모습보다 한층 더 처참해진…… 아무도 없는 마을이 비추어지고 있었다.

무참하게 불태워진 깃발의 잔해가 그것이 내가 살던 마을임을 증명해 준다.

"아아, 네가 그 마을 녀석들을 격려하던 애라는 얘기는 들었다. 하지만 결국 모두 마을을 내팽개치고 도망쳤다더군."

"아……."

남자는 잔인하게 웃는다. 지금까지 조금도 굴하지 않았던 내가 처음으로 보여준 절망 어린 얼굴에 만족한 모양이었다.

"우…… 으아아아아아아아아아아앙……."

그 순간—뭔가가 뚝 하고 부러져 버린 것 같았다.

이제 다 틀렸어.

아빠랑 엄마가 지켜 달라고 그렇게 신신당부했건만, 이미, 그 마을에는 아무도 남지 않았는걸.

그럼 나는…… 이제 어떻게 해야 되는 거야?

이제 더 이상, 나한테 남아있는 건 아무것도 없는걸.

"더 울어!"

고통에 머리가 이상해질 것만 같았다.

멍한 머릿속에 매일 밤 꾸는 그 악몽이 떠올라 내 마음을 갉아먹어 간다.

아빠와 엄마의 마지막 모습이…… 한층 더 끔찍한 악몽으로 변해 간다.

마을을 구해내지 못한 넌 나쁜 애다. 웃을 자격 따위 없다. 살아갈 자격 따위 없다.

죽어 버리라고 끊임없이 속삭인다.

분명…… 그럴 거야……. 이제 더 이상 웃을 수가 없으니까.

웃고 싶지 않으니까.

그러니까, 약속을 어기고만 나는…….

이윽고…… 남자는 나를 팔아넘겼다.

아니, 어쩌면 나를 고문할 수 있는 기한이 다 끝나 버린 건지도 모른다.

"이건 좀 심하군요……. 매수한다 해도 값은 별로 못 쳐 드립니다, 네."

"어차피 다 죽어 가는 년이야. 원래는 임대한 거였는데, 너무 손상이 심해서 억지로 떠맡게 된 거였어. 그러니까 그걸 받아 주는 것만으로도 충분해."

"알겠습니다. 네."

뚱뚱한 신사복 차림의 사람이 그 남자에게서 나를 샀다. 처음에 나를 팔아넘겼던 사람과는 다른 사람이다.

다음 주인은 이 사람?

"아무리 그래도 이건 심해도 너무 심했는데……."

새로운 주인은 나에게 약과 음식을 내 주었다.

"콜록, 콜록!"

"……별로 오래 살아남지는 못할 것 같군요. 네."

주인은 그렇게 중얼거리면서 나를 우리에 집어넣는다.

이제 더 이상…… 내가 존재해야 할 의미는 아무것도 없다.

지켜야 할 마을도 없고 아빠랑 엄마도 죽어서 날 보고 죽으라고 그러는걸.

괴롭다. 빨리 죽고 싶다.

얼마나 시간이 흘렀을까. 어렴풋한 의식 속에서, 내 앞에 여러 사람들이 스쳐 지나간다.

그리고…….

"이 녀석들이 ——님께 제공할 수 있는 최저 수준의 노예들입니다."

주인이 젊은 남자와 함께 내 우리 앞에서 뭔가 얘기하고 있다.

"왼쪽부터 유전병에 걸린 래빗 종, 공황장애와 질병을 앓고 있는 라쿤 종, 잡종 도마뱀 인간입니다."

"하나같이 문제가 있는 녀석들이군."

남자가 주인과 교섭을 하고 있다. 그러는 와중에 문득 눈이 마주친다.

노려보는 그 눈빛만으로도 죽어버릴 것 같은, 날카로운 안광이었다.

즉시 내 목 속에서 공기가 터져 나온다.

그 눈동자는 곧 다른 두 사람 쪽으로 옮겨갔지만 끔찍하게 무서웠다.

나를 채찍으로 때렸던 사람과는 비교도 안 될 정도로 증오가 넘쳐나고 있었다.

마치 세상 전체를 증오하고 있는 것 같다.

이 사람한테 팔려 나가면 나는 얼마 안 가서 죽고 말겠지…….

"——야간에 공황장애를 일으켜서 애를 먹이는 녀석입니다."

내 얘기를 하고 있는 걸까? 모르겠다.

어쨌거나 결국 나는 그 사람에게 팔렸다.

노예문 등록은 언제나 아파서 싫었다.

하지만 아마 이 사람이 내 마지막 주인일 거라고 생각한다.

어차피…… 내 목숨은 얼마 남지 않았으니까.

그 후에 주인은 나에게 나이프를 들려주고 마물을 죽이게 시켰다.

무지 무서웠다. 하지만 찌르지 않으면 더 큰 고통이 몰려온다.

무기를 파는 가게에서 나오니 배가 꼬르륵거렸다.

또 혼날 거야!

부정하려고 고개를 가로젓는다. 아냐, 그게 아니니까 화내지 마. 채찍으로 때리지 마!

"하아……."

한숨이 돌아왔다.

어째서? 화 안 내는 거야?

주인은 곧 나를 다른 가게로 데려간다. 그곳은 식사를 파는 가게였다.

전에 도시에서 본 적이 있었다. 정식을 파는 곳이다.

"음, 나는 이 가게에서 제일 싼 런치 세트. 이 녀석에게는 저쪽 자리에 있는 애가 먹고 있는 메뉴로."

"에?!"

주인은 내가 나도 모르게 부러워하며 쳐다봤던 음식을 사주었다. 나는 내 귀를 의심한다.

마을 밖 사람들은 다 무서운 사람들뿐인걸. 그런데 어째서?

"어, 째서?"

"응?"

"저걸 먹고 싶다고 네 얼굴에 쓰여 있었으니까. 아니면 다른 게 먹고 싶었냐?"

나는 고개를 가로저었다.

"어째, 서, 먹여 주는 거야?"

이런 일은, 노예가 된 뒤로는 아무도 해준 적이 없었는걸.

"방금 말했잖아. 네가 먹고 싶다는 표정을 하고 있었다고."

"그치만……."

"어쨌든 밥을 먹고 영양을 보충해. 그렇게 빼빼 말라서는 얼마 못 가 죽는다고."

죽는다……. 그렇다. 나는 분명 죽을 것이다. 리파나를 죽였던 그 병 때문에.

"오래 기다리셨습니다."

내 눈앞에 깃발이 꽂혀 있는 호화로운 음식이 나왔다.

부러워하며 쳐다보았던 음식이 눈앞에 있다. 하지만 보나마나 이 사람은 내가 먹으려고 하는 순간에 음식을 바닥에 엎어 버리고 비웃으려는 걸 거야.

"안 먹을 거냐?"

음식에 손을 뻗지 않는 내 태도에 고개를 갸웃거리며 이 사람이 묻는다.

"……괜찮아?"

"하아……. 괜찮으니까 먹어."

응. 분명히 엎어 버릴 거야. 그래도 머뭇머뭇 손을 뻗는다.

슬쩍 주인 쪽을 훔쳐본다.

딱히 뭔가 하려는 기색은 없다. 음식에 손이 닿았다.

나는 깃발을 뽑고 성취감에 차올랐다. 이 깃발만 있으면 다른 건 아무것도 필요 없을 정도로 만족할 수 있었다. 마을로 돌아간 것 같은 기분이 들었다. 잃어버린 깃발이 되돌아온 것 같은 그런 기분이 들었다.

그 깃발을 움켜쥔 채 오랜만에 호화로운 음식을 먹었다.

너무 맛있어서 저도 모르게 눈물이 흘러나왔다.

울면 혼날 거다. 어떻게든 감추고 태연한 척을 해야 돼.

"맛있냐?"

"네!"

아차! 명랑하게 대답하고 말았다. 분명 기뻐하는 나한테 끔찍한 짓을 하려는 걸 거야!

"그래? 다행이군."

그런 주인의 말에 나는 고개를 갸웃거렸다.

손에 들고 있는 깃발에서 뭔가 따스한 것이 배어나는 것 같은 기분이다.

영주님이 하사해주었던 그때 그 깃발에 비하면 훨씬 작고 볼품없는 물건이지만, 내가 잃어버렸던 물건이 꽉 응축되어 있는 것 같은…… 소중한 것을 떠올리게 해 준다.

남자를 쳐다본다.

여전히 무서운 표정을 짓고 있지만 지금까지 만났던 사람들과는 뭔가가 다른 것 같았다.

이 사람은…… 뭐가 다른 거지? 목소리나 눈매는 더없이 무서운데, 그러면서도 착한 사람인가?

내 마음속에는 의문이 넘쳐흐르고 있었다.

그날은 많은 일이 있었다. 주인이 준 약을 먹었고 그를 따라 여기저기 걸어 다녀야 했다.

하지만 가장 큰 차이점이 하나 있었다.

지금까지 나를 괴롭히던 악몽이…… 달라져 있었다.

"라프타리아."

아빠랑 엄마가 그 낭떠러지 위에 서 있다.

"아빠! 엄마!"

나는 정신없이 아빠와 엄마에게 달려간다.

만나고 싶었다. 언제나 함께 있고 싶었다.

이러면 안 되는데, 아빠 엄마 앞에서 이러면 안 되는데, 눈에서 저절로 눈물이 흘러나온다.

"괜찮아……. 괜찮아."

"울면 안 돼. 더 굳세져야지."

"우우……. 그치만."

아빠랑 엄마는 눈물을 그치지 않는 나를 계속 다독여 준다.

"우리는 언제나 너를 지켜보고 있어."

"맞아. 그러니 부디, 행복하게 지내렴."

"그치만……."

"분명, 괜찮을 거야. 그 사람은……."

그 순간 나는 잠에서 깨어난다.

놀랍게도 주인이 나를 끌어안고 달래주고 있었다.

……나쁜 사람은 아닌 것 같다. 그리고 이유 없이 나를 괴롭히지 않는다.

만사에 서투르기 짝이 없고 입은 험하지만 다정한 마음을 느낄 수 있다.

내가 배고파할 때면 돈이 별로 없을 때도 밥을 사 주고, 약을 먹여 주고, 자기보다도 우선시해서 장비를 갖춰 준다.

이때의 내 마음속에 싹튼 신비로운 기분……. 이제 막 싹을 틔운 그 무언가의 정체는, 언젠가 알게 될 것이다.

그리고 나는 이 사람이 누구인지를 머지않아 알게 된다.

증오에 물든…… 슬픈 빛을 머금은 검은 눈동자를 지닌 사람.

난폭하고, 입이 험하고, 툭 하면 화를 내는 정말 무서운 사람.

하지만 다른 이의 아픔을 이해하는…… 정말로, 정말로 다정한 마음을 지닌 사람.

그렇다. 내 주인님은 리파나가 동경하던…… 방패 용사님이었던 것이다.

그 후로 나는 방패 용사님에게 많은 것들을 받았다.

모든 것을 잃었던 내게 보물들이 늘어 갔다.

"에헤헤."

나는 주인님이 주신 보따리에 보물을 집어넣고 웃는다.

공도 있지, 망가진 나이프도 있지, 그 외에도 많은 것들을 주신다. 하지만 제일 큰 보물은 그 깃발.

그리고 보따리에는 들어있지 않지만 따스한 것들을 잔뜩 받았다.

몸도 튼튼해지고 조금씩 강해지고 있다는 자각도 생겨났다.

"자, 밥 먹어."

"네에!"

리파나, 내 목소리 들려?

나, 방패 용사님이랑 같이 싸우고 있어.

아마 놀라겠지?

그날도 나는 꿈을 꾼다……. 정말로 행복한 꿈을.

죽은 줄로만 알았던 리파나가 내 앞에 서서 웃고 있다. 그리고 지금까지 있었던 일들이나 시답잖은 잡담을 나누었다.

"라프타리아, 열심히 해."

"응, 열심히 할게."

"좋겠다……. 방패 용사님이랑 같이 다니다니."

"우후후, 부럽지?"

"아, 너무해!"

꿈속의 리파나는 조금도 고통스러운 기색 없이 나를 향해 미소를 지어 보인다.

"지켜보고 있을 테니까."

"응."

"그 깃발 마을로 꼭 돌아가자."

"응. 무슨 일이 있어도, 되찾고 말 거야!"

아빠랑 엄마가 있는 곳에서 꼭 지켜보고 있어 줘. 반드시 살아남아서 그 마을을 재건해 내고 말 테니까.

우리를 납치했던 나쁜 사람들을 혼내줄 힘을 갖고 싶다.

잔혹하고 괴로운, 악의가 넘치는 세상이지만 나는 포기하지 않을 거다.

더 이상 아무도 잃고 싶지 않다.

아빠랑 엄마, 리파나를, 그리고 나오후미 님을 지켜줄 수 있는 내가 되고 싶다.

그러기 위해서 나는, 나는…… 쉬지 않고 걸어갈 것이다.

방패용사
성공담

특별SS 일곱 개의 깃발

성 밑 도시에 가서 새 무기와 방어구를 구입할까 생각하던 어느 날의 일이었다.

뭐, 앞으로 며칠 동안은 류트 마을에서 체류할 예정이긴 했지만.

나는 마을에 찾아온 행상에게 약을 팔고 방으로 돌아온 참이었다.

라프타리아가 짐 보따리들을 정리하고 있었다.

전에 사 주었던 공이며 라프타리아가 처음에 착용했었던 옷가지 따위를 말끔하게 개서 보따리에 집어넣고 있는 것이었다.

그 가운데, 이제는 지저분해진 어린이 런치 메뉴의 깃발이 있었다.

라프타리아는 내가 방문을 연 것을 아직 알아채지 못한 기색이었다.

라프타리아는 내가 온 걸 모르는 채, 지저분한 깃발을 소중하게 손에 들고,

"에헤헤."

하고, 뭔가 즐거운 듯 웃음을 흘리고 있다.

그렇군……. 라프타리아는 어린이 런치 메뉴의 깃발이 그렇게나 좋단 말이지?

그렇다면 내 주된 전력인 라프타리아의 의욕을 북돋워 줄 필요가 있겠군.

안 그러면 파도를 무사히 넘길 수 있을지 불안해지니까.

"아, 나오후미 님."

내가 돌아온 걸 깨달은 라프타리아는 깃발을 보따리에 집어넣고 태연한 척 맞이한다.

"지금 막 돌아왔어."

"어땠어요?"

"매상이 제법 괜찮았어."

평소와 다름없는 대화를 하다 보니, 문득 내 머릿속에 어떤 아이디어가 번뜩였다.

이것만 있으면 라프타리아도 즐겁게 식사를 하고 힘껏 싸워 줄 것이다.

류트 마을에서 약간 떨어진 산길에서 조우한 마물을 물리치고, 마침 식사 시간이 되었기에 그 마물을 해체해서 고기를 굽기로 했다.

오늘은 호쾌하게 쇠꼬챙이에 고기를 끼워서 꼬치구이를 한다.

"제법 노릇노릇하게 익었네요."

"그러게."

나는 미각을 잃은 상태라서 맛이 있는지 없는지 분간할 수가 없지만, 모양이나 냄새를 통해서 어렴풋이 판단할 수는 있다.

약초 중에서 향초 같은 것으로 고기의 밑간을 해 두었던 덕분에, 매콤하고 향긋한 냄새가 주위에 감돌기 시작했다.

자, 이제 슬슬 타이밍이 됐군.

나는 잘 구워진 꼬치를 하나 들고, 어젯밤에 만들어 둔 자작 깃발을 짐 보따리에서 꺼내서 꼬치의 고기에 꽂았다.

"어?!"

"자, 라프타리아, 네 몫이야."

내 세계의 국기다.

알고 있는 국기는 여러 개 있으니까, 종류는 더 늘릴 수 있을 것이다.

"저기…… 이건 뭐에요?"

"뭐긴 뭐야, 깃발이지."

뭐, 하긴 깃발을 고기에 꽂았으니 이상하다고 생각했을지도 모르지.

하지만 라프타리아는 고기를 좋아하는 것 같으니까 이렇게 꼬치에 꽂아 주기로 한다.

음?

묘안이 하나 더 번뜩이는데?

"내 자작 깃발 가지고는 성에 안 찬다 이거지? 그럼 이 깃발을 일곱 개 모으면 성 밑 도시에 있는 그 가게에서 깃발 달린 런치 메뉴를 주문해 주지."

"아뇨, 성에 안 차는 건 아닌데……."

"그럼 마음껏 먹도록 해."

"네……."

역시 내 자작 깃발만 가지고는 성에 차지 않는 건가.

하지만 말은 그렇게 했어도, 라프타리아는 깃발을 뽑고 밝은 얼굴로 꼬치구이를 먹어치우기 시작한다.

그리고 깃발을 하늘 높이 치켜들며 즐거워했다.

응, 역시 라프타리아는 깃발을 좋아하는군.

"자, 배도 채웠고 하니, 이제 슬슬 레벨업을 재개해 볼까."

"네!"

그렇게 해서 우리는 저녁 무렵까지 인근 마물들을 사냥하고 동시에 약초 채취를 계속했다.

저녁 무렵, 류트 마을로 돌아온 우리는 약간 호사스러운 런치 메뉴를 주문했다.

이런저런 일로 피로가 밀려오고 있다. 맛은 느낄 수 없지만 좋은 음식을 먹지 않으면 몸이 버텨낼 수 없다는 걸 나는 알고 있었다.

라프타리아에게도 기운이 날 만한 걸 먹여 주지 않으면 근육이 붙지 않을 테고.

안 그래도 빼빼 마른 아이다. 항상 배가 고픈 것 같은 기색이니, 괜히 돈을 아껴 봤자 좋을 일은 없다.

"주문하신 음식 나왔습니다."

라프타리아의 눈이 술집에서 나온 런치 메뉴를 쫓고 있다.

달그락하고 우리 앞에 런치 메뉴가 놓이고, 점원은 다른 손님을 응대하러 떠나갔다.

"그럼 잘 먹겠습니다."

"아, 잠깐 기다려."

"왜 그러세요?"

요즘에는 라프타리아도 테이블 매너를 익혀서 꽤 우아해진 것 같은 느낌이 든다.

음식을 손으로 집어서 먹던 시절이 거짓말처럼 느껴질 정도다.

나는 품속에서 깃발을 꺼내서 런치 메뉴에 꽂았다.

어차피 머지않아 성 밑 도시로 갈 예정이다. 그때까지 깃발을 늘려 두는 게 낫다.

"저기……."

즐겁게 음식을 먹으려던 라프타리아의 표정이 흐려진다.

"왜 그래?"

아아, 위생관념 면에서 싫다는 건가? 바라는 것도 많은 녀석이군.

그리고 야식 시간. 라프타리아도 요즘에는 허기 때문에 자다가 깨는 일은 별로 없었는데, 오늘은 내가 약초 조합을 하는 중에 눈을 떴다.

"뭐지? 배고파서 깬 거야?"

"아아……. 네."

낮에 구워 두었던 꼬치구이를 꺼내서 깃발을 꽂으려 했을 때, 라프타리아가 내 손을 붙잡았다.

"왜 그래?"

"저기…… 이제 그만 됐어요."

"왜지? 깃발을 좋아하는 줄 알았는데."

"좋아하는지 싫어하는지를 따지자면 물론 좋아하기는 하지만, 이렇게 그냥 휙휙 던져 주시니까……."

아아, 이제 알겠다.

깃발이란 가끔 받을 때에나 기쁜 물건이지, 이렇게 매번 받으면 고마운 마음도 덜해진다는 거군.

미처 생각을 못 하고 있었다. 본인만이 느낄 수 있는 희소가치라는 거군.

"그거 미안하게 됐어."

"네."

그 말인즉슨, 희소가치만 발견할 수 있다면 기뻐할 수 있다는 얘기다.

어쩌지? 노예의 정신 상태를 관리해 두지 않으면 싸움에 지장이 생길 텐데.

이제 알겠다. 깃발은 좋아하지만, 음식에 꽂혀 있는 깃발을 좋아하는 건 아니라는 거로군.

"그럼 앞으로는 라프타리아가 충분히 제 몫을 다했다고

판단됐을 때만 깃발을 증정하도록 하지.”

“네?”

“돈 대신 주는 거야. 일곱 개를 모으면, 하루 동안 휴가를 주지. 마음껏 놀고 오도록 해.”

“그런 뜻으로 거절한 게 아니었어요.”

으음……. 라프타리아도 제법 고집이 세군.

“그럼 어떻게 해 달라는 거지?”

“나오후미 님. 저기, 저는…… 딱히 깃발을 좋아해서 그걸 소중하게 여기고 있는 게 아니에요.”

“그랬어?”

“뭐라고 해야 할지…… 그게 말이죠…….”

그 깃발이 꽂혀 있던 것은 어린이 런치 메뉴. 어린아이인 라프타리아는 부모님과 함께 외식하면서 같은 음식을 먹어 본 적이 있었던 건지도 모른다.

그래서 과거를 떠올리고 추억 속의 깃발에 비추어 보고 있는 걸까.

“굳이 구구절절 얘기 안 해도 돼. 알았어. 부모님과의 추억이 담겨 있는 거지?”

“저기…….”

라프타리아는 어쩔 줄 몰라 이리저리 시선을 옮겨 대다가, 체념한 듯 고개를 끄덕였다.

“네. 그렇다고 쳐 두세요. 대충 그 비슷한 거니까요.”

틀렸다는 건가? 생각보다 더 까다로운 녀석인데.

아아, 그러고 보니 옛날 애니메이션 캐릭터 중에 머리에 깃발을 꽂고 있는 게 있었지.

나는 깃발을 개조해서 머리에 장착할 수 있도록 가공, 그것을 라프타리아의 머리에 얹어 주기로 했다.

"이제 말끝에 '라니깐'을 붙이기만 하면 돼."

"저기…… 무슨 농담을 하시는 거예요?"

"*깃발을 좋아하는 캐릭터…… 이야기 속 등장인물 흉내야."

"화내는 수가 있어요. 라니깐……이라구요?"

……흐음, 냉정하게 생각해 보면 나도 좀 지나쳤던 것 같다. 솔직히 좀 구렸어. 게다가 너무 옛날 캐릭터고.

"진짜 미안."

"네."

"그럼 깃발은 처분하지."

"아뇨……. 이번 것까지만 그냥 주세요."

"으음, 알았어."

라프타리아는 나에게서 깃발을 받아들고는 그대로 짐 보따리 속에 집어넣는다.

"이 깃발들은 종류가 여러 가지인 것 같은데, 어디 깃발이에요?"

---

* 애니메이션 『육家네 6쌍둥이(おそ松くん)』에 등장하는 캐릭터 '공백기(ハタ坊)'를 의미함.

"내 세계의 국기들이야."

"나라가 많나 보네요."

"각양각색의 나라들이 있으니까 말이지……."

"나오후미 님이 사시던 세계는 어떤 곳이에요?"

라프타리아의 질문에, 나는 원래 세계로 돌아가는 꿈을 마음속에 그린다.

아아……. 그립다.

별 볼 일 없는 일상이라고만 생각했던 그 나날들이 이렇게 그리워질 거라고는 미처 생각도 못 했었다.

"음……. 우선 마물 같은 건 없어. 레벨 같은 개념도 없고."

"그런가요?!"

"그리고 아인은 없어. 노예제도는 있었지만, 지금은 폐지된 상태고……."

밤늦은 시간, 나는 그렇게 라프타리아에게 일본에 대한 얘기를 들려주었다.

"그런 세계가 있었군요."

"그래, 내 세계는 그런 세계야."

"한 번이라도 좋으니 꼭 가 보고 싶어요. 그런 평화롭고 평범한 세계에."

"라프타리아가 살아가기에는 고될 텐데."

보나 마나 구경거리가 될 게 뻔하다. 슬픈 미래를 쉽게 상상할 수 있었다.

"그래도…… 저는 꼭 가 보고 싶어요."

"그럼 만약에 그 세계에 가게 된다면, 내 세계의 어린이 런치 메뉴를 사 주지."

"약속이에요!"

"좋아."

그렇게 해서, 나와 라프타리아는 이루어질지 확신할 수 없는 약속을 나누었다.

나오후미

캐릭터 디자인안
이와타니 나오후미

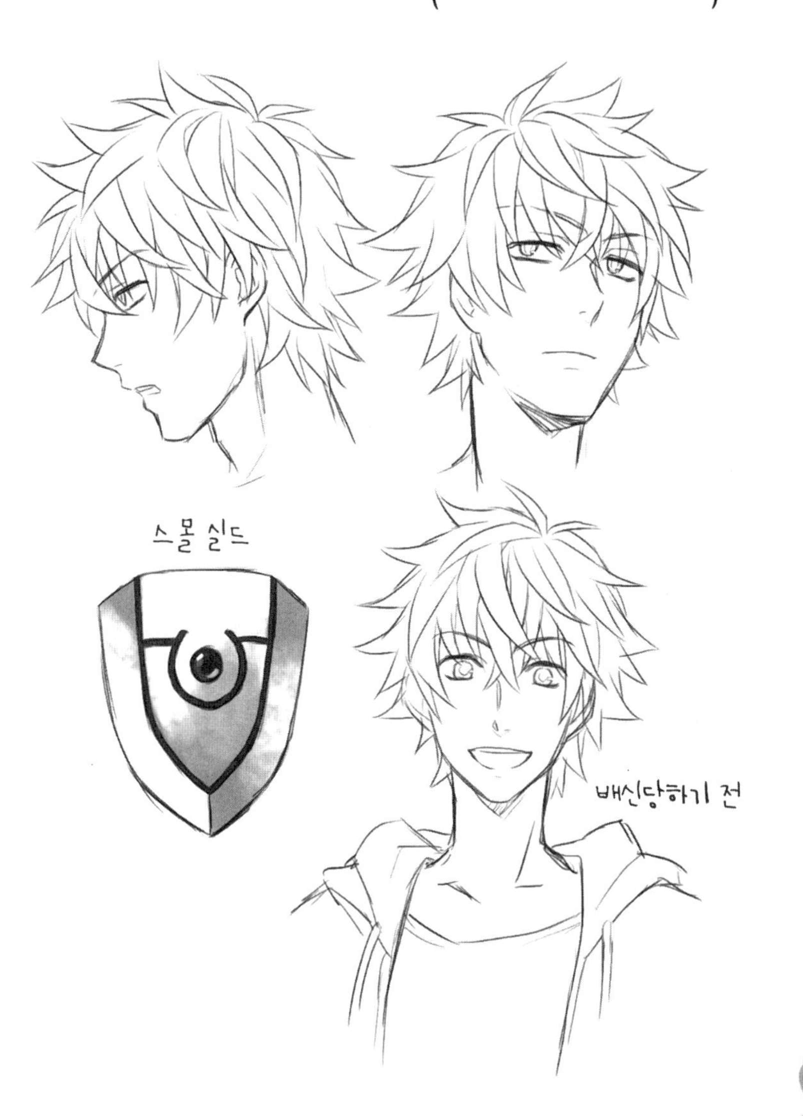

라프타리아

캐릭터 디자인안
라프타리아

방패 용사 성공담 1

2014년 08월 01일 제1판 인쇄
2020년 07월 20일 제13쇄 발행

지음 아네코 유사기 | **일러스트** 미나미 세이라

옮김 박용국

발행 영상출판미디어(주)
등록번호 제 2002-000003호
주소 21311 인천광역시 부평구 평천로 132 (청천동)
전화 032-505-2973(代) | FAX 032-505-2982

ISBN 979-11-319-0034-5
ISBN 979-11-319-0033-8 (세트)

Tate no yuusha no nariagari 1
© Tate no yuusha no nariagari by Aneko Yusagi
Edited by MEDIA FACTORY
First published in Japan in 2013 by KADOKAWA CORPORATION, Tokyo.
Korean translation rights arranged with KADOKAWA CORPORATION, Tokyo.

이 책의 한국어판 저작권은 영상출판미디어(주)에 있습니다.
저작권법으로 한국 내에서 보호를 받는 저작물이므로 무단 전재와 무단 복제를 금합니다.

구매 시 파손된 도서는 구매처에서 교환하실 수 있습니다.
기타 불편사항, 문의사항이 있으신 독자님께서는 노블엔진 홈페이지
[http://novelengine.com] 에서 Q&A 게시판을 이용해 주시기 바랍니다.

스킬이 가득한, 반시연만의 스타일리시 일상 미스터리.

1권 연속 증쇄 돌입!
노블엔진 POP의 첫 한국 작품, 그 두 번째 시리즈.

흐리거나 비 아니면 호우

두 번째 느와르

꿈을 꾸었다. 아주 긴 꿈을.

헤브닝의 일상을 받아들인 호우. 언제인가부터 셔터 시절의 꿈을 꾼다. 환상처럼 나타나기 시작한 신비한 나비. 연이어 찾아오는 막연한 불안과 혼란, 현기증.

자신에게 의문을 가지는 나날 속에 컨디션이 망가져 간다. 그런 와중에도 호우에게 '진상'을 바라는 사람들이 찾아오는데.

시의 감상을 원하는 수상한 손님부터 특이한 작품을 찾는 손님, 기이한 노래를 찾는 손님에 중고 책 매입을 문의하는 손님, 갑작스레 변한 친구의 내면을 알아봐달라는 손님까지.

그리고 한 시인의 실종. 드러나기 시작한 백설과의 관계. 나비가 뿌린 궤적을 따라, 사건의 이면을 파고든다.

**"추론 괴물" 호우의 두 번째 느와르.
스킬이 가득한, 반시연만의 스타일리시
일상 미스터리.**

반시연 지음 / 김경환(Tahra) 일러스트
문학으로 탐닉하는 엔터테인먼트

〈노벨 배틀러〉, 〈그녀는 거짓말을 하지 않는다〉의
보르자 작가가 그려내는 신감각 미스터리 스릴러!

내가 일하는 곳은 A종합병원이야. 꽤 오래된 병원이고 그런 만큼 괴담도 많아.
내가 지금부터 얘기할 건 그중에서도 엘리베이터를 타는 유령에 관한 이야기야.
A종합병원은 두 개의 병동으로 나뉘는데 원래 있던 11층짜리 동관이 있고,
나중에 신축한 20층짜리 서관이 있어.
그중 동관을 보통 구병동이라고 부르는데 바로 그 구병동 엘리베이터에 대한 이야기야.

메멘토 모리

그 소설은 김영재만을 위한 소설이야.
6년 만에 어릴 적 살던 동네로 돌아오게 된 김영재.
전학 온 학교에서 우연히 노트 한 권을 줍게 되지만,
'김영재'라고 써 있는 노트는 자신의 것이 아닌 누군가의 습작 노트였다.
노트 주인인 소녀가 나타나 습작 소설의 감상을 들려 달라며 귀찮게 굴자
김영재는 그 소설을 인터넷에 올리게 되고,
실수로 보낸 쪽지를 받은 것을 계기로 알게 된
편집팀장에게 소설에 대해 상담하게 된다.
그런데 그 소설은 김영재 주변의 실제 괴담을 다루고 있었는데……!

어느 순간,
소설이 주인공의 행동을 반영하고 현실을 앞서가기 시작하고,
소설과 현실의 경계는 갈수록 무너져 내린다.

보르자의 신감각 미스터리 스릴러!

보르자 지음 / 이태웅(EHOTO) 일러스트
문학으로 탐닉하는 엔터테인먼트

방대한 지식으로 풀어내는 신감각 미스터리

일본 현지 Q시리즈 총 판매부수 330만 부 돌파!
만능감정사 Q의 사건수첩 1, 2권 증쇄!

만능감정사 Q의 사건수첩 5

ⓒKeisuke MATSUOKA 2010
カバーイラスト / 清原紘

휴가를 맞아 파리 여행을 계획했던 린다 리코에게 느닷없이 하테루마의 부모님이 찾아온다.
바보스럽고 열등생이었던 제자를 걱정한 고등학교 시절 은사 캰 선생님이 여행에 동행하기로 했다는 것이다!

게다가 프랑스에서 두 사람을 맞이한 것은 한때 리코가 데이트를 했던 동급생 소베.
일류 레스토랑에 근무하던 그는 두 사람을 초대하지만, 그곳에서 알 수 없는 사건이 일어났다.
리코는 친구를 위해 파리를 누비며 진상을 추적한다!

하테루마 섬의 은사와
만능감정사 콤비가 진상을 쫓는다!

마츠오카 케이스케 지음/ 김완 옮김
문학으로 탐닉하는 엔터테인먼트

한 명의 '천재'를 그리는 이색 청춘 미스터리

제16회 전격소설 대상
〈미디어웍스 문고상〉 수상작!!

[映]암리타

"저를 사랑하고 있나요?"

독립영화 제작에 참가하게 된 예대생 후타미 아이이치.
그 영화는 천재로 유명하지만 종잡을 수 없는 성격의 여성, 사이하라 모하야가 감독을 맡은 작품이었다.
처음에는 그 천재라는 칭호에 반신반의했었지만, 후타미는 그녀의 콘티를 보자마자 그 매력에 빠져 놀랍게도 2일 이상 쉬지 않고 계속 읽게 되었다. 그녀가 촬영하는 영화, 그리고 그녀 자신에 대한 흥미가 후타미를 촬영에 몰입하게 한다.
그리고 결국 영화를 완성하게 되지만…….

"우리가 만드는 영화는
무척 멋진 것이 될 거예요."

ⓒ MADO NOZAKI illustration : Morii Shzuki
KADOKAWA CORPORATION ASCII MEDEA WORKS

노자키 마도 지음/ 구자용 옮김
문학으로 탐닉하는 엔터테인먼트